Über dieses Buch

»Ich tastete mich an den Wänden entlang, ich taumelte, es war mir gleichgültig, wie laut meine Schritte schallten – und endlich erreichte ich mein Zimmer ... Ich warf mich auf mein Bett, und eine schwarze Erstarrung nagelte mich daran ...« Gespenstergeschichten aus Rußland von Puschkin, Gogol, Lesskow und anderen: eine Sammlung im »Gruselkabinett« des Fischer Taschenbuch Verlages. Dazu gehören ferner: ›Französische Gespenstergeschichten‹ (596) und ›Englische Gespenstergeschichten‹ (666).

Der Herausgeber

Johannes von Guenther wurde am 26. Mai 1886 geboren. Als intimer Kenner der russischen Literatur stellte er für den Fischer Taschenbuch Verlag eine kleine russische Bibliothek zusammen: ›Russische Kriminalgeschichten‹ (493), ›Heitere Geschichten aus Rußland‹ (673).

RUSSISCHE GESPENSTERGESCHICHTEN

Herausgegeben und übersetzt von

JOHANNES VON GUENTHER

FISCHER TASCHENBUCH VERLAG

Umschlagentwurf: Hans-Jürgen Spohn

Fischer Taschenbuch Verlag

1.–40. Tausend: Dezember 1961
41.–52. Tausend: November 1963
53.–65. Tausend: März 1965
66.–77. Tausend: August 1966
78.–85. Tausend: April 1968
86.–92. Tausend: Mai 1969
93.–100. Tausend: Juni 1970
101.–107. Tausend: August 1971

Fischer Taschenbuch Verlag GmbH, Frankfurt am Main
Gesamtherstellung: Hanseatische Druckanstalt GmbH, Hamburg
Printed in Germany
ISBN 3 436 00434 0

INHALT

ALEXANDER PUSCHKIN

Pique Dame 7

FÜRST WLADIMIR ODOJEWSKI

Der Salamander 32

NIKOLAI GOGOL

Die verschwundene Urkunde 77

Der verhexte Platz 90

MICHAIL LERMONTOW

Eine unvollendete Novelle 99

IWAN TURGENJEW

Faust 114

Der Hund 157

NICOLAI LESSKOW

Der weiße Adler 174

VALERIJ BRJUSSOW

Verteidigung 197

ALEXANDER PUSCHKIN

PIQUE DAME

I

Brach der Abend herein,
Fanden alle sich ein,
  Immer;
Setzten Fünfzig und mehr,
Bogen Hunderter her . . .
  Himmel!
Den Verlust und Gewinn
Schrieb mit Kreide man hin
  Flüchtig;
So erwies sich fürwahr
Noch ein jeder der Schar
  Tüchtig. *K. Rylejew*

Bei Narumow, einem Offizier des Gardekavallerieregiments, wurde Karten gespielt. Die lange Winternacht verging fast unbemerkt; erst um die fünfte Stunde des Morgens setzte man sich zum Essen. Jene, die gewonnen hatten, aßen mit großem Appetit, die anderen saßen gedankenvoll vor ihren unberührten Gedecken. Doch der Champagner kam, das Gespräch wurde lebhaft, und alle nahmen daran teil.

»Nun, und du, Surin?« fragte der Hausherr.

»Verloren, wie gewöhnlich. Ich muß sagen, ich habe kein Glück: obwohl ich stets Mirandole spiele, obwohl ich mich nie aufrege und mich durch nichts aus der Fassung bringen lasse, verliere ich dennoch immer!«

»Und du hast dich wirklich nie hinreißen lassen? Nie auf Route gesetzt? — Eine Festigkeit, die mir Erstaunen einflößt!«

»Was sagt ihr da erst zu Hermann!« warf einer der Gäste ein, indem er auf den jungen Genieoffizier wies. »Er hat überhaupt noch nie Karten in die Hand genommen, noch nie in seinem Leben ein Paroli gebogen, und dennoch sitzt er bis fünf Uhr hier mit uns und schaut unserem Spiel zu.«

»Kartenspiel interessiert mich sehr«, entgegnete Hermann, »aber ich bin leider nicht in der Lage, der Hoffnung, Überflüssiges zu gewinnen, das Unentbehrliche zu opfern.«

»Er ist ein Deutscher, der Hermann: er versteht zu rechnen — das erklärt alles!« bemerkte Tomskij. »Wen ich jedoch absolut nicht begreifen kann, das ist meine Großmutter, Gräfin Anna Fedotowna.«

Die anderen riefen »wie?« und »warum?«

»Mir ist unbegreiflich«, fuhr Tomskij fort, »aus welchem Grunde meine Großmutter nicht pointiert.«

»Das nennst du unbegreiflich«, versetzte Narumow, »wenn eine achtzigjährige Greisin nicht pointiert?«

»Dann habt ihr wohl noch nichts von ihr gehört?«

»Nie! Wahrhaftig nichts!«

»Nun, dann hört mal zu! Vor einigen sechzig Jahren, müßt ihr wissen, reiste meine Großmutter nach Paris und war dort bald in großer Mode. Man drängte sich, um la Vénus moscovite zu sehen; ja, Richelieu selber machte ihr den Hof, und die Großmutter beteuerte, er hätte sich ihrer Unnahbarkeit wegen bald das Leben genommen. Damals war das Pharaospiel bei den Damen sehr beliebt. Nun, und einmal verlor sie bei Hofe gegen den Herzog von Orleans irgendwie sehr viel, und zwar auf Ehrenwort. Nach Hause zurückgekehrt, teilte sie dem Großvater, während sie die Mouches von ihrem Gesicht löste und den Reifrock losschnürte, die Höhe ihres Spielverlustes mit und ordnete an, es müßte gezahlt werden. Der verstorbene Großvater war, wenn ich mich recht erinnere, für sie immer so etwas wie ein Haushofmeister. Er fürchtete sie wie Feuer; als er jedoch von dieser enormen Spielschuld vernahm, geriet er außer sich, brachte seine Aufzeichnungen herbei und rechnete ihr vor, daß sie in einem halben Jahr eine halbe Million verbraucht hätten und daß sie bei Paris nicht ihre Moskauer und ihre Saratower Dörfer liegen hätten, und zum Schluß weigerte er sich schlechterdings, zu zahlen. Die Großmutter gab ihm eine Ohrfeige und ging zum Zeichen ihrer Ungnade allein zu Bett. Am nächsten Morgen ließ sie ihn rufen, sie hoffte nämlich, daß die häusliche Züchtigung bereits gewirkt hätte, aber sie fand ihn unerbittlich. Es blieb ihr nichts übrig, als sich zum ersten Male in ihrem Leben zu Erklärungen herbeizulassen und mit ihm zu unterhandeln; sie ermahnte ihn, sie erläuterte ihm herablassend, daß die einen Schulden nicht wie die anderen seien und daß doch wohl ein gewisser Unterschied zwischen einem Prinzen und einem Kutschmacher bestünde. Umsonst – der Großvater meuterte. Nein und nein! Die Großmutter wußte nicht mehr, was tun. Nun war sie mit einem sehr merkwürdigen Manne gut bekannt. Ihr habt gewiß alle vom Grafen von Saint-Germain gehört, von dem soviel Sonderbares erzählt wird. Ihr wißt sicher, daß er sich für den Ewigen Juden ausgab, daß er behauptete, das Lebenselixier entdeckt und den Stein der Weisen gefunden zu haben und dergleichen mehr. Man hielt ihn für einen Scharlatan und lachte über ihn, andererseits aber erzählt Casanova in seinen Memoiren, er sei ein Spion gewesen; übrigens hatte

Saint-Germain trotz seiner Geheimniskrämerei ein Ehrfurcht erweckendes Äußeres und galt allgemein als sehr liebenswürdig. Meine Großmutter ist noch heute von ihm hingerissen und kann sich sehr darüber ärgern, wenn man irgendwie wegwerfend von ihm spricht. Der Großmutter war bekannt, daß Saint- Germain große Geldmittel zur Verfügung standen. Sie entschloß sich, seine Hilfe anzurufen, und schickte ihm ein Billett, in welchem sie ihn aufforderte, sie sofort zu besuchen. Der alte Sonderling erschien unmittelbar darauf und traf sie in schrecklichen Sorgen an. Sie schilderte ihm die Barbarei ihres Gemahls in den schwärzesten Farben und sagte schließlich, sie setze ihre ganze Hoffnung auf seine Freundschaft und seine Liebenswürdigkeit. Saint-Germain versank in Nachdenken. ›Ich kann Ihnen mit dieser Summe aushelfen‹, sagte er endlich; ›aber ich weiß, es wird Ihnen keine Ruhe lassen, eh' Sie nicht die Schuld beglichen haben, und ich möchte Ihnen nicht neue Verdrießlichkeiten bereiten. Es gibt ein anderes Mittel: das Verlorene im Spiel zurückzugewinnen.‹ — ›Aber, bester Graf‹, entgegnete ihm die Großmutter, ›sagte ich Ihnen nicht bereits, daß wir ganz ohne Geld seien?‹ — ›Man braucht dazu kein Geld‹, erwiderte Saint-Germain, ›ich bitte Sie, mich anzuhören.‹ Und da war es, daß er ihr ein Geheimnis eröffnete, für das wohl ein jeder von uns gern teuer bezahlen würde . . .«

Die jugendlichen Spieler verdoppelten ihre Aufmerksamkeit. Tomskij steckte seine Pfeife an, rauchte einige Züge und setzte dann seine Erzählung fort:

»Und am selben Abend erschien meine Großmutter in Versailles au jeu de la reine. Die Bank hielt der Herzog von Orleans; die Großmutter entschuldigte sich leichthin, daß sie die Spielschuld nicht mitgebracht hätte, und erzählte zur Rechtfertigung irgend etwas, was ihr gerade einfiel, und pointierte darauf gegen den Herzog. Sie wählte drei Karten und setzte eine nach der anderen: und alle drei gewannen, und so hatte die Großmutter ihren Verlust wieder hereingebracht.«

»Zufall!« sagte einer der Gäste.

»Ein Märchen!« bemerkte Hermann.

»Vielleicht waren die Karten markiert!« warf ein dritter ein.

»Undenkbar«, entgegnete Tomskij ernst.

»Wie?« rief Narumow. »Du hast eine Großmama, die gleich drei Karten hintereinander errät, und bist bis jetzt noch nicht im Besitz ihrer Kabbalistik?«

»Der Teufel!« entgegnete Tomskij. »Vier Söhne hatte sie, darunter war auch mein Vater; alle vier — verzweifelte Kartenspieler, und dennoch hat sie es keinem anvertraut, obwohl alle und auch ich es gut brauchen könnten. Aber hört noch, was Graf Iwan Iljitsch, mein Onkel, erzählte; er gab sein Ehrenwort, daß die Geschichte wahr sei. Der verstorbene Tschaplitzkij, derselbe, der, nachdem er Millionen verschleudert, in entsetzlicher Armut umkam, hatte einmal, als er noch jung war, an die dreimalhunderttausend verspielt, und zwar – ich entsinne mich – an Soritsch. Er war in Verzweiflung. Meiner Großmutter nun, die sonst im allgemeinen leichtsinnige Streiche junger Leute streng verurteilte, tat Tschaplitzkij irgendwarum leid. Sie nannte ihm die drei Karten, die er eine nach der andern setzen sollte, er mußte ihr jedoch gleichzeitig sein Ehrenwort geben, nie wieder zu spielen. Tschaplitzkij forderte von seinem glücklichen Partner Revanche: sie setzten sich zum Spiel. Tschaplitzkij setzte fünfzigtausend auf die erste Karte und gewann, darauf bog er ein Paroli und ein Paroli-pé und gewann beide und alles zurück und noch etwas dazu ...«

»Aber es ist Zeit, schlafen zu gehen: es ist schon ein Viertel vor sechs.«

Und in der Tat, der Morgen dämmerte. Die jungen Leute tranken ihren Wein aus und fuhren nach Hause.

II

Il paraît que monsieur est
décidément pour les suivantes.
Que voulez-vous, madame?
Elles sont plus fraîches.
Ein Gespräch

Die alte Gräfin *** saß in ihrem Ankleidezimmer vor dem Spiegel. Drei Kammerzofen umringten sie. Die eine hielt die Büchse mit der Schminke, eine Schachtel mit Haarnadeln die andere und die dritte eine hohe, mit Bändern aus Flammenfarbe verzierte Haube. Die Gräfin konnte nicht den geringsten Anspruch mehr auf Schönheit erheben, die war längst dahin, allein sie hielt sich noch immer an die Gewohnheiten ihrer Jugend und befolgte aufs genaueste die Mode der siebziger Jahre, sie zog sich noch genauso lange und ganz so sorgfältig an wie sechzig Jahre zuvor. Am Fenster saß vor einem Stickrahmen ihre Pflegetochter, das Fräulein.

»Guten Morgen, Grand'maman«, rief eintretend ein junger Offizier. »Bonjour, Mademoiselle Lise. – Grand'maman, ich habe eine Bitte.«

»Und die ist, Paul?«

»Erlauben Sie mir, Ihnen einen meiner Freunde vorzustellen und ihn am Freitag auf Ihren Ball zu bringen.«

»Bring ihn auf den Ball und stelle ihn mir dort vor. Warst du übrigens gestern bei den ***?«

»Freilich! Es war sehr lustig; wir tanzten bis um fünf. Die Jelezkaja sah wieder reizend aus!«

»I, mein Lieber! Was ist schon an ihr? Da war ihre Großmutter, die Fürstin Darja Petrowna, doch ganz anders ... Übrigens, ich meine, sie muß sehr gealtert sein, die Fürstin Darja Petrowna?«

»Gealtert?« entgegnete Tomskij zerstreut. »Sie ist doch schon seit sieben Jahren tot.«

Das Fräulein hob den Kopf und machte dem jungen Mann ein Zeichen. Er biß sich auf die Lippen, denn jetzt erst erinnerte er sich, daß man der alten Gräfin den Tod ihrer Altersgenossinnen verheimlichte. Aber die Gräfin nahm diese neue Nachricht mit völligem Gleichmut auf.

»Tot!« sagte sie nur. »Und ich wußte es nicht einmal! Wir wurden gleichzeitig zu Hofdamen ernannt, und als wir uns darauf bei Hofe vorstellten, sagte die Kaiserin ...«

Und zum hundertsten Male erzählte die Gräfin ihrem Enkel diese Anekdote.

»Und nun, Paul«, sagte sie zum Schluß, »jetzt hilfst du mir, mich aufrichten. — Liebe Lisa, wo ist meine Tabatiere?«

Geleitet von ihren Kammerjungfern, verschwand die Gräfin hinter einem Wandschirm, um ihre Toilette zu beenden. Tomskij blieb mit dem Fräulein allein.

»Wer ist es, den Sie vorstellen wollen?« fragte Lisaweta Iwanowna leise.

»Narumow. Kennen Sie ihn?«

»Nein! Ist er ein Militär oder ein Zivilist?«

»Militär.«

»Genieoffizier?«

»Nein! Er ist bei der Kavallerie. Und warum dachten Sie, er wäre Genieoffizier?«

Das Fräulein lachte, doch sie erwiderte kein Wort.

»Paul!« rief die Gräfin hinter ihrem Wandschirm hervor. »Schick mir doch irgendeinen neuen Roman herüber, aber bitte keinen von den modernen.«

»Was verstehen Sie darunter, Grand'maman?«

»Also keinen von den Romanen, in denen der Held seinen Vater oder seine Mutter erwürgt, und auch keinen, wo Ertrunkene drin vorkommen. Ich fürchte mich so vor Ertrunkenen.«

»Diese Romane gibt es jetzt überhaupt nicht mehr. Oder wollen Sie vielleicht etwas Russisches?«

»Gibt's denn überhaupt russische Romane? Ach bitte, mein Freund, schick mir doch einen herüber.«

»Leben Sie wohl, Grand'maman: ich eile ... Leben Sie wohl, Lisaweta Iwanowna! Wie kamen Sie auf die Idee, daß Narumow Genieoffizier sei?«

Tomskij verließ das Ankleidezimmer.

Lisaweta Iwanowna blieb allein zurück; sie ließ ihre Arbeit sinken und blickte durchs Fenster. Und gleich darauf bog auf der einen Seite der Straße ein junger Offizier um die Ecke. Ihre Wangen färbten sich; sie machte sich wieder an die Arbeit, tief beugte sich der Kopf über das Stickmuster. Und da kam auch schon die Gräfin, fertig angezogen.

»Lisa«, sagte sie, »der Kutscher soll anspannen, wir wollen spazierenfahren.«

Lisa erhob sich von ihrem Stickrahmen und begann ihre Arbeit fortzuräumen.

»Was soll das, meine Beste! Du bist wohl taub, was?« schrie die Gräfin sie an. »Sofort gehst du anspannen lassen.«

»Ja!« entgegnete still das Fräulein und lief ins Vorzimmer. Ein Diener kam und brachte der Gräfin Bücher vom Fürsten.

»Es ist gut! Ich lasse danken«, sagte die Gräfin. »Lisa, aber Lisa, wohin läufst du denn schon wieder?«

»Mich anziehen.«

»Dazu findest du immer noch Zeit, meine Liebe. Setz dich her. Mach mal den ersten Band auf und lies vor ...«

Das Fräulein nahm das Buch und las einige Zeilen.

»Lauter!« befahl die Gräfin. »Was hast du, meine Beste? Die Stimme verloren ... was? Wart mal ... rück mir den Fußschemel näher ... näher ... endlich!« Lisaweta Iwanowna las noch zwei Seiten. Die Gräfin gähnte.

»Laß das Buch«, sagte sie, »lauter Unsinn! Schick es dem Fürsten Paul zurück, ich ließe danken ... Wo bleibt der Wagen?«

»Der Wagen ist vorgefahren«, sagte Lisaweta Iwanowna, indem sie auf die Straße hinaussah.

»Und du bist noch nicht angezogen?« murrte die Gräfin. »Immer muß man auf dich warten. Das ist nicht mehr zum Aushalten, meine Beste!«

Lisa lief in ihr Zimmer. Keine zwei Minuten waren vergangen, da begann die Gräfin aus Leibeskräften zu klingeln. Die drei Zofen flogen durch die eine Tür herein und der Kammerdiener durch die andere.

»Wo bleibt ihr so lange, wenn ich klingle?« herrschte die Gräfin sie an. »Man melde Lisaweta Iwanowna, daß ich sie erwarte.«

Allein da trat Lisaweta Iwanowna schon in Hut und Mantel ein.

»Endlich, meine Beste!« sagte die Gräfin. »Was für ein Aufzug! Wozu das? – Wen will man betören? – Wie ist das Wetter? Anscheinend windig.«

»Nein, Euer Durchlaucht! Kein Wind!« entgegnete der Kammerdiener.

»Ihr schwatzt immer ins Blaue hinein! Das Fenster öffnen! Dacht ich's doch: Wind! Und dazu ein eisigkalter! Der Wagen wird ausgespannt! Lisa, wir fahren nicht: es war unnütz, sich zu putzen.«

Und das ist nun mein Leben! dachte Lisaweta Iwanowna.

In der Tat, Lisaweta Iwanowna war ein äußerst unglückliches Geschöpf. Bitter ist fremdes Brot, sagt Dante, und steil sind die Stufen fremden Hauses. Wer aber kannte die Bitterkeit der Abhängigkeit besser als die arme Pflegetochter der alten Aristokratin? Die Gräfin *** war gewiß kein böser Mensch, aber sie war wie jede von der Welt verwöhnte Frau sehr launisch; außerdem war sie geizig und von jenem kalten Egoismus, der allen alten Leuten, die ihre Zeit genossen und der gegenwärtigen fremd geworden sind, eigen ist. Dennoch nahm sie an allen Festen der vornehmen Gesellschaft teil; sie schleppte sich auf alle Bälle und saß dort geschminkt und nach alter Mode aufgeputzt wie eine groteske, aber irgendwie unumgängliche Ausstaffierung des Saales in einer Ecke; die Gäste traten, als wär's eine vorgeschriebene Zeremonie, mit tiefen Verbeugungen an sie heran, um sich nachher überhaupt nicht mehr um sie zu kümmern. In ihrem eigenen Hause empfing sie die ganze Welt, sie hielt auf strengste Etikette, erkannte jedoch keinen Menschen. Ihr zahlreiches Gesinde, in den Vorzimmern und Mägdekammern fett und grau geworden, machte, was es wollte, und bestahl die absterbende Greisin unablässig.

In diesem Hause war Lisaweta Iwanowna eine Märtyrerin. Sie schenkte den Tee aus und steckte die Vorwürfe wegen zuviel verbrauchten Zuckers ein; sie mußte Romane vorlesen – und war schuld an jedem Fehler des Verfassers; sie begleitete die Gräfin auf den Spazierfahrten – und war nicht nur für das Wetter verantwortlich, nein, auch für das Straßenpflaster. Ein Gehalt sollte sie wohl bekommen, aber es wurde ihr nie ausbezahlt; trotzdem jedoch wurde von ihr gefordert, daß sie wie alle angezogen sein solle, das heißt wie sehr wenige. Die Rolle, die sie in der Gesellschaft spielte, war kläglich. Obwohl alle sie kannten, wurde sie von niemand beachtet; auf den Bällen kam sie nur dann zum Tanzen, wenn irgendwo ein Visavis fehlte, und die Damen nahmen ihren Arm, wenn sie in die Garderobe mußten, um an ihren Kleidern irgend etwas zu richten. Dabei war ihr Charakter selbständig und stolz, und sie wußte Bescheid über ihre Lage; nichts ringsum entging ihr, und voller Ungeduld erwartete sie einen Befreier; indes keiner der jungen Männer, die trotz ihrem leichtsinnigen Hochmut so berechnend waren, schenkte ihr Aufmerksamkeit, war auch Lisaweta Iwanowna gewiß hundertmal anziehender als jene frechen und kalten Bräute, die so begehrt waren. Wie oft verließ sie insgeheim den prunkvollen, aber langweiligen Salon, um in ihrem armen Zimmer zu weinen, in ihrem Zimmer, in welchem billige, mit Tapeten beklebte Wandschirme standen, eine Kommode, ein kleiner Spiegel und das angestrichene Bett und wo in einem Leuchter aus Messing ein Talglicht düster brannte.

Einmal – es war zwei Tage nach jenem Abend, den wir zu Beginn unserer Erzählung schilderten, und eine Woche vor der Szene, in der wir steckengeblieben sind –, Lisaweta Iwanowna, die wie immer am Fenster vor ihrem Stickrahmen saß, schaute einmal unwillkürlich auf die Straße hinaus und erblickte dort einen jungen Genieoffizier; er stand regungslos da und schaute sie unverwandt durchs Fenster an. Sie senkte den Kopf und machte sich von neuem an ihre Arbeit; nach fünf Minuten sah sie wieder auf – der junge Offizier stand immer noch auf demselben Fleck. Da es nicht ihre Gewohnheit war, mit den vorübergehenden Offizieren zu kokettieren, sah sie nicht mehr hinaus und nähte an die zwei Stunden, ohne den Kopf dabei zu heben. Es wurde zu Tisch gerufen. Sie erhob sich und begann ihre Arbeit fortzuräumen, als sie aber dabei zufällig auf die Straße schaute, erblickte sie wiederum den Offizier. Das berührte sie ziemlich merkwürdig. Nach dem Mittagessen trat sie mit dem Gefühl einer gewissen Unruhe aufs neue ans Fenster, doch da war kein Offizier mehr zu sehen – und so vergaß sie ihn . . .

Zwei Tage vergingen, sie schickte sich gerade an, mit der Gräfin in den Wagen zu steigen, da sah sie ihn wieder. Er stand an der Auffahrt, ein Biberkragen hielt sein Gesicht verdeckt, und nur seine schwarzen Augen funkelten unter dem Hut. Lisaweta Iwanowna erschrak und wußte selber nicht worüber, sie setzte sich mit einem unerklärlichen Beben in die Kutsche.

Kaum war sie wieder zu Hause, da lief sie zum Fenster – der Offizier stand auf demselben Fleck und richtete seine Augen auf sie; sie wich zurück, doch nun überkamen sie Neugier und ein Gefühl, das ihr völlig neu war.

Und nun verging kein Tag, an dem der junge Mann zu der bewußten Stunde nicht vor den Fenstern des Hauses erschienen wäre. Zwischen ihm und ihr kam es zu einem unvereinbarten Einverständnis. Sie saß auf ihrem Platz an der Arbeit und fühlte sein Kommen – sie hob den Kopf und blickte ihn mit jedem Tag länger und länger an. Und es schien, der junge Mann war ihr dankbar dafür: mit dem scharfen Blick der Jugend bemerkte sie, wie jedesmal, wenn ihre Blicke sich begegneten, eine flüchtige Röte seine bleichen Wangen bedeckte. Doch als eine Woche vergangen war, lächelte sie ihm zu.

Das Herz des armen Mädchens klopfte, als Tomskij um die Erlaubnis bat, der Gräfin einen seiner Freunde vorstellen zu dürfen. Allein als sie erfuhr, daß Narumow kein Genieoffizier, sondern von der Gardekavallerie sei, bedauerte sie, mit ihrer unüberlegten Frage dem leichtsinnigen Tomskij ihr Geheimnis verraten zu haben.

Hermann war der Sohn eines in Rußland ansässig gewordenen Deutschen und hatte von seinem Vater eine kleine Geldsumme geerbt. Hermann, dessen Absicht es war, sich die völlige Unabhängigkeit zu erringen, berührte indessen nicht einmal die Zinsen dieser Erbschaft, sondern lebte von seinem Offizierssold und erlaubte sich nichts darüber. Da er übrigens äußerst verschlossen und ehrgeizig war, kamen seine Kameraden selten in die Lage, ihn seiner übermäßigen Sparsamkeit wegen auslachen zu können. Sein Temperament war von Haus aus leidenschaftlich und seine Phantasie voll Feuer; nur die Festigkeit seines Charakters konnte ihn vor den üblichen Verirrungen der jungen Jahre bewahren. Um es an einem Beispiel zu erläutern: er war eigentlich eine Spielernatur und rührte trotzdem keine Karte an, denn er hatte sich ausgerechnet, daß sein Vermögen (wie er sagte) ihm nicht gestatte, »der Hoffnung, Überflüssiges zu gewinnen, das Unentbehrliche zu opfern« – aber am Kartentisch zu sitzen und mit fieberhafter Erregung die verschiedenen Phasen des Spiels zu beobachten, war ihm keine Nacht zu lang.

Die Anekdote von den drei Karten hatte merkwürdig stark auf ihn gewirkt, er mußte die ganze Nacht über daran denken. – Wie – grübelte er, als er am nächsten Abend durch die Straßen Petersburgs wanderte –, wie, wenn nun die alte Gräfin mir das Geheimnis entdeckt oder mir die drei sicheren Karten nennt? Warum soll ich mein Glück nicht versuchen? Ich könnte mich ihr vorstellen lassen, ihre Neigung erringen; schlimmstenfalls ihren Liebhaber spielen; aber dazu gehört Zeit, und sie ist bereits siebenundachtzig Jahre alt; sie kann schon nach einer Woche sterben, ja nach zwei Tagen! – Und außerdem diese Anekdote? – Kann man ihr überhaupt glauben? – Nein und nein! Vernunft, Mäßigkeit und Arbeit, das sind meine drei sicheren Karten, sie werden mein Kapital verdreifachen, sie werden es versiebenfachen und mir Ruhe und Unabhängigkeit verschaffen! Mit solchen Gedanken beschäftigt, geriet er in eine der Hauptstraßen Petersburgs und stand plötzlich vor einem altertümlich gebauten Hause. Die Straße war voll von Equipagen; ein Wagen nach dem andern fuhr vor dem hellerleuchteten Portale vor. Und bald war es das schlanke Füßchen einer jugendlichen Schönen, das aus der Kutsche hervorkam, bald ein knarrender Militärstiefel, bald Strumpf und Lackschuh eines Diplomaten. An dem majestätischen Portier wirbelten die Pelze und Mäntel nur so vorüber.

»Wem gehört das Haus?« fragte er den Wächter an der Ecke.

»Der Gräfin ***«, antwortete dieser.

Hermann überlief es. Und wieder kam ihm die erstaunliche Anekdote in den Sinn. Er umkreiste das Haus, unablässig an die Besitzerin und an ihre wunderbare Gabe denkend. Erst spät kehrte er in seine friedliche Behausung zurück; lange konnte er nicht einschlafen, und als endlich die Müdigkeit ihn bezwang, sah er noch im Traume Karten und Ballen von Banknoten und Lasten von Goldstücken. Er setzte Karte auf Karte, bog das Paroli mit Entschiedenheit, gewann unablässig, schaufelte das Gold zu sich und stopfte die Banknoten in die Tasche. Spät erwacht, konnte er einen Seufzer über den entschwundenen Reichtum seines Traumes nicht unterdrücken, und wieder hielt er vor dem Hause der Gräfin ***. Es war, als zöge ihn eine unsichtbare Macht dorthin. Er blieb und schaute in die Fenster. An einem Fenster erblickte er ein dunkles Köpfchen, das offenbar über ein Buch oder über eine Arbeit gesenkt war. Es richtete sich auf. Hermann gewahrte ein blühendes Gesichtchen und schwarze Augen. Diese Minute entschied über sein Schicksal.

III

Vous m'écrivez, mon ange, des lettres de quatre pages plus vite que je ne puis les lire. *Ein Briefwechsel*

Lisaweta Iwanowna hatte Hut und Mantel kaum abgelegt, als die Gräfin sie wieder holen ließ und aufs neue befahl, den Wagen vorfahren zu lassen. In dem Augenblick, als die zwei Diener die Greisin aufhoben und in das Innere des Wagens schoben, erblickte Lisaweta Iwanowna denselben Genieoffizier ganz in ihrer Nähe; er ergriff ihre Hand; sie war wie gelähmt vor Schreck, doch der junge Mann war bereits verschwunden, und nur ein Brief blieb in ihrer Hand zurück. Sie verbarg ihn im Handschuh und war während der ganzen Fahrt geistesabwesend. Dabei hatte die Gräfin die Angewohnheit, jede Minute eine neue Frage zu stellen: Wer war das, der uns grüßte? Wie heißt die Brücke? Was steht auf jenem Schild? Aber Lisaweta Iwanowna antwortete dieses Mal auf gut Glück und häufig nicht das Rechte, und die Gräfin wurde ärgerlich.

»Was hast denn du, meine Beste? Hast du den Starrkrampf, was? Oder hörst du mich nicht, oder kannst du mich nicht verstehen? Gott sei Dank, ich schnarre nicht, und verrückt bin ich auch noch nicht!«

Aber Lisaweta Iwanowna hörte nicht. Zu Hause angekommen, lief sie in ihr Zimmer und nahm den Brief aus ihrem Handschuh; er war nicht versiegelt. Lisaweta Iwanowna las. Der Brief war eine Liebeserklärung: zärtlich und ehrfurchtsvoll und Wort für Wort einem deutschen Roman entnommen. Doch Lisaweta Iwanowna, die kein deutsches Buch kannte, war mit dem Brief sehr zufrieden.

Immerhin beunruhigte der empfangene Brief sie außerordentlich. Sie trat zum ersten Male in heimliche und nahe Beziehungen zu einem jungen Mann. Seine Dreistigkeit erschreckte sie. Sie machte sich Vorwürfe, daß sie unüberlegt gehandelt habe, und eigentlich wußte sie nicht, was jetzt tun: Nicht mehr am Fenster sitzen und dem jungen Offizier durch Nichtbeachtung die Lust zu weiteren Schritten nehmen? Oder den Brief zurückgeben? Oder kalt und energisch antworten? Niemand war da, der ihr raten konnte: sie hatte keine Freundin, keinen Menschen, dessen Erfahrung sie sich anvertrauen konnte. Und Lisaweta Iwanowna entschloß sich, den Brief zu beantworten.

Sie setzte sich an den Schreibtisch, legte Papier zurecht und nahm die Feder zur Hand — und versank in Gedanken. Einige Male fing sie an — aber immer wieder zerriß sie das Geschriebene: bald war es viel zu freundlich, bald viel zu hartherzig. Endlich gelangen ihr einige Zeilen, die sie befriedigten. »Ich bin überzeugt« — schrieb sie —, »daß Ihre Absichten ehrenhaft sind und daß Sie durch Ihren unbedachten Schritt mich nicht beleidigen wollten; allein es geht nicht an, daß unsere Bekanntschaft auf diesem Wege anfängt. Hier ist Ihr Brief zurück, und ich hoffe, ich werde fürder keinen Grund haben, mich über unverdiente Mißachtung beklagen zu müssen.«

Als Lisaweta Iwanowna am Tage darauf den vorübergehenden Hermann erblickte, stand sie von ihrem Stickrahmen auf, ging in den nebenanliegenden Salon, öffnete dort ein Fenster und warf den Brief im Vertrauen auf die Gewandtheit des jungen Offiziers auf die Straße. Und schon war Hermann da und hatte ihn aufgehoben und verschwand in einem Konditorladen. Er erbrach das Siegel und sah seinen eigenen Brief und ihre Antwort. Mehr konnte er nicht erwarten, und, ganz in die geschickt angeknüpfte Intrige vertieft, kehrte er heim.

Drei Tage darauf brachte ein jung und verschmitzt aussehendes Ladenfräulein ein Billett aus einer Modehandlung für Lisaweta Iwanowna. Diese öffnete es ein wenig besorgt, denn sie erwartete, eine Geldforderung vorzufinden aber da hatte sie auch schon Hermanns Handschrift erkannt.

»Es ist ein Irrtum, meine Liebe«, sagte sie, »das Billett ist nicht für mich.«

»Nein, es ist ganz sicher für Sie!« entgegnete das dreiste Mädchen und lächelte durchtrieben. »Bitte, lesen Sie nur!«

Lisaweta überflog das Papier. Hermann bat um eine Zusammenkunft.

»Unmöglich«, sagte Lisaweta Iwanowna, sowohl von der Übereiltheit dieses Verlangens als auch von der Art und Weise der Übermittlung erschrocken, »der Brief ist bestimmt nicht für mich.«

Und sie zerriß ihn in kleine Stücke.

»Wenn der Brief nicht für Sie war, warum haben Sie ihn dann zerrissen?« versetzte das Mädchen. »Ich hätte ihn ja dem, der ihn geschickt hat, zurückgeben können.«

Lisaweta Iwanowna wurde feuerrot.

»Liebes Kind, bringen Sie mir weiterhin keine solchen Briefe. Und dem, der Sie hergeschickt hat, sagen Sie, er solle sich schämen.«

Doch Hermann gab keine Ruhe. Jeden Tag erhielt Lisaweta Iwanowna bald auf diesem, bald auf jenem Wege Briefe von ihm. Und jetzt waren es schon keine Übersetzungen mehr aus dem Deutschen. Hermann schrieb, was Leidenschaft ihm diktierte, und schrieb es in seiner eigenen Sprache. Diese Briefe waren erfüllt von der Unbeugsamkeit seiner Wünsche und der Zerfahrenheit seiner ungezügelten Phantasie. Und Lisaweta Iwanowna dachte nicht mehr daran, sie zurückzuschicken: sie berauschte sich an ihnen, ja sie antwortete sogar, und mit jedem Male wurden ihre Briefe länger und inniger. Und endlich warf sie ihm durchs Fenster folgenden Brief zu:

»Heute ist der Ball beim ***schen Gesandten. Die Gräfin wird dort sein. Wir bleiben bis zwei Uhr nachts. Dies gibt eine

Gelegenheit, mich allein anzutreffen. Sobald die Gräfin fort ist, wird sicher die Dienerschaft ausgehen; nur der Portier bleibt da, aber auch er zieht sich gewöhnlich in seine Kammer zurück. Kommen Sie um halb zwölf. Gehen Sie die Treppe hinauf. Wenn jemand im Vorraum ist, fragen Sie, ob die Gräfin zu Hause sei. Man wird Ihnen antworten, sie sei nicht zu Hause – und dann bleibt Ihnen nichts übrig, als wieder umzukehren. Wahrscheinlich jedoch wird Ihnen niemand begegnen. Die Kammerzofen halten sich um diese Zeit alle in ihrem Zimmer auf. Aus dem Vorzimmer geht es nach links, und dann gehen Sie geradeaus bis zum Schlafzimmer der Gräfin. Im Schlafzimmer werden Sie hinter den Wandschirmen zwei niedrige Türen erblicken: die rechter Hand führt in das Kabinett, das die Gräfin niemals betritt; die linker Hand aber in einen Gang; dortselbst ist eine schmale Wendeltreppe – und diese bringt Sie in mein Zimmer.«

Den angesetzten Zeitpunkt erwartend, bebte Hermann am ganzen Körper wie ein Tiger. Schon um zehn Uhr abends stand er vor dem Hause der Gräfin. Es war ein greuliches Wetter: der Wind heulte, in schweren Flocken wirbelte nasser Schnee; die Laternen brannten trübe; die Straßen waren leer. Hier und da schleppte sich, von einem mageren Gaul gezogen, eine Droschke vorbei, deren Kutscher auf der Lauer nach verspäteten Fahrgästen lag. Obwohl Hermann nur im Rock dastand, spürte er weder Wind noch Schnee. Endlich fuhr der Wagen der Gräfin vor. Hermann sah, wie die Diener die in einen Zobelpelz gewickelte, ganz zusammengeschrumpfte Gräfin in den Wagen hoben, ihr folgte in einem leichten Mäntelchen, frische Blumen im Haar, ihr Pflegekind. Der Wagenschlag fiel zu. Schwerfällig setzte sich auf dem lockeren Schnee die Kutsche in Bewegung. Der Portier schloß die Türe. In den Fenstern wurde es dunkel. Vor dem leer gewordenen Hause schritt Hermann auf und ab; endlich blieb er vor einer Laterne stehen und sah auf die Uhr: es war zwanzig Minuten nach elf. Er blieb dort unter der Laterne stehen, die Augen auf den Uhrzeiger geheftet, um die noch übrigbleibenden Minuten abzuzählen. Punkt halb zwölf stieg er die Stufen zum Eingang empor und trat in den hellerleuchteten Vorraum. Der Portier war nicht zu sehen. Hermann flog die Treppe hinauf, öffnete die Tür zum Vorzimmer und erblickte dort einen Diener, der vor einer Lampe in einem altertümlichen, ziemlich schäbigen Lehnstuhl schlief. Mit leichtem, aber festem Schritt ging Hermann an ihm vorbei. Der Salon und das Empfangszimmer waren dunkel. Die Lampe aus dem Vorzimmer gab nur spärliche Beleuchtung. Und dann kam das Schlafzimmer. Vor dem ganz mit alten Heiligenbildern angefüllten Schrein brannte ein goldenes Lämpchen. In einer trauervollen Symmetrie standen an den mit chinesischen Tapeten bespannten Wänden die Sessel mit ihren verblichenen Überzügen und die Sofas mit ihren Flaumkissen und der abgeschabten Goldpolitur. An der Wand hingen zwei von Madame Lebrun in Paris gemalte Porträts. Das eine stellte einen Herrn von etwa vierzig Jahren in einem hellgrünen Uniformrock dar, auf seiner Brust glänzte ein Stern, sein Gesicht war gerötet und voll; das andere – eine junge Schöne mit kühn geschwungener Nase, die Schläfen frei und eine Rose im gepuderten Haar. Überall standen und lagen Porzellanschäferinnen, kleine Tischuhren, vom berühmten Leroy gefertigt, Schächtelchen, Fächer und alle jene verschiedenen Damenbijouterien, die das Ende des achtzehnten Jahrhunderts gleichzeitig mit dem Ballon des Montgolfier und dem Mesmerschen Magnetismus uns gebracht hat. Hermann schaute hinter die Wandschirme. Dort war ein kleines Eisenbett und rechts die Tür, die zum Kabinett führte, und links jene andere zum Korridor. Hermann öffnete diese und sah die schmale Wendeltreppe, die zum Zimmer der armen Pflegetochter führte . . . Allein er kehrte um und betrat das dunkle Kabinett.

Die Zeit verging ungeheuer langsam. Im Hause war alles still. Eine Uhr im Empfangszimmer schlug zwölfmal, und eine nach der anderen verkündeten die Uhren im ganzen Hause die zwölfte Stunde – darauf herrschte wieder Ruhe. Hermann stand an den kalten Ofen gelehnt. Er war sehr ruhig; sein Herzschlag war fest wie der eines Menschen, der auf eine gefahrvolle, aber notwendige Sache losgeht. Die Uhren schlugen die erste Stunde und schlugen die zweite Stunde, und dann kam von ferne das Rasseln des Wagens. Eine unwillkürliche Erregung packte ihn. Der Wagen fuhr vor und hielt. Er hörte, wie man den Wagentritt herabließ. Im Hause wurde es unruhig. Schritte liefen, Stimmen klangen, und es wurde hell. Drei alte Zimmermädchen eilten ins Schlafzimmer, halbtot folgte ihnen die Gräfin und ließ sich in einen tiefen Armsessel sinken. Durch eine kleine Türspalte konnte Hermann alles beobachten. Lisaweta Iwanowna glitt vorüber. Hermann hörte, wie sie eilig die Wendeltreppe hinauflief. In seinem Innern regte sich etwas wie Gewissensbisse, ließ aber sofort nach. Er war steinern.

Die Gräfin wurde vor dem Spiegel ausgezogen. Man nahm ihr die mit Rosen geschmückte Haube ab; man nahm die gepuderte Perücke von ihrem grauen, fast kahlgeschorenen Schädel. Es war ein Regen von Stecknadeln. Das gelbe, mit Silber verbrämte Seidenkleid fiel zu ihren angeschwollenen Füßen nieder. Hermann wurde zum Zeugen all der widerlichen Geheimnisse ihrer Toilette; endlich aber war sie in Schlafrock und Nachthaube, und in diesem Aufzug, der mehr ihrem Alter entsprach, fand er sie weniger abscheulich und abstoßend.

Die Gräfin litt, wie alle alten Leute überhaupt, an Schlaflosigkeit. Nachdem sie ausgekleidet war, setzte sie sich in den tiefen Lehnstuhl am Fenster und entließ die Zofen. Die Kerzen wurden hinausgetragen, und wieder beleuchtete nur das eine Lämpchen das Zimmer. Die Gräfin saß in ihrem Lehnstuhl, sie war ganz gelb, ihre herabhängenden Lippen bewegten sich stumm, und ihr Oberkörper schwankte bald nach rechts, bald nach links. Aus ihren trüben Augen sprach kein Schimmer eines Gedankens; bei ihrem Anblick konnte man leicht auf die Vermutung kommen, es stammten die Bewegungen der greulichen Alten nicht aus ihrem Willen her, sondern von der Einwirkung einer verborgenen galvanischen Kraft.

Plötzlich jedoch veränderte sich das tote Gesicht unbeschreiblich. Die Lippen hörten auf, sich zu bewegen. Leben trat in die Augen: ein unbekannter Mann stand vor der Gräfin.

»Erschrecken Sie nicht, um Gottes willen, keine Furcht!« sprach er mit deutlicher, aber leiser Stimme. »Ich kam nicht mit der Absicht, Ihnen zu schaden; ich kam, um Sie um eine Gnade anzuflehen.«

Die Alte sah ihn stumm an, und es war, als hätte sie nichts gehört. Hermann dachte, sie könnte vielleicht schwerhörig sein; er beugte sich zu ihrem Ohr und wiederholte die gleichen Worte. Die Alte schwieg wie zuvor. »Sie können«, sprach Hermann weiter, »mich glücklich machen, und es wird Sie nichts kosten; ich weiß, Sie haben die Fähigkeit, drei aufeinanderfolgende Karten zu erraten . . .«

Hermann hielt inne. Es schien, die Gräfin hatte begriffen, was er wollte; es schien, sie suche nach Worten, um ihm zu antworten.

»Nur ein Scherz«, sagte sie endlich, »ich schwör's, es war nur ein Scherz!«

»Damit scherzt man nicht«, entgegnete Hermann aufgebracht. »Denken Sie an Tschaplitzkij und wie Sie ihm geholfen haben, seinen Spielverlust wieder zurückzugewinnen.«

Die Gräfin war sichtbar bestürzt. Ihre Züge verrieten eine starke Gemütsbewegung; doch nicht lange, und sie fiel wieder in ihren vorigen Zustand der Gefühllosigkeit.

»Könnten Sie«, fuhr Hermann fort, »mir nicht diese drei Gewinnkarten bezeichnen?«

Die Gräfin schwieg; Hermann sprach weiter:

»Für wen hüten Sie dieses Geheimnis? Für Ihre Enkel etwa? Die sind sowieso reich, sie kennen nicht einmal den Wert des Geldes. Einem Verschwender helfen Ihre drei Karten nicht. Wer nicht einmal das väterliche Erbe zu wahren versteht, wird, mögen ihm auch Dämonen Hilfe leisten, sowieso in Armut umkommen. Ich dagegen bin kein Verschwender; ich kenne den Wert des Geldes. Bei mir sind Ihre drei Karten wohl angewandt. Nennen Sie sie!«

Er verstummte und wartete bebend auf ihre Antwort. Die Gräfin schwieg; Hermann fiel vor ihr auf die Knie.

»Wenn jemals«, sprach er, »wenn Ihr Herz jemals das Gefühl der Liebe erfuhr, wenn Sie die Seligkeiten, die sie schenkt, erkannten, wenn Sie beim Anblick Ihres neugeborenen Sohnes auch nur einmal gelächelt haben, wenn jemals eine menschliche Regung in Ihrer Brust pochte, so flehe ich Sie an, so beschwöre ich Sie bei den Gefühlen der Frau, der Geliebten, der Mutter, ja bei allem, was im Leben heilig ist, schlagen Sie mir diese Bitte nicht ab, sagen Sie mir Ihr Geheimnis, was kann es Ihnen noch bedeuten? – Hängt es vielleicht mit einem furchtbaren Frevel zusammen, mit dem Verlust der ewigen Seligkeit, einem Bund mit dem Teufel? – Bedenken Sie: Sie sind alt; Sie haben nicht mehr lange zu leben – ich aber bin bereit, Ihre Sünde auf meine Seele zu nehmen. Nur enthüllen Sie mir Ihr Geheimnis. Bedenken Sie, in Ihrer Hand liegt das Glück eines Menschen; bedenken Sie, nicht nur ich, auch meine Kinder, meine Enkel, meine Urenkel werden Sie segnen und werden Ihr Angedenken ehren, wie man ein Heiligtum ehrt . . .«

Aber die Alte entgegnete kein Wort. Hermann erhob sich. »Hexe!« sprach er zähneknirschend. »Alte Hexe! So will ich dich zwingen, mir zu antworten . . .« Mit diesen Worten zog er eine Pistole aus der Tasche.

Beim Anblick der Pistole zeigte die Gräfin zum zweiten Male eine außerordentliche Erregung. Ihr Kopf geriet in Bewegung, sie erhob die Hand, als wolle sie den Schuß abwehren . . . dann sank sie nach vorn . . . und regte sich nicht mehr.

»Keine Kindereien«, sagte Hermann und ergriff ihre Hand. »Ich frage Sie zum letztenmal: Wollen Sie mir Ihre drei Karten bezeichnen? Ja oder nein?«

Die Gräfin gab keine Antwort. Hermann bemerkte, daß sie tot war.

IV

(7. Mai 18**) Homme sans mœurs et sans religion!
Aus einem Briefwechsel

Noch immer in ihrem Ballkleide, saß Lisaweta Iwanowna tief in Gedanken versunken in ihrem Zimmer. Nach Hause gekommen, war es ihr erstes, die verschlafene Zofe, die ihr sowieso nur ungern behilflich war, mit den Worten, sie wolle sich allein auskleiden, fortzuschicken und darauf zitternd in ihr Zimmer zu eilen, wo sie Hermann vorzufinden hoffte und eigentlich nicht vorzufinden wünschte. Schon der erste Blick zeigte ihr, daß er nicht da war, und sie dankte ihrem Schicksal für das Hindernis, das diese Zusammenkunft vereitelt hatte. Sie setzte sich, ohne sich auszukleiden, und überdachte all die Ereignisse, die in so kurzer Zeit sie so weit geführt hatten. Noch waren keine drei Wochen seit jenem Tage vergangen, an dem sie zum ersten Male den jungen Mann durchs Fenster erblickt hatte – und schon stand sie mit ihm nicht nur im Briefwechsel, nein, sie hatte ihm sogar eine nächtliche Zusammenkunft bewilligt! Sein Name war ihr bekannt, weil er einige seiner Briefe unterzeichnet hatte; aber noch nie hatte sie mit ihm gesprochen, nie seine Stimme gehört, ja noch nie von ihm sprechen hören ... nie, bis zum heutigen Abend. Wie sonderbar! Tomskij hatte sich an diesem Abend auf dem Ball über die Fürstin Pauline *** geärgert, die, entgegen ihrer sonstigen Gewohnheit, diesmal nicht mit ihm kokettierte, und beschloß, sich zu rächen und den Gleichgültigen zu spielen: er bat Lisaweta Iwanowna um einen Tanz, und so tanzten sie eine jener endlosen Masurkas. Er neckte sie mit ihrer Vorliebe für Genieoffiziere, er beteuerte, er wisse viel mehr, als sie annehmen könnte, und einige seiner Scherze waren so geschickt gezielt, daß Lisaweta Iwanowna einige Male tatsächlich glaubte, ihr Geheimnis sei ihm bekannt.

»Wer hat Ihnen das alles gesagt?« fragte sie lachend.

»Ein Freund jener Ihnen bekannten Personen«, entgegnete Tomskij, »ein sehr merkwürdiger Mensch!«

»Und wer ist dieser merkwürdige Mensch?«

»Er heißt Hermann.«

Lisaweta Iwanowna antwortete nichts, doch ihre Hände und Füße wurden zu Eis.

»Dieser Hermann«, fuhr Tomskij fort, »ist bestimmt eine Romanfigur: sein Profil erinnert an Napoleon, und Mephisto ist er in seinem Innern. Ich glaube, er hat mindestens drei Untaten auf seinem Gewissen. Aber wie blaß Sie geworden sind!«

»Ich habe Kopfweh ... Und was sagte Ihnen denn dieser Hermann ... oder wie nannten Sie ihn doch ...«

»Hermann ist mit seinem Freunde gar nicht zufrieden: er hätte an seiner Stelle ganz anders gehandelt, sagt er ... Ich nehme sogar an, daß Hermann ebenfalls Absichten auf Sie hat; zum mindesten ist es ihm unmöglich, die verliebten Redensarten seines Freundes ruhig anzuhören.«

»Wo hat er mich denn gesehen?«

»In der Kirche, beim Spazierengehen, was weiß ich! Vielleicht sogar in Ihrem Zimmer, während Sie schliefen: ich traue ihm alles zu ...«

Das Gespräch wurde an dieser Stelle von drei Damen unterbrochen, die mit der Frage: »Oubli ou regret?« herantraten, ein Gespräch, das für Lisaweta Iwanowna so quälend interessant geworden war.

Tomskij hatte sich als Dame die Fürstin Pauline *** erwählt. Sie tanzten einmal um den Saal, und schon war die Verständigung da. Als Tomskij zu seinem Platz zurückkehrte, dachte er weder an Hermann noch an Lisaweta Iwanowna. Diese wollte allerdings das unterbrochene Gespräch wiederaufnehmen, indes da war die Masurka zu Ende, und bald darauf brach die alte Gräfin auf.

Die Worte Tomskijs waren nichts als ein Geschwätz beim Tanz; aber tief sanken sie in die Seele der jungen Träumerin. Das Porträt, das Tomskij skizziert hatte, ähnelte so sehr jenem Bilde, das sie sich selbst gemacht hatte, daß sie, dank der Lektüre der neuesten Romane, vor diesem eigentlich ganz gewöhnlichen Gesicht Furcht empfand, zumal es ihre Phantasie stark beschäftigte. So saß sie gedankenverloren da, die nackten Arme gekreuzt und den noch immer mit Blumen geschmückten Kopf auf die entblößte Brust gesenkt ... Plötzlich ging die Tür auf, und Hermann trat ein. Sie erschauerte.

»Wo steckten Sie denn?« flüsterte sie erschrocken.

»Im Schlafzimmer der alten Gräfin«, antwortete Hermann. »Ich komme eben von dort. Die Gräfin ist tot.«

»Um Gottes willen! – Tot, sagen Sie?«

»Und es scheint«, fuhr Hermann fort, »daß ich die Ursache ihres Todes bin.«

Lisaweta Iwanowna sah ihn schärfer an, und sie erinnerte sich an die Worte Tomskijs: Dieser Mensch hat mindestens drei Untaten auf dem Gewissen! Hermann setzte sich auf das Fensterbrett und begann ihr alles zu erzählen.

Schaudernd vernahm Lisaweta Iwanowna seinen Bericht. Also waren diese leidenschaftlichen Briefe, diese flammenden Wünsche, diese dreiste, diese beharrliche Verfolgung – all das war nicht Liebe gewesen! Nur Geld! – danach nur lechzte seine Seele! Nicht sie war es, die sein Verlangen stillen, die ihm das Glück geben konnte! Das arme Pflegekind war nichts anderes als die blinde Verbündete eines Räubers, des Mörders ihrer Wohltäterin! – In später, in quälender Reue schluchzte sie bitter. Schweigend blickte Hermann sie an: auch in seinem Herzen war Qual; doch weder die Tränen des armen Mädchens noch die wunderbare Schönheit ihres Kummers bewegten seine harte Seele. Er fühlte beim Gedanken an die tote Alte keine Gewissensbisse. Nur das eine entsetzte ihn: daß nun jenes Geheimnis, von dem er Reichtum erwartet hatte, unwiederbringlich verloren war.

»Sie sind ein Ungeheuer!« vermochte Lisaweta Iwanowna endlich hervorzubringen.

»Ich habe ihren Tod nicht gewollt«, erwiderte Hermann, »meine Pistole war nicht einmal geladen.«

Und sie verstummten beide.

Der Morgen kam. Lisaweta Iwanowna löschte die völlig heruntergebrannte Kerze aus: bleich drang das Licht ins Zimmer. Sie trocknete die verweinten Augen und blickte Hermann an: er saß auf dem Fensterbrett, die Arme gekreuzt und die Stirn düster gerunzelt. In dieser Stellung war seine Ähnlichkeit mit dem Porträt Napoleons überraschend.

»Wie kommen Sie aus dem Hause?« sagte Lisaweta Iwanowna endlich. »Ich wollte Sie eigentlich über die geheime Treppe führen, aber um zu ihr zu gelangen, muß man am Schlafzimmer vorbei, und ich fürchte mich.«

»Erklären Sie mir nur, wie ich diese geheime Treppe finde; ich komme dann schon allein hinaus.«

Lisaweta Iwanowna stand auf und holte einen Schlüssel aus ihrer Kommode; sie gab ihn Hermann und beschrieb ihm, wie er hinaus könnte. Hermann nahm ihre Hand, die kalt war und leblos, und drückte einen Kuß auf ihr gesenktes Haupt; dann ging er.

Er schritt die Wendeltreppe hinab und trat aufs neue in das Schlafzimmer der Gräfin. Die tote Gräfin saß noch in derselben Stellung, regungslos wie Stein; ihr Antlitz drückte die tiefste Ruhe aus. Hermann blieb vor ihr stehen und sah sie lange an, als wollte er sich von der schrecklichen Wahrheit überzeugen; darauf betrat er das Kabinett, tastete hinter der Tapete nach der Geheimtür und stieg, von sonderbaren Gefühlen erregt, die Treppe hinab. Auf dieser selben Treppe – dachte er – schlich vielleicht vor sechzig Jahren um die gleiche Stunde in reichem Gewande, frisiert à l'oiseau royal, den Dreimaster an die Brust gedrückt, ein junger Glückspilz, der schon längst im

Sarge vermodert ist, zu diesem selben Schlafzimmer; das Herz seiner uralten Geliebten jedoch hat heute aufgehört zu schlagen ...

Beim Ausgang der Treppe fand Hermann die Tür, zu der er den Schlüssel erhalten hatte, und stieß auf einen Durchgang, der ihn auf die Straße führte.

V

> In dieser Nacht erschien mir die verstorbene Baronesse von W***. Sie war ganz in Weiß und sprach zu mir: »Guten Abend, Herr Rat!« *Swedenborg*

Drei Tage nach jener Schicksalsnacht begab sich Hermann um neun Uhr zum ***schen Kloster, in dessen Kapelle das Totenamt für die verstorbene Gräfin stattfinden sollte. Wenn er auch keine Reue empfand, dennoch konnte er die Stimme des Gewissens, die ihm unaufhörlich zuraunte: Der Mörder der Alten bist du! nicht völlig ersticken. Es war wenig lebendiger Glauben in ihm, dafür jedoch viel Aberglauben. So glaubte er zum Beispiel, daß die tote Gräfin einen verderblichen Einfluß auf sein weiteres Leben haben könnte, und entschloß sich, zu ihrer Beerdigung zu gehen, um womöglich durch diese Tat ihre Verzeihung zu erlangen.

Die Kirche war überfüllt. Nur mit großer Mühe gelang es Hermann, durch die Menschenmenge nach vorn zu dringen. Der Sarg stand auf einem reichgeschmückten Katafalk unter einem Baldachin aus Samt. Die Verstorbene lag darin, die Hände über der Brust gefaltet; man hatte sie mit einer Spitzenhaube und einem weißen Atlasgewand bekleidet. Ringsum standen die Hausgenossen: in schwarzen Leibröcken mit breiten Wappenbändern über der Schulter und Kerzen in der Hand die Diener; und in tiefer Trauerkleidung die Angehörigen, die Kinder, Enkel und Urenkel. Keines weinte; Tränen wären ja hier nur une affectation gewesen. Die Gräfin war so ungeheuer alt geworden, daß niemand von ihrem Tode erschüttert wurde, hatten doch ihre Verwandten sie schon lange als etwas Überlebtes angesehen. Die Grabrede hielt ein junger Bischof. In einfachen und rührenden Worten schilderte er den friedevollen Hingang der Gottseligen, deren lange Lebensjahre nur eine stille, nur eine trostvolle Vorbereitung auf das Ende einer Christin gewesen seien. »Und so betrat sie der Engel des Todes«, schloß der Redner, »wachend in gottgefälligen Gedanken und erwartend den Bräutigam, der da kommt von Mitternacht.« Der Gottesdienst ging mit trauervoller Würde zu Ende. Die Verwandten nahmen als erste von der Leiche

Abschied. Dann traten all die vielen Bekannten heran, die gekommen waren, jener, die so lange an ihren eitlen Vergnügungen teilgenommen, die letzte Ehre zu erweisen. Danach kamen die Hausgenossen. Endlich näherte sich auch eine uralte Kammerfrau dem Sarge, eine Altersgenossin der Verstorbenen. Sie wurde von zwei Mädchen geführt. Sie hatte nicht die Kraft mehr, die vorgeschriebene Verbeugung bis zur Erde zu machen — aber sie war die einzige, die einige Tränen vergoß, als sie die kalte Hand ihrer Herrin mit den Lippen berührte. Hermann entschloß sich, nach ihr an den Sarg zu treten. Er verbeugte sich bis zur Erde und lag einige Minuten auf dem kalten, mit Tannenreisig bestreuten Fußboden; er erhob sich, bleich wie die Tote, schritt die Stufen des Katafalks langsam hinauf und verneigte sich ... Und da war ihm, die Tote blinzele ihm mit einem Auge zu und lächele spöttisch. Hermann wich hastig zurück, trat fehl und stürzte rücklings hin. Er mußte aufgehoben werden. Gleichzeitig wurde auch die in Ohnmacht liegende Lisaweta Iwanowna hinausgetragen. Die Feierlichkeit der düsteren Zeremonie wurde durch diesen Zwischenfall für kurze Zeit unterbrochen. Unter den Anwesenden erhob sich ein verhaltenes Murmeln, und ein magerer Kammerherr, ein naher Verwandter der Verstorbenen, flüsterte einem neben ihm stehenden Engländer ins Ohr, der junge Offizier sei ein uneheliches Kind der Gräfin, worauf der Engländer trocken und kalt nur erwiderte: »Oh!«

Den ganzen Tag über war Hermann außergewöhnlich verstimmt. Zu Mittag speiste er in einem abgelegenen Restaurant und trank, da er hoffte, es würde ihm gelingen, seiner inneren Aufregung Herr zu werden, gegen seine Gewohnheit unmäßig. Aber der Wein entzündete seine Einbildungskraft nur noch weit mehr. Nach Hause gekommen, warf er sich, ohne sich auszuziehen, aufs Bett und schlief sofort ein.

Mitten in der Nacht wachte er auf: der Mond schien in sein Zimmer. Er blickte auf die Uhr: es war ein Viertel vor drei. Der Schlaf war ihm vergangen; er richtete sich im Bett auf und dachte an die Beerdigung der alten Gräfin.

Da blickte plötzlich jemand von der Straße durchs Fenster und verschwand. Hermann beachtete es nicht. Darauf hörte er, wie man die Tür zum Vorzimmer aufschloß. Er dachte, es sei der Diener, der, wie gewöhnlich betrunken, von einem nächtlichen Ausflug heimkehrte. Aber da vernahm er auch schon einen Schritt, der ihm unbekannt war: es war, als schlurfe jemand in Pantoffeln. Die Tür flog auf: eine Frau, ganz weiß gekleidet, trat ein. Hermann hielt sie für seine alte Kinderfrau und wunderte sich, was sie um eine solche Stunde wohl hertreiben könnte? Doch die weiße Frau glitt näher und stand plötzlich dicht vor ihm – und da erst erkannte Hermann die Gräfin!

»Gegen meinen Willen komme ich zu dir«, sprach sie mit fester Stimme, »mir wurde befohlen, deine Bitte zu erfüllen. Drei, Sieben und As gewinnen eine nach der andern, wenn du täglich nicht mehr als eine Karte setzest; nie wieder jedoch darfst du spielen. Ich verzeihe dir meinen Tod, wenn du mein Pflegekind Lisaweta Iwanowna heiratest . . .«

Nach diesen Worten drehte sie sich unhörbar um, glitt zur Tür und verschwand, mit den Pantoffeln schlurfend. Hermann hörte noch, wie die Haustür zugeschlagen wurde, und sah noch, wie jemand durchs Fenster hereinsah.

Es dauerte lange, bevor er zur Besinnung kam. Er ging ins Nebenzimmer. Dort schlief sein Diener auf dem Fußboden; Hermann hatte Mühe, ihn aufzuwecken. Der Diener war betrunken wie immer, und es war unmöglich, von ihm etwas zu erfahren. Die Haustür war verschlossen. Hermann kehrte in sein Zimmer zurück, zündete eine Kerze an und brachte das Erlebnis zu Papier.

VI

In der geistigen Welt können zwei fixe Ideen nicht nebeneinander bestehen, genauso wie in der physischen Welt zwei Körper nicht gleichzeitig denselben Raum ausfüllen können. Das Bild der toten Alten wurde in Hermanns Phantasie sehr bald von Drei, Sieben und As verdrängt. Drei, Sieben und As, das wich ihm nicht aus dem Kopf und nicht von den Lippen. Sah er ein junges Mädchen, so sagte er: »Wie schlank sie ist! Ganz wie Cœur-Drei.« Fragte man ihn: »Wie spät ist es?«, entgegnete er: »Fünf Minuten vor der Sieben.« In jedem Dickwanst sah er das As. Noch bis in den Traum hinein verfolgten sie ihn, die Drei, Sieben und As, und nahmen alle möglichen Gestalten an; die Drei erblühte als eine phantastische Wunderblume, die Sieben erinnerte an ein gotisches Portal, aber das As kam dann als eine ungeheure Spinne. In all seinen Gedanken war nur das eine – das Geheimnis ausnutzen, das ihm so teuer zu stehen gekommen war. Er gedachte den Abschied zu nehmen und auf Reisen zu gehn. In den öffentlichen Spielklubs von Paris wollte er der verzauberten Fortuna den Schatz entreißen. Ein Zufall ersparte ihm die Mühe.

Unter dem Vorsitz des famosen Tschekalinskij, der sein ganzes Leben mit den Karten verbracht und schon Millionen erworben hatte, indem er bares Geld verlor, aber Wechsel gewann — unter seinem Vorsitz also wurde in Moskau eine Gesellschaft reicher Spieler gegründet. Seine langjährigen Erfahrungen sicherten ihm das Vertrauen seiner Gesellschafter, sein offenes Haus jedoch, sein glänzender Koch und seine persönliche Liebenswürdigkeit und Lustigkeit verschafften ihm die Gunst des Publikums. Er kam nach Petersburg. Die ganze Jugend strömte ihm zu, man vergaß über den Karten die Bälle und zog den Betörungen jeder Liebelei die Verführungen des Pharao vor. Und hierher wurde Hermann von Narumow gebracht.

Sie schritten durch eine Reihe prächtiger Gemächer, überall standen gutgeschulte Lakaien. Die Räume waren überfüllt. Mehrere Generale und Geheimräte vergnügten sich beim Whist; die Jugend saß auf weichen Diwanen, man rauchte seine Pfeife und aß Eis. Im Salon saß der Hausherr an einem langen Tisch, um den sich einige zwanzig Spieler drängten, und hielt die Bank. Er mochte etwa sechzig Jahre alt sein und sah sehr würdig aus; silberweißes Haar bedeckte sein Haupt, aus seinem vollen und frischen Gesicht sprach Gutmütigkeit, seine glänzenden Augen lächelten stets. Narumow stellte ihm Hermann vor. Freundschaftlich drückte Tschekalinskij ihm die Hand, bat ihn, sich ganz wie zu Hause zu fühlen, und fuhr fort, die Bank zu halten.

Die Taille wollte nicht enden. Mehr als dreißig Karten lagen auf dem Tisch. Nach jedem Spiel machte Tschekalinskij eine kleine Pause, um den Spielern Zeit zur Überlegung zu geben, er notierte die Verluste, hörte höflich jeden Wunsch an und entfernte noch höflicher eine überflüssig umgebogene Kartenecke, die von zerstreuter Hand gebogen worden war. Endlich war die Taille zu Ende. Tschekalinskij mischte die Karten und machte Anstalten, mit einer neuen zu beginnen.

»Ist es erlaubt, eine Karte zu setzen?« fragte Hermann und streckte die Hand hinter einem dicken Herrn, der ebenfalls pointierte, hervor.

Tschekalinskij lächelte nur und verbeugte sich schweigend, zum Zeichen des Einverständnisses. Narumow beglückwünschte Hermann zur endlichen Entscheidung nach so langem Fasten und prophezeite ihm glücklichen Beginn.

»Einverstanden!« sagte Hermann und schrieb mit Kreide die Summe auf seine Karte.

»Wie hoch?« fragte, die Augen zusammenkneifend, der Bankhalter. »Vergebung, ich kann es nicht entziffern.«

»Siebenundvierzigtausend«, antwortete Hermann. Bei diesen Worten fuhren im Augenblick alle Köpfe herum, und alle Augen richteten sich auf Hermann.

Er ist toll! dachte Narumow.

»Gestatten Sie mir die Bemerkung«, warf Tschekalinskij mit seinem unveränderten Lächeln ein. »Ihr Spiel ist hoch; es ist hier noch nie höher als zweihundertfünfundsiebzig simple gesetzt worden.«

»Nun, und?« erwiderte Hermann. »Nehmen Sie das Spiel an oder nicht?«

Tschekalinskij verneigte sich mit dem Ausdruck des gleichen friedfertigen Einverständnisses.

»Ich muß Sie nur noch auf eines aufmerksam machen«, sagte er, »daß, da ich das Vertrauen meiner Gesellschafter genieße, ich nicht anders spielen darf als gegen bares Geld. Ich meinerseits bin natürlich vollkommen davon überzeugt, daß Ihr Wort genügt, muß Sie aber dennoch der Ordnung des Spieles und der Abrechnung halber ersuchen, Ihren Einsatz auf Ihre Karte zu legen.«

Hermann nahm ein Bankbillett aus der Tasche und gab es Tschekalinskij; dieser sah es flüchtig an und legte es dann auf Hermanns Karte.

Die Karten fielen. Rechts Neun, links Drei.

»Gewonnen!« sagte Hermann und wies seine Karte vor. Ein Gemurmel erhob sich rings. Tschekalinskij runzelte die Stirn; indes gleich war sein Lächeln wieder da.

»Wollen Sie die Summe ausbezahlt?« fragte er Hermann.

»Tun Sie mir den Gefallen.«

Tschekalinskij entnahm seiner Tasche einige Banknoten und zählte die Summe ab. Hermann empfing das Geld und verließ den Tisch. Narumow war völlig fassungslos. Hermann trank ein Glas Limonade und ging nach Hause.

Am Abend des andern Tags erschien er wieder bei Tschekalinskij. Der Hausherr hielt die Bank. Hermann trat an den Tisch, man machte ihm sofort Platz. Tschekalinskij begrüßte ihn liebenswürdig.

Hermann wartete auf die neue Taille, dann setzte er seine Karte und legte seine Siebenundvierzigtausend und den gestrigen Gewinn darauf.

Tschekalinskij gab aus. Rechts fiel ein Bube, die Sieben – links.

Hermann zeigte eine Sieben.

Ein Ausruf rings. Tschekalinskij war sichtlich verstört. Er zählte vierundneunzigtausend ab und übergab sie Hermann. Kaltblütig nahm Hermann das Geld entgegen und ging sofort weg.

Und am folgenden Abend erschien Hermann wieder. Alles erwartete ihn; die Generale und die Geheimräte verließen sogar ihren Whist, um ein so ungewöhnliches Spiel mit anzusehen. Die jungen Offiziere sprangen von ihren Diwanen, ja selbst die Lakaien drängten sich in den Salon. Alles scharte sich um Hermann. Die übrigen Spieler ließen ihre Karten und waren voll Ungeduld, wie das enden würde. Hermann stand am Tisch und traf Anstalt, ganz allein gegen den bleich gewordenen Tschekalinskij zu pointieren. Jeder von beiden öffnete ein Spiel neuer Karten. Tschekalinskij mischte. Hermann hob ab und setzte dann seine Karte, die von einem Berg von Banknoten bedeckt wurde. Es war fast wie ein Zweikampf. Tiefes Schweigen war ringsum.

Tschekalinskijs Hände zitterten, als er ausspielte. Rechts lag die Dame, links — das As.

»As hat gewonnen!« sagte Hermann und wies seine Karte.

»Ihre Dame hat verloren«, entgegnete ihm Tschekalinskij. Hermann erschauerte: und tatsächlich, er hielt an Stelle eines Asses in seiner Hand die Pique Dame. Er wollte seinen Augen nicht trauen, er konnte nicht begreifen, wie es möglich gewesen war, daß er so fehlgreifen konnte.

Plötzlich war ihm, als hätte die Pique Dame ihm zugezwinkert und gelächelt. Die ungewöhnliche Ähnlichkeit kam ihm zum Bewußtsein . . .

»Die Alte!« schrie er entsetzt.

Tschekalinskij strich den Gewinn ein. Hermann stand regungslos. Als er den Tisch verließ, wurde das Gespräch laut.

»Vortrefflich gespielt!« meinten die Spieler. Tschekalinskij mischte von neuem; das Spiel nahm seinen Lauf.

Zum Beschluß

Hermann wurde geistesgestört. Er wurde im Obuchowschen Krankenhaus, Nummer siebzehn, untergebracht; er antwortet auf keine Frage, aber unaufhörlich murmelt er ungewöhnlich schnell vor sich hin: »Drei, Sieben, As! Drei, Sieben, Dame! . . .«

Lisaweta Iwanowna hat einen sehr angenehmen jungen Mann geheiratet; er ist irgendwo in Staatsdiensten und besitzt ein hübsches Vermögen; er ist der Sohn eines ehemaligen Angestellten der alten Gräfin, eines Verwalters. Lisaweta Iwanowna hat eine arme Verwandte als Pflegekind in ihr Haus genommen.

Und Tomskij avancierte zum Rittmeister und hat sich mit der Fürstin Pauline verheiratet.

FÜRST WLADIMIR ODOJEWSKIJ

DER SALAMANDER

Errant, erraverunt ac errabunt, eo quod proprium agens non posuerunt Philosophi.

Joannes Pontanus in »Theatro Alchemico«

Wir saßen vor dem Fenster; plötzlich versetzte mein Vater mir einen so schmerzhaften Schlag, daß ich zu weinen begann. »Weine nicht«, sagte mein Vater, »du hast dich keineswegs vergangen. Jedoch es erschien in diesem Augenblick ein Salamander in der Flamme; ich versetzte dir den Schlag, damit du diesen Vorfall nicht vergäßest und ihn deinen Kindern späterhin wiedererzählen könntest.«

Aus Benvenuto Cellinis Lebenserinnerungen

In Moskau lebte seinerzeit ein Onkel von mir, ein nicht mehr jugendlicher Mann mit Verstand, Herz und Bildung – und man sagt, daß in diesen drei Dingen das Geheimnis enthalten wäre, niemals zu altern. Da mein Onkel den Zusammenhang mit den Menschen nicht verlor, verlor er auch die Stärke seines Geistes nicht; drei Geschlechter waren an ihm vorübergezogen, und dennoch hatte er die Sprache eines jeden von ihnen verstanden; nichts Neues konnte ihn erschrecken, weil es ja im Grunde genommen nichts gab, das für ihn neu gewesen wäre; unablässig verfolgte er das wunderbare Leben der Wissenschaft; es war ihm zur Gewohnheit geworden, die natürliche Entwicklung dieses ungeheuren Baumes zu betrachten, bei dem unablässig aus einer Entdeckung eine andere entsteht, die eine Beobachtung eine andere nach sich zieht und wo aus dem einen Gedanken sogleich ein anderer Gedanke hervorschießt, der wiederum auf seine Weise dem ursprünglichen behilflich ist, aus der Erde emporzukeimen. Darum war auch das Gespräch mit ihm immer anziehend, obwohl es zuweilen sonderbar verlief; er gebrauchte keines jener Urteile, die ausgepreßt und so abgenützt sind wie eine alte Zuckerrübe in der Zuckerfabrik. Er gebrauchte ferner niemals jene Phrasen, die man von gewissen Leuten stets in diesem oder jenem Fall zu hören bekommt und die ganz wie die Aufschrift über einem Präparat im Museum sind oder wie der Refrain zu einem Operettencouplet; trotzdem jedoch konnte man sich mit vielen seiner Anschauungen nicht einverstanden erklären: so behauptete er zum Beispiel, daß es gar nichts Besonderes sei, viel oder sogar sehr viel zu wissen; daß vor alters die Leute schlimmer als wir gewesen seien; allein daß sie viel mehr als wir gewußt hätten und daß zum Beispiel das Wissen der Menschheit nie wieder einen solchen Umfang erreicht habe wie vor der Sintflut! Ich muß hinzufügen, daß der Onkel in seiner Jugend viel gereist war und daß er ferner, der damaligen Mode entsprechend, Mitglied aller nur möglichen mystischen Gesellschaften gewesen war; er hatte sowohl Gold auszukochen versucht als auch Geister hervorzurufen und ähnliches mehr.

In seinem Gedächtnis war viel Seltsames über diese Dinge zurückgeblieben; allein wenn er von ihnen sprach, befleißigte er sich stets einer eigentümlichen Ausdrucksweise, die gleichzeitig würdig und dennoch spöttisch klang, so daß es fast unmöglich war, zu erraten, ob der Onkel in der Tat den eigenen Worten glaubte oder ob er nur darüber lachte. Und wenn wir ihn zu sehr bedrängten und gebieterisch forderten, er möge endlich sagen, ob er nur gescherzt oder ob er die Wahrheit gesprochen habe, und ihn anflehten, endlich diesen zweideutigen Ton fallenzulassen, lächelte der Onkel nur voll gutmütiger List und fügte hinzu, daß es eben ohne diesen Ton nicht ginge, wenn man von vielen Dingen in dieser Welt spräche und zumal von den Dingen, die nicht ganz von dieser Welt seien.

Eines Tages traf ich den alten Herrn bei seinem Morgenkaffee an.

»Was will das nur bedeuten, Onkelchen? Mir scheint, Sie haben vormals am Morgen niemals Kaffee genommen?«

»Was bleibt mir bei euren Gelehrten und Ärzten denn übrig? Da hat man mir immer gepredigt, daß zwei Tassen Kaffee am Morgen und nach dem Mittagessen für mich zuviel seien: ich entsagte also der Morgentasse und wartete geduldig auf die nach dem Mittagessen; kürzlich aber hat der böse Feind einen Deutschen getrieben, ein ganzes Buch zum Beweis dessen zu verfassen« (mit diesen Worten schlug der Onkel mit der Hand auf einen lateinischen Band in quarto), »daß es nichts Schädlicheres gäbe als den Kaffee nach dem Mittagessen, und er hat mich so davon überzeugt, der Bösewicht, daß ich von jenem Augenblick die Schale Kaffee nach dem Mittagessen wieder durch eine am Morgen ersetzt habe.«

»Inzwischen aber wird sicherlich das nachmittägliche Getränk durch ein anderes ersetzt werden, Onkelchen, nicht wahr?«

Mein Onkel machte eine ablehnende Handbewegung.

»Ihr jungen Leute wollt uns Alten niemals glauben. Ich denke, du wirst auch nie glauben wollen, daß es in einem

Hause Lärm und Geschrei geben kann, ohne daß man eine sichtbare Ursache zu nennen vermag?«

»Halb und halb ...«

»Das ist es eben, die Hälfte taugt niemals; alles in der Natur ist einheitlich — nicht wahr? Was bist du doch gleich, Schelling-Schüler oder Hegelianer?«

»Das eine wie das andere — und vielleicht weder das eine noch das andere ...«

»Was? Wie? Zweifel? Skeptizismus? Wie altmodisch! Allein in meinem Falle muß ich dich bitten, so gut zu sein, nicht skeptisch zu werden, denn was ich dir berichte, ist die lautere Wahrheit. Vor wenigen Minuten kam der Hausherr zu mir und erzählte mir, was ich übrigens längst weiß. Freilich! Ich kenne jenes Haus schon seit vierzig Jahren; zu meiner Zeit gehörte es dem Fürsten A., mit dem mich eine Jugendfreundschaft verband. Damals lebten noch die Edelleute nach Herrenart. Auf Schritt und Tritt konnte man in jedem Haus sehen, daß der Hausherr einen Vater gehabt habe, einen Großvater, einen Urgroßvater und viele Ahnen, was man in den heutigen Mietwohnungen nicht bemerken kann, in denen unsere historischen Namen so langweilig weiterleben und sich überleben ...«

»Onkelchen! Du willst mich wohl ins Herz treffen?«

»Weiß schon, weiß schon, die neue Generation! Unsere Väter lebten eben unvorsichtig — weder die Namen noch die Gesundheit waren ihnen teuer; ich gebe euch keine Schuld: ihr macht die Sünden eurer Väter wieder gut. Zu meiner Zeit war das freilich anders: der Großvater des heutigen Besitzers wohnte dreißig Jahre lang unablässig in seinem Moskauer Herrenhause; ein ganzes Quartal lebte von ihm; eine ganze Straße wurde nach seinem Namen genannt. Denn in der Tat erfüllte er alle Pflichten eines Edelmannes. Er tat Gutes, ohne dabei zu rechnen, und vergaß es sogleich — seiner reichen und freigebigen Hand verdankten mehrere Kaufleute, daß sie in die Höhe kamen: ihre Kinder sind heute Millionäre. Aus seinem ewig offenen Beutel schöpften der Vater, der seinen Sohn in die Schule schicken wollte, und der Gewerbetreibende, der einen Webstuhl aufzustellen gedachte; dank diesem Beutel wurden mehrere tüchtige Maler in der Akademie erzogen und wurde ein ganzes Orchester von Musikanten genährt . . . Übrigens handelten zu jener Zeit viele so, und du kannst einem Augenzeugen wohl glauben, daß der Ursprung zu dem heutigen Reichtum der Moskauer Mittelklasse und ihrer sich entfaltenden Gewerbetätigkeit in jener damaligen Freigebigkeit der Edelleute lag, die es dennoch verstanden, sich nicht zugrunde zu richten. Ich besuchte den Fürsten häufig; und schon damals, das heißt vor vierzig Jahren, zeigte er mir jenes Zimmer, in welchem man nachts zuweilen sonderbares Geräusch, das wie Geschrei klang, hören konnte; ich übernachtete sogar während einiger Tage im Hause des Fürsten und habe selber zweimal diesen Lärm gehört, allein sobald wir die Tür öffneten, verstummte alles sogleich; das Zimmer war leer, und ein jeder Gegenstand darin befand sich auf seinem alten Platz. Man hatte Gelehrte in dieses Zimmer geführt und sogar Zauberer und Beschwörer. – Nichts hatte geholfen, und nirgends war eine Erklärung zu finden. Seit damals ist viel Zeit vergangen, und ich hatte alles schon ganz vergessen – doch vor kurzem verkaufte der letzte Nachfolger sein väterliches Haus einem hier lebenden Kaufmann, den ich kenne und welcher in den herrschaftlichen Räumen so etwas wie eine Spinnfabrik zu eröffnen beabsichtigt. Vor drei Tagen suchte dieser mich auf und erzählte mir von den Vorteilen des Kaufes (ich habe ihn dazu erzogen, mir nichts weiszumachen), jedoch er bemerkte dabei, daß eines freilich schlimm wäre. ›Was denn?‹ fragte ich ihn. ›Ja so‹, entgegnete er, bekreuzigte sich den Kopf und lächelte. ›Um es auf unsere einfache Art zu sagen, ich habe ein Haus mit einem Hausgespenst gekauft.‹ – ›Wie das, mit einem Hausgespenst?‹ – ›Ja so, Väterchen; kaum waren wir eingezogen, da hörten wir nachts, wie es im Saal heulte: wir dachten, daß dort vielleicht einer der Arbeiter zurückgeblieben wäre, wir traten ein – aber alles war still, und der Raum war leer. In der anderen Nacht gab es das gleiche und ebenso in der dritten Nacht: es heult und heult, hört plötzlich auf und beginnt dann von neuem; und so zwei- bis dreimal in der Nacht, es hat uns alle mit Entsetzen geschlagen. Wissen Sie, Väterchen, vielleicht ein Mittel dagegen?‹ Ich begleitete den Kaufmann in sein neues Haus und erkannte mühelos dasselbe Zimmer, in welchem ich noch zu Lebzeiten des verstorbenen Fürsten meine Beobachtungen angestellt hatte – es war völlig unverändert.«

»Und welchen Rat gaben Sie dem armen Kaufmann?« fragte ich meinen Onkel.

»Ich riet ihm, in dem riesigen Gemach eine Dampfmaschine aufzustellen, denn ich versicherte ihm, daß diese die ganz besondere Eigenschaft habe, Hausgespenster zu verjagen. Allein bevor das Zimmer umgeändert wird, möchte ich dich fragen, ob nicht du, mein Herr Physikus, es besichtigen und nach deinen neuen Theorien die sonderbare Erscheinung erklären willst? Denn heuer meint ihr ja alles erklären zu können.«

»Nein, wir meinen durchaus noch nicht, alles erklären zu können . . . Wir behaupten lediglich, daß ein jedes Ding ist, eben weil es ist . . .«

»Das ist sehr nützlich für den Fortgang der Wissenschaft, es ist äußerst verständig und befreit einen von der Mühe, nachzuforschen und ins Ferne zu schweifen . . .«

»Immerhin wäre es interessant, das Zimmer zu besichtigen . . .«

»Schon gut«, sagte der Onkel. »Den Wagen! Aber sei überzeugt davon, daß dies alles keineswegs ein Traum meiner Phantasie ist, sondern daß ich, ein kaltblütiger Mensch, dieses Geheul mit eigenen Ohren gehört habe. Übrigens ist es ebenso ausgeschlossen, dem Kaufmann etwa nicht zu glauben.«

Als wir das altmodische Herrenhaus betraten, betrachtete ich nicht ohne Trauer die vielen Fürstenwappen an den Wänden; ich blickte die Porträts der Familie an, deren Ursprung sich in den sagenhaften Zeiten unserer Geschichte verliert; die altertümlichen Kristallkronleuchter, die zu den Festen, die allen Vorübergehenden geöffnet waren, leuchteten; das Arbeitszimmer des Fürsten mit seinen riesigen Sesseln, in denen er vielleicht in Gedanken erwog, für welche neue Wohltat er sein Gold opfern wolle – und mein Herz preßte sich bei dem Gedanken zusammen, daß jetzt am Schauplatz erhabener sittlicher Taten grob-mechanische Arbeit vor sich gehen solle. Der Onkel schwieg, aber mir war trotzdem, als ob er das gleiche dachte; derweilen jedoch langweilte uns der gesprächige Hausherr mit seinen Erzählungen:

»Hierher werden wir die Trockenkammer legen, in diesem Zimmer wird die Wollkrempel aufgestellt, hierher kommt der Bleichplatz, aus dem Arbeitszimmer dagegen machen wir den Speicher für Abfall und dergleichen Dinge.«

Baumwolle und Kattun! Seid ihr wirklich dessen würdig? Unter euren Stapeln werden die Erinnerungen an das alte Gute unserer Vorfahren, wird die Geschichte selber verschwinden! Bei solchen Erwägungen vergaßen wir fast die Ursache unseres Besuches. Aber schließlich stieß der Hausherr die Tür zu einem riesenhaften Saal auf, der sein Licht von oben erhielt.

»Und hier will ich nach Ihrem Rate, Väterchen, die Dampfmaschine aufstellen; es ist der geeignetste Platz dafür. Schaun Sie, hier . . .« Die Miene des Hausherrn wurde bedeutungsvoll, und er bekreuzigte sich.

Aufmerksam betrachtete ich das sonderbare Zimmer und sagte schließlich zum Onkel:

»Dies ist kein Zimmer, es ist fast ein Blasinstrument.«

»So, so!« meinte der Onkel und lächelte spöttisch. »Dann sei aber auch so gut und erkläre dich deutlicher. Heute seid ihr ja stets so bestrebt, möglichst klar zu sein — man könnte tatsächlich denken, daß es auf dieser Welt etwas gibt, das den Menschen klar wäre! Also erkläre, erkläre!«

»Erklären ist schwer, man kann es eher erraten. Ich scherze nicht. Dieses Zimmer ähnelt in der Tat einem Blasinstrument. Betrachten Sie doch nur diese lange Galerie, die sich wie ein Schallrohr an den Saal schließt: der Saal dagegen spielt die Rolle des Schallochs eines Waldhornes; und schauen Sie doch nur im Saal selber die Wölbung an, aus der die Decke besteht: dieses Gewölbe ist ein Ausschnitt eines Konus; auf dieses Gewölbe lassen sich die Fensterrahmen in der Art des Ausschnittes eines Oktaeders herab . . .«

»Halt, halt«, rief der Onkel. »Wenn du schon nicht mich verschonen willst, so verschone doch zum mindesten die Unschuld hier!« (Mit diesen Worten wies er auf den Hausherrn, der mit hervorgequollenen Augen mir mit aller nur möglichen Aufmerksamkeit zuhörte und beständig mit dem Kopf nickte.) »Väterchen Pantelej Artamonowitsch, staunen Sie nicht so sehr: mein Neffe ist ein Meister in der Kunst des Besprechens; und Sie wissen doch, daß es in den verschiedenen Formeln der Beschwörungen die sonderbarsten Worte gibt: sowohl Konusse als auch Oktaeder . . .«

»Verstehe schon, Väterchen«, entgegnete der Hausherr.

»Und welchen Schluß ziehst du daraus?« fragte mich der Onkel.

»Eben den, daß ein jeder Ton, der in jener Galerie entsteht, die wie ein Gewölbe gebaut ist, sich verzehnfachen muß, wenn er in den Saal dringt. Und stellen Sie sich jetzt vor, daß dieser Ton der Resonanz des Gewölbes entspricht, dann muß der Ton sich sicherlich um das Hundertfache verstärken; fügen Sie ferner das Echo hinzu, das infolge dieser schiefgestellten Fensterrahmen entstehen muß, und Sie werden leicht die Überzeugung gewinnen, daß das Pfeifen irgendeiner Ratte in diesem akustischen Mikroskop unwillkürlich an das Geschrei von Menschen erinnern muß.«

»Vollkommen richtig«, bemerkte der Onkel. »Allein du, als Mensch des neunzehnten Jahrhunderts, mußt deine Worte durch den Versuch beweisen . . .«

Ich betrat die Galerie, scharrte, sang und pfiff — all diese Töne schallten laut durch die Galerie, im Saal jedoch war nichts hörbar, was auch nur entfernt an ein Geschrei erinnert hätte. Der Onkel lächelte, der Hausherr dagegen schaute voller Verwunderung, denn er wußte nicht, was sich eigentlich vor ihm abspielte, ein Scherz oder ein ernsthaftes Ding. Ich quälte mich auf meiner Galerie nutzlos ab.

»Was sagst du nun, mein Herr Gelehrter?« fragte mein Onkel mich in französischer Sprache.

»Ich sage nichts weiter, als daß ich Ihnen glaube; ich glaube auch dem Besitzer dieses Hauses, aber ...«

»Aber du möchtest selber in Erfahrung bringen, ob wir dich nicht am Ende betrügen.«

»Vielleicht, Onkelchen; das Experiment wird es aufklären, pflegen die Chemiker zu sagen.«

»Wenn du nichts weiter willst, das kannst du haben! – Pantelej Artamonowitsch«, fuhr der Onkel, zum Hausherrn gewandt, fort, »dieser gescheite Kopf da sagt, daß er nichts weiter brauche, als eine Nacht hier bei Ihnen zu verbringen, um die ganzen Hausgespenster zu bannen ... er hat einen Zaubertrank dagegen.«

Der Hausherr verneigte sich und dankte.

»Und damit dir nicht angst und bange wird, mein Herr Philosoph«, fügte der Onkel hinzu, »so werde ich dir dabei Gesellschaft leisten.«

Abends erschienen wir, um uns auf unsere Posten zu begeben. Man wies uns ein kleines Zimmer an, das neben der Tür lag, die zu dem verhexten Saal führte. Ich traf alle Vorsichtsmaßregeln, ich untersuchte die anstoßenden Zimmer, verriegelte alle Türen, zündete überall eine Menge von Kerzen an und zog dann aus meiner Tasche einige Nummern politischer französischer Zeitungen. Der Onkel war finsterer als gewöhnlich.

»Was ist das?« fragte er und wies auf die Zeitungen.

»Das ist mein Zaubertrank«, entgegnete ich. »Der Zaubertrank, von dem Sie zum Hausherrn sprachen.«

»Wahrhaftig, ein Zaubertrank«, erwiderte der Onkel, »und sogar ein sehr kräftiger; nichts entfernt den Menschen mehr von seinem innerlichen geheimnisvollen und wahrhaftigen Leben, nichts macht ihn mehr taub und stumm als das Bild all dieser kleinen Leidenschaften und kleinlichen Vergehen, das man gewöhnlich als die politische Welt bezeichnet.«

»Was tun? Der Mensch ist gezwungen, in eben dieser Welt zu leben ...«

»Das heißt, er will in ihr leben. Das Vieh im Menschen gefällt sich darin, Wasser in ein Faß ohne Boden zu gießen, und versucht sich gleichzeitig davon zu überzeugen, daß es sich hierbei mit etwas sehr Wichtigem und Sachlichem beschäftige. All diese kleinen Finten, all diese kleinliche Gemeinheit zur Erreichung kleinlicher Ziele sind ihm so recht nach der Seele.

Diese Herrschaften scheinen nicht zu wissen, wie sehr sie die Luft verderben, in der wir atmen müssen!«

»Sie verderben also die Luft?«

»Und wie!«

Ich mußte lachen.

»Es wäre interessant, nachzuforschen«, sagte ich, »was für eine chemische Veränderung der Luft die Zeitungen verursachen . . .«

»Erforsche lieber, mein Herr Gelehrter, warum ein Staubkörnchen Moschus mit seinem Geruch ein ganzes Zimmer erfüllen kann. Du hast vermutlich gehört, daß Kaiserin Josephine den Geruch des Moschus sehr liebte. Vor kurzem betrat jemand ein Zimmer, in dem sie sich vor dreißig Jahren aufgehalten hatte. Im Laufe dieser Zeit ist dieses Zimmer sowohl aufgewaschen wie auch gelüftet worden, ja sogar die Möbel darin sind andere. Aber was meinst du wohl? Trotzdem war der Moschusgeruch noch bis jetzt zu merken.«

»Das stand in allen Journalen zu lesen; allein das beweist nichts; es ist bekannt, daß der Moschus sich unbegrenzt spalten läßt . . .«

»So? Bekannt?« wiederholte der Onkel, laut lachend. »Wenn dem so ist, dann gratuliere ich dir. Aber ist dir auch bekannt, warum du ein Zimmer nicht betreten magst, in welchem ein Kranker liegt, der an einer ansteckenden Krankheit leidet?«

»Ohne Zweifel! Denn sowohl die Ausdünstung als auch der Atem des Kranken lassen eine ansteckende und krankheitsschwangere Atmosphäre entstehen . . .«

»Eine krankheitsschwangere Atmosphäre! Und glaubst du wirklich, du Kind, daß jene Kraft, die tausendmal stärker ist als die körperliche Atmung und die materielle Teilbarkeit, die Kraft des verbrecherischen Gedankens, des verbrecherischen Gefühls, des verbrecherischen Wortes oder der Tat, nicht imstande wäre, um sich herum eine krankheitsschwangere pestilenzialische Atmosphäre entstehen zu lassen? Antworte mir, ob du wirklich niemals an dir selber die Erfahrung gemacht hast, daß dir das Atmen in Gegenwart eines wackeren Menschen leichter ist, daß dann deine Nerven sich beruhigen, als ergösse sich ein wohlriechendes Salböl auf sie, daß es lichter wird in deinem Kopf und daß dein Herz heiter und gleichmäßig zu schlagen beginnt, aber daß im Gegenteil dir unwillkürlich in Gegenwart eines Schuftes der Atem stockt und etwas auf dir lastet und dich beschwert; die Gedanken sind bedrückt, das Herz schlägt mit schweren Schlägen, ja du scheust dich, deine Augen auf jenen Menschen zu richten, als schämtest du dich seinetwegen oder als müßtest du befürchten, daß er mit seinen Blicken dein Inneres versenge . . . Der Instinkt betrügt dich nicht! Glaube mir, du junger Mann, daß sich rings um einen jeden Gedanken, um ein jedes Gefühl, ein jedes Wort und eine jede Tat ein bezauberter Kreis bildet, dem sich die hineindringenden, weniger gewaltigen Gedanken, Gefühle und Taten unwillkürlich unterwerfen; diese Wahrheit ist ebenso alt wie die Welt; ihr grobes Wahrzeichen erhielt sich in jenen Zauberkreisen, welche die sagenhaften Zauberer um sich zogen.«

»All das kann sehr wahr sein, wenn man es nur beweisen könnte.«

»Beweisen, beweisen!« wiederholte der Onkel ärgerlich. »Ja besitzt ihr denn überhaupt die Fähigkeit zu beweisen? Was habt ihr denn schon groß bewiesen?«

»Sehr wenig, zum mindesten freilich dürfte in diesem Augenblick bewiesen sein, daß diese Kerze zum Beispiel da auf dem Tisch steht, weil ich sie sehe . . .«

Der Onkel brach in Gelächter aus.

»Weil du siehst? Weil du siehst? Mit welchem Recht jedoch siehst du? Mit welchem Recht glaubst du, daß du siehst? Wer hat dir gesagt, daß du siehst? Wer hat dir gesagt, daß vor dir eine Kerze steht? Im Gegenteil, ich erkläre dir, daß das nicht eine Kerze ist, die vor dir steht; beweise mir das Gegenteil.«

Nun war die Reihe an mir, in ein Gelächter auszubrechen.

»Ich dagegen erkläre Ihnen, daß soeben auf dem Mond ein großes Konzert gegeben wird, zu dem sich alle Mondbewohner versammelt haben. Beweisen Sie mir das Gegenteil.«

»So!« rief der Onkel. »Das also ist eure Logik des neunzehnten Jahrhunderts! Darüber hinaus könnt ihr nichts wahrnehmen? Du freilich bist in bezug auf sie im Recht, allein sie ist nicht im Recht in bezug auf mich. Lach nur, lach, mein Herr Philosoph, trotzdem bleibt unumstößlich, daß es Orte gibt, an welche die Vergangenheit gewissermaßen gefesselt ist und auf denen mit geheimnisvollen Chiffren die Gedanken von Menschen, die von uns durch Jahrhunderte getrennt sind, und ihr Wollen eingegraben sind . . . Lach lieber nicht; vor einigen Tagen hatte ich ebenfalls Gelegenheit, über eure Gelehrten zu lachen, die sich die größte Mühe gegeben hatten, einige magnetisierte Gegenstände zu erhitzen und zu baden, und die nachher sehr erstaunt darüber waren, daß trotz all dieser Bemühungen diese Gegenstände durch eine einzige Berührung imstande waren, somnambule Personen in magnetischen Schlaf zu versetzen . . . Diese Materialisten! Sie wollten die Kraft des Magnetiseurs durch Erhitzen und Baden vertreiben! Ihr braucht Fakten? Schon gut! Weißt du wohl, mein Herr Gelehrter, daß es Menschen gibt, die alle ihre Taten mit sich tragen? In meiner Jugend lernte ich einen Mann kennen, der ein Mädchen verführt hatte; die Unglückliche war in den Fluß gesprungen. Und was meinst du wohl? Sobald er hiervon zu erzählen begann, standen seine Haare zu Berge, erblaßte sein Gesicht und mußte er zittern; in diesem Augenblick sah er alles vor sich, genauso wie ich dich vor mir sehe, den Fluß und das unglückliche Mädchen, ja sogar ihre Todesqual . . .«

»Aha! Ich weiß schon, ich weiß! Einer meiner Bekannten versteht ausgezeichnet diese Rolle zu agieren . . .«

»Es ist mir bekannt, daß man aus diesem Ereignis einen Spaß gemacht hat; sein Ursprung jedoch beruht auf Wahrheit. Den Mann, mit dem sich dieses zugetragen hatte, kannte ich sehr gut und beteure dir, daß es für ihn keineswegs ein Scherz war, und zum Beweis sage ich dir, daß er daran starb, zu Tode gequält von dieser Vision . . .«

»Immerhin werden Sie mir gestatten, zu bemerken, daß Sie, Onkelchen, scheinbar mit einer gewissen Absicht dieses Gespräch angeknüpft haben. Sie wollen zweifellos meine Phantasie erhitzen, mich auf ungewöhnliche Dinge vorbereiten und mich schließlich erschrecken, um endlich, wie es Ihre Gewohnheit ist, sich herzlich sowohl über mich als auch über unser Jahrhundert und unser Wissen auslachen zu können.«

Der Onkel lächelte sein unbestimmtes Lächeln.

»Lies denn deinen Zaubertrank«, sagte er und zog mit diesen Worten ein Buch aus der Tasche.

»Was muß ich sehen?« rief ich. »Das ist doch der Volkskalender! Hieraus also schöpfen Sie Ihre Weisheit, verehrter Onkel! Gestatten Sie mir, nun meinerseits herzlich zu lachen.«

»In diesem Buch steht viel Unsinn«, entgegnete der Onkel mit einem halb ernsthaften und halb spöttischen Ausdruck, »allein nicht der Verfasser ist daran schuld . . . Aber wie dem auch sei, ich brauche dieses Buch: ich wollte heute eine Ziffer nachprüfen, die mir zweifelhaft scheint.«

Es war bereits elf Uhr abends; alles im Haus hatte sich schon zur Ruhe begeben; die Straßen waren still geworden, nur von den Ausgucktürmen der Feuerwehr erschollen ab und zu Rufe der Wachtposten und verklangen in der Ferne. Die Kerzen waren heruntergebrannt, flackernde Schatten lagen auf den mit fürstlichen Wappen geschmückten Wänden; alles ringsum war still.

Die Zeitungen interessierten mich sehr; während ich sie las, vergaß ich meine Umgebung. Meine ganze Aufmerksamkeit gehörte in diesem Augenblick der positiven europäischen Welt mit ihrer Tätigkeit, ihrem Gewerbefleiß, ihren Leidenschaften und Dampfmaschinen. Ein Artikel über Eisenbahnen interessierte mich ganz besonders, und unwillkürlich regte sich in meiner Seele ein gewisser Stolz bei dem Gedanken an die gigantischen Unternehmungen unserer Zeit. Mit einem Wort, ich war völlig in die Lektüre vertieft, als plötzlich . . . war es zu glauben? . . . nein, es war kein Trug der Sinne . . . in dem verhexten Saal wahrhaftig und sogar sehr deutlich ein Stöhnen ertönte. Ich werde niemals diese Minuten vergessen können; bis jetzt höre ich immer noch die Töne in meinen Ohren. Dieses Stöhnen ähnelte weder der Stimme eines Menschen noch dem Schrei eines Tieres. Es lag etwas unbeschreiblich Quälendes darin; es drang bis in die tiefsten Tiefen der Seele, es war unmöglich, ihm ohne besondere Erregung zu lauschen, und es war, als klinge der Ton im Innersten meines Herzens wider . . . Im gleichen Augenblick schlug es zwölf Uhr; das Schlagen der Uhr brachte mich zur Besinnung: ich stürzte zur Saaltür – allein dort war alles still. Die Kerzen, die ich auf den Tisch gestellt hatte, brannten stetig; alle Türen waren verriegelt, und niemand befand sich im Saal. Ich tastete die Wände ab und schaute auch in die Nebenzimmer – alles war ruhig und still. Unwillkürlich verwirrt, kehrte ich in das Zimmer zum Onkel zurück: er saß ruhig da und las aufmerksam in seinem Buch und machte darin Notizen.

»Hast du's gehört?« fragte er.

»Ich hörte es«, entgegnete ich.

»Und begreifst du es?«

»Nicht im mindesten.«

»Es könnte vielleicht sein, daß es nur eine kreischende Tür war«, fuhr der Onkel in seinem spöttischen Ton fort.

Ich schwieg. Der Onkel sprach weiter:

»Willst du noch bleiben?«

»Meinetwegen bis zum Morgen. Aber ich sehe nicht ein, warum wir nicht in den Saal selber gehen sollen?«

»Ich bin nicht sicher, ob das nicht am Ende unser Experiment stören wird. Warten wir doch das zweite Mal ab; wenn du willst, könnten wir es so machen: Ich werde in das Zimmer gehen, dessen Eingang dieser Tür gegenüberliegt. Du bleibst hier; wir werden beide an den Türen stehen und in dem Augenblick, da das Geheul ertönt, den Saal zu gleicher Zeit betreten.«

Ich willigte ein, obwohl, ich gestehe es, eine kindische Angst über mich kam und es mir qualvoll erschien, allein im Zimmer zurückzubleiben. Mein Herz pochte heftig, und unablässig scholl in meinen Ohren jenes Stöhnen.

Ich gab mir Mühe, die Beherrschung über mich selbst zurückzugewinnen, indem ich alle akustischen Möglichkeiten der Entstehung jenes Tones zu berechnen versuchte. Derweilen hatte ich die Kerze in die eine Hand genommen, die andere dagegen auf die Türklinke gelegt, um jeden Augenblick bereit zu sein; ich weiß nicht mehr, wie lange ich in dieser Stellung verharrte; ringsum herrschte tiefes Schweigen; mir war, ich hörte das Schlagen meines eigenen Pulses; plötzlich aber, und zwar in ebendem Augenblick, als ich die Tür wieder verlassen wollte, ertönte dicht daneben, ja fast neben meinem Ohr, aufs neue das Geheul; allein dieses Geheul trug einen anderen Charakter: zwar war es ebenfalls mit keinem mir bisher bekannt gewordenen Laut vergleichbar, trotzdem jedoch schien in ihm diesmal mehr der Ausdruck des Zornes als der Qual zu liegen.

Frost durchschauerte meine Adern. Trotzdem öffnete ich schnell die Tür und wäre fast zurückgewichen, da ich am anderen Ende des Saales eine menschliche Gestalt erblickte . . . Erst einige Augenblicke darauf erkannte ich in ihr den Onkel, der nach unserer Verabredung seine Tür gleichzeitig mit mir geöffnet hatte.

»Hast du es gehört?« wiederholte der Onkel in seinem gewöhnlichen Ton.

»Sonderbar, höchst sonderbar!« entgegnete ich. »Aber hören Sie, Onkelchen, nun bleibt uns nur noch ein Letztes zu erproben: Wir wollen in diesem Zimmer warten und feststellen, ob wirklich in ihm die schreckliche Erscheinung stattfindet.«

»Einverstanden«, erklärte der Onkel. »Obwohl, ich gestehe es, ich aus besonderen Gründen lieber nicht hier bleiben würde, zumal ich auch für den Erfolg nicht einstehen kann. Übrigens«, fügte der Onkel nach einigem Nachdenken hinzu, »wir können es ja versuchen.«

Aufs neue musterte ich die nebenanliegenden Zimmer und prüfte alle Türen; ich richtete die Kerzen und machte mich, um meinen Gedanken eine andere Richtung zu geben, wieder an meine Zeitungen; wir nahmen in der Mitte des Saales neben dem L'hombre-Tisch Platz; der Onkel zeichnete darauf mit großer Aufmerksamkeit irgendwelche Zahlen und Zeichen, die mir unverständlich waren.

»Was ist das?« fragte ich.

»Nichts Besonderes«, entgegnete der Onkel mit einem ernsthafteren Tone, als er ihn gewöhnlich anschlug. »Es hat nur Bedeutung für mich; du stehst außerhalb dieser Sphäre.«

»Onkel«, rief ich erregt, »laß um Gottes willen diese Geheimniskrämerei! Ich muß jetzt meine ganze Geistesgegenwart behalten.«

Wir verstummten. Über eine halbe Stunde währte diesmal völlige Stille, als ... wie soll ich mein Erstaunen beschreiben! ... aus der Tiefe des Saales von neuem ein Stöhnen quoll; es begann leise und wurde lauter und immer lauter ... und endlich erscholl es dicht über meinem Ohr ... Dieses Mal aber konnte ich deutlich zwei Töne unterscheiden, aus denen eine unstillbare Verzweiflung sprach, doch auch Zorn und Trauer, mit einem Wort, alles Schmerzliche, was immer eine Menschenseele nur zu empfinden vermag. Ich sprang vom Stuhl auf und schaute den Onkel an — er schien selber erregt zu sein und folgte, schwer auf den Tisch gestützt, voller Unruhe den Schwellungen des Tones ... Allein wie soll ich das Grauen schildern, das mich befiel, als mein Blick die gegenüberliegende Wand streifte und ich plötzlich zwischen den Schatten, die von mir und meinem Partner fielen, noch einen dritten Schatten wahrnahm, der sehr wohl zu bemerken war, dessen Umrisse jedoch fast unmöglich festzustellen waren, da sie unablässig schwankten. Dies war etwas völlig Unbeschreibliches, es hatte eine gewisse Ähnlichkeit mit einer menschlichen Gestalt, die scheinbar von großer Bewegung geschüttelt wurde und unablässig ihre Konturen veränderte: dort gab es sogar etwas, das einem Kopf ähnlich sah, Arme sah ich, die bald gereckt wurden, bald wieder sanken. All das dauerte nicht länger als eine Minute ... Ich schaute mich um; im Saal war niemand außer uns; ich blickte aufs neue die Wände an — der unerklärliche Schatten war blasser geworden, und gemeinsam mit ihm verlor sich auch jenes Geheul allmählich im anderen Ende des Saales. Es war fast, als wäre es an uns vorübergezogen.

»Nun, Gott sei Dank, es ist fort!« sagte der Onkel und nahm die Arme vom Tisch. »Die Unglückseligen!« fügte er mit einem Seufzer hinzu. »Wann werden sie wohl dem Schicksal den letzten Dinar bezahlt haben?«

Wenige Minuten darauf hatte mein Onkel seine Ruhe bereits völlig zurückgewonnen, sein Gesicht trug wieder den spöttischen Ausdruck wie zuvor, und er sagte:

»Nun? Hast du es gehört?«

»Ich habe es gehört«, entgegnete ich.

»Und hast du es auch gesehen?«

»Gewiß habe ich es gesehen«, versetzte ich.

»Dann ist wohl der Versuch gelungen, mein Herr Experimentator?«

Ich schwieg.

»So können wir uns ruhig nach Hause begeben«, fuhr der Onkel fort, »es wird nichts weiter geschehen.«

»Woher wissen Sie das?«

»Drei Epochen des Lebens, mithin drei Jammerschreie.«

»Um Gottes willen, lassen Sie endlich diesen geheimnisvollen Ton. Wollen wir nicht lieber mit vereinten Kräften darangehen, die sonderbare Erscheinung zu erklären?«

»Für mich ist sie sehr klar.«

»Dann sprechen Sie.«

»Ich sehe nicht ein, wozu das gut sein sollte? Du wirst ohnehin nichts davon verstehen und wiederum sagen, daß ich dich nur verspotte, daß man das nicht beweisen kann und ähnliches mehr, wie du es meist zur Antwort auf meine aufrichtigen Erklärungen vorbringst, ja gewiß, aufrichtigen Erklärungen«, wiederholte er mit spöttischer Miene.

»Nein, sprechen Sie, Onkelchen, erzählen Sie, was Sie davon wissen und wie Sie es auffassen. Bei einer so sonderbaren Erscheinung läßt sich alles annehmen.«

»Alles?« fragte der Onkel und sah mich aufmerksam an.

»Ich wollte sagen, man müßte alles ausnützen, um zu einer Erklärung zu kommen . . .«

Der Onkel lächelte nur. Ich verstummte.

Wir blieben bis zum Anbruch des Morgens im verhexten Saal und vernahmen, ganz wie der Onkel es vorausgesagt hatte, in der Tat nichts mehr.

Folgendes bezeichnete der Onkel als Erklärung dieser sonderbaren Erscheinung. Ich werde mich, soweit es mein Gedächtnis zuläßt, bemühen, auf diesen Seiten seine Erzählung in ihrem vollen Umfang wiederzugeben:

»Um dir diese Erscheinung zu erklären«, begann mein Onkel, »muß ich sehr weit ausholen. Der Zeit nach gehört sie zum dritten Jahrzehnt des achtzehnten Jahrhunderts. Meine Erzählung wirst du nicht in den Geschichtsaufzeichnungen finden, denn unsere Geschichte zeichnet nur die äußeren Begebnisse auf, nur die trügerischen Erscheinungen der wahrhaftigen innerlichen Ereignisse. Doch außer euren Philologen, Archäologen, Antiquaren und dergleichen mehr gibt es auf dieser Welt freilich noch andere Historiker; diese nun führen die Chronik jener Ereignisse weiter, die meist von den anderen nicht bemerkt oder fälschlich ausgelegt werden. Ich bin in meinem Leben einmal mit diesen unbekannten Kulturhistorikern in Beziehung getreten, und was ich dir nun erzählen werde, habe ich aus ihren geheimnisvollen Überlieferungen geschöpft. Es steht bei dir, mir zu glauben oder nicht. Wenn meine Erzählung dir nicht genügend klar erscheinen sollte, so gib dir Mühe, sie selber zu erklären. Was mich betrifft, ich brauche keine weiteren Aufklärungen.«

Es war um das Jahr 1726, da trieben in einem abgelegenen Zimmer unweit vom Sucharew-Turme gegen Mitternacht zwei Männer vor einem sonderbar geformten Ofen ihr Wesen; der eine von ihnen war ein Greis, der andere mochte in den mittleren Jahren stehen. Der jüngere Mann saß dem Herde gerade gegenüber und rührte mit einer Zange in den brennenden Kohlen; nachdem er sorgfältig das Ofenloch gemustert, machte er sich daran, in einem riesigen Buch zu lesen, das vor ihm auf einem Lesepult lag. Der Alte dagegen, der einen weiten Sammetkaftan trug, setzte sich danach in einen Sessel und hörte der Lektüre mit großer Aufmerksamkeit zu — der junge Mann las sehr getragen:

». . . Nachdem man den Stein vermittels richtiger Behandlung des Feuers weiß erhalten, wie schon weiter oben gewiesen worden, und will man ihn alsdann rot haben, so vermehre man die Glut des Ofens, denn unser Salamander lebt bloß in heftiger Glut und mitten im Feuer, er nährt sich von Feuer und fürchtet das Feuer nicht; leichte Glut dagegen kann weder die Tinktur noch den Schwefel vom Stein trennen. Zu dieser Arbeit sind erforderlich einundvierzig Tage.«

»Welchen Tag zählen wir heute?« fragte der Alte.

»Den achtunddreißigsten vom Beginn der Fixierung an«, entgegnete der junge Mann.

»Und noch immer ist der rote Drachen nicht zu sehen, ja nicht einmal jener Rost, von dem schon Basilius Valentinus spricht. Wir haben uns sicherlich in unserer Operation geirrt.«

»Warten wir auf den einundvierzigsten Tag, dann werden wir sehen.«

»Du kannst leicht warten, du junger Mann, aber wie ist mir, dem Alten, jetzt zumute? Es ist bereits das vierte Mal, daß wir die gleiche Operation von neuem anfangen: und immer scheint das Ziel nah zu sein, und immer ist es, als hätten wir nichts verabsäumt — und dennoch will kein Erfolg sich einstellen! Unterdessen aber lassen meine Kräfte immer mehr nach; wie viele Nächte bereits ohne Schlaf . . . Wenn nicht du, Iwan Iwanowitsch, mir beigestanden hättest, mir hätte die Kraft gefehlt, das gewaltige Werk zu vollenden. Ach, wenn es uns doch nur gelänge, den roten Drachen zu gewinnen! Vermittels seiner wäre es uns möglich, das trinkbare Gold zu erlangen, das einem jeden Menschen ein fast unendliches Leben verleiht und völlige Gesundheit. Solange es mir nicht gelungen ist, das Elixier des Lebens herzustellen, muß ich fürchten, meine Gesundheit vollends zu verlieren. Auch jetzt wieder will mich Schläfrigkeit überwältigen; sollte ich aber einschlafen, dann bleibe zumindest du, mein Lieber, wach; tu mir diesen Gefallen – es ist doch ein gewaltiges Geheimnis, das ich dir enthülle –, ich bitte dich, schlafe nur ja nicht ein; eine jede Minute ist jetzt kostbar; schone die Kohlen nicht; verlasse den Atanar[1] nicht; wenn das Feuer auch nur auf einen Augenblick kleiner werden sollte, ist alles verloren, dann müssen wir das ganze Werk von neuem beginnen. Ich bitte dich, schlafe mir nicht ein; ach, Schläfrigkeit kommt immer mehr über mich. Hüte ... den Salamander ... denn weil ... das Blut des Drachens ... der Atanar ... die Quintes ... essenz ... das Elixier ...«

Die Worte des Alten verwirrten sich zusehends; er redete immer schlaftrunkener und schlief zum Schluß fest ein, wobei er noch im Schlaf die besonderen Worte der Alchimisten ab und zu wiederholte.

Der junge Mann schaute aufmerksam nach dem Ofen, er wandte kein Auge davon und rührte immer wieder in den brennenden Kohlen.

Derweilen er so vor dem Ofen saß, wanderten traurige Gedanken durch seinen Kopf.

So also – dachte er –, so endeten alle meine Hoffnungen; deswegen also hat mich das Schicksal aus meiner armen Finnenhütte gerissen. Viel Prächtiges hat vor mir geglänzt; ich sah Peter den Großen, ich plauderte mit ihm, ich dachte mit seinen Gedanken, ich fühlte seine Gefühle – allein kaum war der Große von uns gegangen, da mußte ich mit ihm all meine Hoffnungen begraben. Es gab keine Stütze für den armen Fremden. Verleumdet wurde ich und verjagt ... Was mag wohl jetzt mein schönes Zimmerchen in der Admiralität machen? Ob wohl jemand darin mit dem gleichen Eifer arbeitet, mit dem ich gearbeitet habe? Und was machen meine Übersetzungen in der Kunst der Ziffern und was mein Plan einer Typographie? – Alles umsonst gewesen! Nichts als eine Beute der Würmer. Und nun? Der zukünftige Feldherr, der künftige Edelmann, jetzt ist er der Gehilfe, der Sklave fast eines mürrischen halbverrückten Greises geworden; unzählige schlaflose Nächte verbringe ich vor den glühenden Kohlen, bei einer Arbeit, die schwerlich je gelingen wird und die leicht möglich verbrecherisch ist! – Und dazu noch mein Weib mit ihren Forderungen und Vorwürfen; sie klagt, daß ich sie nicht ernähren könne, und gedenkt rastlos ihres früheren Lebens und ihres vormaligen Wohlstandes. Was will ich tun? Bin ich etwa schuld daran, daß man mich von meinem Posten entfernt hat, weil er einem anderen zusagte? Und daß alle mich, den armen Finnen, voll Verachtung von sich stoßen?

* Der Ofen der Alchimisten

Traurig ist es, zu traurig! Ach, meine goldenen Hoffnungen, wo seid ihr hin? Wo seid ihr? Wenn der Große noch am Leben wäre, es wäre anders gekommen ... Und ist denn wirklich jetzt alles zu Ende? Ist es mir wirklich beschieden, nie wieder in Herrengemächern zu leben? Nie wieder eine Schar von Jüngern zu meinen Füßen zu sehen und nicht den Tod des Feldherrn zu erleiden? Ach, warum, warum verließ ich nur meine ärmliche Hütte? Warum gefiel es dem Schicksal, mich fremde Länder sehen zu lassen? Warum drang das Licht der Wissenschaft in mich und bildete meinen Geist? Ohne dieses wäre mein Herz ruhig; ich würde nichts wissen, und kein unstillbarer Durst würde mich peinigen. Ruhig wäre mein Leben beim Rauschen der vertrauten Stromschnellen verlaufen, dort in der armen Hütte. Und Elssa? Mein Schwesterchen! Wo weilst du nur, was ist mit dir? Wo wehen deine hellblonden Locken, wo leuchten deine sehnsüchtigen Augen? Wo atmet deine weiße Brust? Du hättest mich wahrhaft geliebt, du würdest nicht über das Schicksal murren, das dich zwingt, mit dem armen Finnen zu leben; an deinem treuherzigen Busen würde ich ruhig einschlafen können, den heimatlichen Gesängen lauschend.

Der junge Mann schlug die Hände vors Gesicht; Tränen strömten aus seinen Augen ...

»Geheimnisvoller Herd!« fuhr er laut fort. »Was richtest du deine feurige Mündung auf mich? Was verbirgt sich in dir? Asche ... und Kohlen ... doch — wer weiß? — es könnte sein ... nur noch wenige Tage, und strömen wird aus dir das Gold; der arme Finne aber kann dann wiederum stolz seinen Mitmenschen ins Antlitz schauen. Oh, aber nicht dich werde ich dann in Gold kleiden, du böses Weib, nicht dich! — Schlangen sind es, die auf deiner Zunge zischen! — Nein, dann werde ich dich verlassen, forteilen werde ich ... Dem Reichen ist alles erlaubt; zu den heimatlichen Ufern will ich fliegen, meine Elssa zu umarmen und vereint mit ihr die ganze Welt auszulachen. Ach Elssa! Elssa! Wo bist du?«

In diesem Augenblick pochte jemand an die Türe; der junge Mann blickte auf.

»Ah, es ist mein Weib, die arglistige Schlange. — Was willst du?« rief Jakko (so hieß der junge Mann). — Eine Frau von etwa dreißig Jahren trat ins Zimmer, sie war bleich, und ihr Gesicht blickte zornentstellt; das Gewand, das sie trug, war in Unordnung.

»Was?« sprach sie mit wütender Stimme. »Der Alte schläft? Lösche das Feuer, damit weniger Kohlen aufgebraucht werden.«

»Wie wäre das möglich!« entgegnete Jakko.

»Genauso möglich, wie du es zuvor schon tatest; was siedet ihr denn dort, den Höllengeistern zur Lust! Schon jetzt verstellen mir die frommen Leute den Weg. Tag und Nacht wird bei euch das Feuer geschürt; alle Vorübergehenden sehen den Rauch, und euer Rauch ist keiner der rechtgläubigen Kirche – nach Schwefel und Unrat stinkt die ganze Straße. Alle Leute sagen, du brautest Gift oder beschwörtest die Teufel.«

»Mögen sie schwätzen, was sie wollen; diesmal jedoch will ich den alten Mann nicht betrügen, ich werde das Feuer nicht ausgehen lassen, bis nicht das Werk vollendet ist.«

»Höre einer dich an! Keine Angst, der Alte, der weiß schon, was er tut: in seinem eignen Hause denkt er nicht einmal daran, für den Teufel den Brei zu kochen, er kommt dazu lieber zu dir; ihm wird nichts geschehen, dich aber wird man auf dem Scheiterhaufen verbrennen und mich mit dir zusammen. Ach, ich arme, ich verlassene Waise! Weder Vater noch Mutter habe ich mehr, weder Angehörige noch Anverwandte, keiner ist da, der für mich eintreten könnte; warum nur hat Gott zugelassen, daß ich einen verdammten Finnen geheiratet habe, einen Zauberer und Ketzer . . .«

»Hinaus«, schrie der erzürnte Ehemann, »oder es wird dir schlecht ergehen! Der Alte kann aufwachen; wenn er dich hier sieht, wird es ein Unheil geben. Geh hinaus, rate ich dir im guten.«

»Nicht einmal ordentlich kleiden kann ich mich dank Eurer Gnade, mein Herr Iwan Iwanowitsch! Gebt mir Geld zu Stiefeln.«

»Wo soll ich's hernehmen? Vom Alten kann ich nichts bekommen; sollte er aber aufwachen und dich hier erblicken, so könnte es leicht sein, daß uns auch noch das letzte Stück Brot genommen wird . . . Schau nur, da streckt er sich schon – mach fort, sage ich dir!«

Mit unsagbarer Bosheit schaute das Weib Jakko an und ging hinaus, vor sich hin murmelnd:

»Finne, Zauberer, Ketzer, Bettler . . .«

Und das ist nun die Frau – überlegte Jakko –, die mir als ein Engel an Güte erschienen ist! Wo sind sie hin, die jungfräuliche Sanftmut, die weibliche Scham? Und ist dies wirklich die gleiche Mascha, die vor Zeiten in ihrem holländischen Häubchen und dem enganliegenden Leibchen so lieb und gutherzig war und sich scheute, ein überflüssiges Wort auszusprechen? Ach, wie hat sich alles verändert! Solange wir im Überfluß lebten, schien sie ein Engel; aber dieser Engel vermochte nicht einmal das allergewöhnlichste Ungemach zu überstehen – die Armut! Ach, Elssa, Elssa! Du hättest dich nicht so gewandelt! Wo bist du? Und sollte es mir wirklich beschieden sein, dich nie mehr wiederzusehen ...

Derweilen war es draußen hell geworden; die purpurne Sonne des Morgens schaute bereits durch die Nebel und kroch leise wie ein Dieb über die Dächer der Stadt. Der Alte erwachte.

»Wie? Schon Morgen?« sagte er, sich die Augen reibend. »Wie steht's mit unserem Werk? Ist das Feuer nicht kleiner geworden?«

Er erhob sich, näherte sich dem Atanar, musterte ihn von allen Seiten und schien zufriedengestellt. »Und du, bist du auch wirklich inzwischen nicht eingeschlafen?«

»Ich habe keinen Augenblick geschlafen«, entgegnete Jakko.

»So sage ich dir Dank, mein Sohn. Schaffe nur, wirke nur; hilf dem Alten; sei überzeugt, es wird dein Nachteil nicht sein ... Ein wichtiges Geheimnis vertraue ich dir an, junger Mensch. Wisse denn, alle Weisen der Welt haben seit Anbeginn der Zeiten versucht, dieses wundervolle Werk zu vollenden ... wahrhaftig, ein wundervolles, sage ich dir. Allmächtig ist es; es rettet den Leib vor der Fäulnis, und es allein kann, ich wiederhole es, das Dasein des Menschen unendlich verlängern ... Und nur eines wußten sie nicht: womit sie beginnen sollten; ich aber, ich weiß es. Genauso wie die erhabenen Himmel sich um die Erde nicht von selber gebildet haben, sondern dieses Werk nur dank der Einwirkung der Sonne und der anderen Planeten vollbracht ward, genauso muß auch unsere Quintessenz darauf warten, daß sie von der Sonne, der glänzenden, der allmächtigen, der gleichmäßigen, belebt wird, und nichts können gegen diese Sonne alle die Feuer der Erde ausrichten. Und ich verkünde dir aus dem Überschwang meines Herzens, daß diese Sonne, die kein Feuer je besiegen kann, diese Wurzel unseres Lebens, dieser Urkeim der Metalle, geschaffen zum Schmuck unseres Himmels, einst in dieser Hand gewesen ist.«

Jakko lauschte dem Alten und wußte nicht, ob er ihm glauben solle oder nicht; der Alte sprach mit solcher Kraft, mit so aufrichtiger Überzeugung ... Sie hatten sich allerdings schon dreimal an ihr wundertätiges Werk gemacht und dreimal nichts als Asche gefunden. Allein Jakko wußte ja, daß zahlreiche gelehrte Leute in Holland, Frankreich und Deutschland an die Alchimie glaubten und an der Herstellung des Steins der Weisen arbeiteten. Zwar spotteten viele über diese Bemühungen, niemand jedoch hatte sich bisher erdreistet, klar die Unmöglichkeit des philosophischen Steins zu beweisen. Zudem hatte Jakko in Paris ein leibhaftiges Zeugnis für dessen Wahrheit erblickt: er hatte das Gebäude gesehen, das mit dem Golde, welches Nicolas Flamel gesotten, erbaut worden war; er hatte die wunderlichen Symbole betrachtet, die Nicolas Flamel an den Häusern, die er erbaut, zum Angedenken seines Werkes und zum Rätsel für die Weisen aller Jahrhunderte angebracht hatte; mit eignen Augen hatte er in Wien jenen eisernen Nagel gemustert, dessen eine Hälfte von einem berühmten Alchimisten zum Ruhme der rätselhaften Wissenschaft in Gold umgewandelt worden war. Und gehörte jener, mit dem er jetzt zusammenarbeitete, nicht auch zu der Schar der gelehrtesten Männer seiner Zeit? Ein Kriegsheld, ein Würdenträger war er und bekleidete zudem einen hohen Rang – wie sollte man ihm nicht Glauben schenken? Und dennoch kam ihm der Alte zuweilen verdächtig vor; man konnte häufig daran zweifeln, ob er noch bei gesundem Verstande wäre; manchmal weinte er, manchmal wieder lachte er wie ein Kind, er machte die seltsamsten Sprünge, raufte sich die Haare oder führte eine wenig verständliche, von Widersprüchen strotzende und dennoch gewaltige Sprache, und dann brannten seine Augen, dann geriet er außer sich und bebte am ganzen Körper. Da Jakko weder dem Alten noch seinen eigenen Zweifeln völlig traute, mühte er sich, in Büchern die Erklärung des Rätsels zu finden. Paracelsus, Geber, Arnoldus Villanovanus, Basilius Valentinus wurden ständig von Alchimisten studiert; so verführerisch klangen ihre Worte; es war, als öffneten sie ihm ihre Seele; einstimmig verhießen sie Reichtum, Glück, Gesundheit und ein langes Leben jenem, dessen Geduld bis zum Ende des Kampfes ausreichen würde. Jakko fand in ihren Beschreibungen alle Einzelheiten des wunderbaren Werkes; nichts schien dort vergessen zu sein; es war, als brauche man nur anzufangen – sagten sie doch selber aus, daß ein Weib dieses Werk verrichten könne, ohne von seiner Spindel aufzustehen; und nur eines enthüllten sie nicht: die Materie nämlich, aus welcher der Baum des Lebens emporwachsen solle – und nun befand sich ein Mann vor Jakko, der sich rühmte, daß er diese geheimnisvolle Materie kenne, deren Namen noch niemals dem Papier anvertraut worden war. Sie lag vor ihm, die Materie, verhüllt von einem groben tönernen Kolben . . . Jakko verlor sich in Gedanken.

In den letzten Tagen wichen die Alchimisten nicht auf eine Minute vom Herd. Wenn Jakko sich zwei oder drei Stunden hinlegte, denn mehr Ruhe fand er nicht, schaute der Alte nach dem Atanar.

Und endlich brach der schicksalsvolle, der einundvierzigste Tag an. Die Alchimisten hatten während der ganzen Nacht kein Auge zugetan und löschten genau auf die Minute der vorher bestimmten Stunde das Feuer aus. Oh, wie pochten ihre Herzen, als der entscheidende Augenblick heranrückte! Jakkos Hand zitterte, als er vorsichtig den Kitt abkratzte, der alle Teile des geheimnisvollen Instrumentes verband; noch eine Sekunde — und es mußte vor ihnen der wunderbare purpurne Stein aufblitzen, der Urkeim der Metalle, das Elixier gegen alle Krankheiten, die rätselhafte Tinktur, die das grobe Blei zur Würde des Goldes erhob . . .

Vorsichtig wurde der Deckel von dem geheimnisvollen Gefäß genommen — allein was erblickten sie? — Auf seinem Boden lag eine schwarze, unförmige, geschmolzene Masse und nichts mehr.

»Der schwarze Rabe hat unseren roten Drachen verschlungen«, rief der Alte. »Wir haben irgendwo einen Irrtum begangen . . . Wir müssen von neuem beginnen. Ruh einige Tage aus — drei Tage, nicht mehr; und richte dann aufs neue den Atanar; ich werde derweilen im Geiste noch einmal den ganzen Vorgang überdenken; ich will mir Mühe geben, nachzuforschen, worin wir gefehlt haben. Leb wohl. Suche mich nicht auf. Es ist nicht nötig, daß Profane von unserer Verbindung wissen. Und schau auch selber in den Büchern nach, lies nochmal den Paracelsus durch: mein Gedächtnis wird immer schwächer; es ist möglich, daß ich manches aus dem Auge gelassen habe.«

Bei diesen Worten nahm der Alte einen Silberrubel aus der Tasche, legte ihn vor den armen Jakko auf den Tisch und entfernte sich.

Blaß, erschöpft, abgequält von den vielen schlaflosen Nächten, eilte Jakko aus dem Laboratorium in das Nebengelaß und warf sich dort verzweifelt auf sein Lager. Er schlief unruhig; allein nach und nach wurden die Traumgesichte, die ihn verfolgten, immer anziehender: er sah das Ufer des Wuoxen, er hörte das Rauschen der Imatrafälle; vor seinen Augen erschien Elssa in ihrer ganzen Schönheit; sie lehnte ihr Haupt an Jakkos Brust, und er küßte sie; ihre Locken fielen auf sein Antlitz; und über den beiden schimmerte eine leuchtende Sonne, widergespiegelt vom regenbogenfarbigen Flimmern der Flut.

Eine rauhe Stimme riß Jakko aus seiner süßen Versunkenheit.

»Ob du wohl aufwachen wirst, du Faulpelz?« rief Marja Jegorowna. »Immer nur schlafen und schlafen. Nun, wo ist das Gold? Her mit ihm. Habt ihr viel zusammengebraut?«

Nur mit Mühe gelang es Jakko, zu sich zu kommen; trotzdem streckte er die Hand in die Tasche, zog den Silberrubel hervor und schleuderte ihn voller Verachtung auf den Fußboden ...

»Nichts als das«, sagte die Frau und hob die Münze auf. »Ergebensten Dank, Väterchen Iwan Iwanowitsch! Und das soll wohl gar zum Essen und Trinken langen? Ist das nicht am Ende zuviel? Aber paß mal auf, man will uns aus der Wohnung weisen; der Bäcker sagt, er wolle uns nicht länger das Brot anschreiben, der Fleischer erklärt das gleiche und ebenso der Krämer ... Ach, ich Ärmste, ich Unglückselige! Ich trage jetzt mein letztes Kleid! Ich habe nichts mehr, worin ich in Gottes Kirche gehen könnte, zu Gott zu beten, damit er mich nicht deiner Sünden wegen bestraft, verdammter Zauberer! — Ach, du mein Mütterchen, teueres Mütterchen! Dachtest du wohl, ahntest du, daß mir ein solches Los beschieden sein werde?«

»Was soll ich nun beginnen?« fragte Jakko voller Verzweiflung.

»Tu, was du weißt, dazu bist du ja ein Mann ... ich bin nur ein schwaches Weib.«

»Ich schwöre dir beim Namen Gottes, Marja Jegorowna«, entgegnete Jakko mit klangloser Stimme, »daß ich froh wäre, mein Blut für dich hingeben zu können, um nur nicht immer wieder deine Vorwürfe hören zu müssen.«

»Du solltest den Namen Gottes nicht anrufen, Ketzer! Mich hintergehst du nicht mehr; diese und ähnliche Worte habe ich bereits zur Genüge gehört.«

»Ja, was soll ich denn tun?« versetzte Jakko, in dem bereits der Zorn aufstieg.

»Du hättest in Petersburg bleiben sollen. Du hattest eine treffliche Stellung und ausreichendes Gehalt, alles hatte mein Vater dir besorgt ...«

»Aber du weißt doch, daß man mich fortgejagt hat?«

»Fortgejagt? Und warum? Weil dein Rücken zu steif war. Wärest du gegangen und hättest Verbeugungen gemacht ... aber nein, wie sollte das möglich sein! Stolz bist du, jedoch nicht am rechten Platz. Und jetzt pfeifst du auf dem letzten Loch ... Gib mir Geld! Das Gesetz verlangt, daß du mich erhältst.«

Jakko sprang von seinem Bett.

»So schweige doch!« fuhr er sie an.

»Nein, ich werde nicht schweigen, hingehen werde ich und melden, daß du zauberst und Gifte braust. Wenn man dich erst zum Verlies schleifen und dir dort die Knochen brechen wird, wirst du schon anders sprechen, verdammter Ketzer! Bettler!«

Allein wir wollen lieber die Szene nicht beschreiben, die auf dieses Gespräch folgte. Sie würde im heutigen Jahrhundert vielleicht zu sonderbar erscheinen.

So vergingen drei Tage. Jakko kam nicht dazu, sich wirklich erholen zu können. Sein Weib ließ ihm keine Sekunde Ruhe, und er konnte sie nur mit Anwendung völlig unphilosophischer Mittel zähmen. All das peinigte ihn und erniedrigte seine Seele. Häufig kam ihm der Gedanke, mit sich selber ein Ende zu machen; noch häufiger dachte er daran, aus Moskau zu fliehen und sich zur Heimat durchzuschlagen. Aber immer noch lockte ihn die Hoffnung; ja es schien, daß sie mit dem Unglück, das ihn verfolgte, sich immer mehr hob.

»Noch vierzig Tage«, sprach er schließlich zu sich selbst, »und dann wird eines von den beiden eintreten: entweder werde ich über Schätze verfügen, oder ich werde nicht mehr am Leben sein.«

Am vierten Tage pochte jemand an seine Türe; es war der Alte.

»Ich hab's!« sagte er. »Und wie hatte ich das nur vergessen können! Es war notwendig, das Werk am Donnerstag zu beginnen, an dem Tage, der Jupiter geweiht ist. Wir aber begannen das Werk am Montag, dem Tage des Mondes! – Es ist daher nur zu klar, daß seine kalte Feuchte den Atanar durchdrang und den Drachen hinderte, völlig auszureifen. Heute ist Donnerstag, und so wollen wir denn genau um Mittag an unser Werk gehen. Ist alles bereit?«

»Es ist bereit«, entgegnete Jakko trübsinnig, »allein bevor wir uns an die Arbeit machen, erlauben Durchlaucht mir die Bitte ... ich habe keine Kopeke mehr im Hause ... den Rubel, den Sie mir gaben, verwendete ich, um unaufschiebbare Schulden zu bezahlen ...«

Tränen der Scham und der Erniedrigung rollten über Jakkos Wangen.

»So! Das habe ich erwartet!« schrie der Alte zornig. »Geld, immer Geld! Ein echter Sohn Adams! Wahrhaftig, ich weiß nicht, warum ich dich in unser Werk eingeweiht habe. Du arbeitest nur aus Eigennutz. Du hast keine seelische Sympathie für das gewaltige Werk, weil deine Seele unrein ist; du kannst die Bestrebungen meiner Seele nicht fassen, nicht fassen die ganze Bedeutung unseres Geheimnisses. Du denkst, es sei ein Handwerk wie jedes andere; ich führe dich in das gewaltigste Wunder dieser Welt ein, das einzige, um das die Menschheit sich bemühen sollte – du aber peinigst mich derweilen mit den irdischen Dingen, mit Geld ... Verächtlicher! – Geh, such dir Geld, wo immer du magst.«

»Ich beteuere Ihnen, durchlauchtigster Graf, daß, wenn nicht die äußerste Not«, entgegnete Jakko gekränkt, »daß ich ... daß ich Sie schon längst verlassen hätte. Suchen Sie sich einen anderen Gehilfen, einen genauso eifrigen wie mich!«

Zornig schritt der Alte im Zimmer auf und ab; einerseits plagte ihn der Geiz, andererseits aber ließ er sich all die Vorteile durch den Kopf gehen, die er durch Jakko hatte. Der Alte begriff nur zu gut, wie schwer es ihm fallen würde, einen ähnlichen verborgenen Platz in Moskau zu finden, an dem er seine geheimnisvollen Experimente vornehmen könnte. Die Handlungen eines so berühmten und reichen Edelmannes waren schwer zu verbergen, dagegen schien ihm fast gewiß, daß niemand große Aufmerksamkeit auf das ärmliche Häuschen verwenden würde. So nahm er denn einen weiteren Silberrubel aus der Tasche, betrachtete ihn voll Bedauern und sagte, indem er ihn Jakko gab, mit einem geheuchelten Lächeln:

»Ärgere dich nicht; da hast du Geld; wir haben nicht mehr viel zu arbeiten, und dann wirst du auf das Geld mit der gleichen Verachtung herabblicken wie ich. Und nun ans Werk.«

Genau um die Mittagsstunde zog der Alte ein goldenes Döschen aus der Tasche, öffnete es mit geheimnisvoller Miene, schüttete es in den Atanar und klappte eilig den Deckel zu, damit Jakko nicht bemerken konnte, was die Dose eigentlich enthielt. Der Kolben wurde verkittet, das Feuer unter ihm angezündet, und so begannen denn aufs neue für Jakko die langen Nächte ohne Schlaf, aufs neue begann die quälende, bald verzagte, bald kühne Erwartung, aufs neue die Lektüre der verführerischen Seiten, aufs neue die einförmige, entnervende Tätigkeit. Es vergingen zwanzig Tage; und wiederum konnten weder der Alte noch Jakko jene alchimistischen Merkmale wahrnehmen, die ein erfolgreiches Fortschreiten des Werkes ankündigen sollten. Eines Nachts schlief der Alte ein; Jakko wachte allein vor dem Herde, traurig, unbeschreiblich traurig war ihm an jenem Tage zumute, denn aufs neue hatte er den Alten um Geld angehen müssen, aufs neue hatte der Alte ihm mit der gewohnten Hartherzigkeit entgegnet, aufs neue ihn sein Weib mit Vorwürfen gequält. Die Augen aufs Feuer gerichtet, bemühte sich Jakko, die bittere Gegenwart durch Erinnerungen an die Vergangenheit zu versüßen. Unwillkürlich stiegen ihm jene Worte auf, die einstmals Elssa ihm gesagt hatte: »Du bist unser«, hatte ihm Elssa gesagt, »und mußt unser bleiben.« Was hatten wohl diese Worte, welche die sonderbare Frau in dem Augenblick gemurmelt hatte, da sie zauberische Gesichte sah, zu bedeuten gehabt?

»Elssa, Elssa!« rief Jakko. »Wo bist du nur? Ist wirklich deine geheimnisvolle Kraft bereits erloschen? Und solltest du wirklich nicht fühlen, wie dein Jakko leidet und nach dir ruft? Oh, wenn du bei mir wärest, du würdest mich gewiß lehren, was ich tun soll!«

Jakkos Gedanken wurden von Stunde zu Stunde finsterer und finsterer.

»Was sollen«, sprach er heimlich zu sich, »was sollen alle diese Fabeln von Tugend und von Strafen in einer anderen Welt? Ist wirklich der Mensch nur da, um auf Erden zu leiden? Sollte es ihm wirklich verboten sein, alle erdenkbaren Mittel zu ergreifen, sich von seinen Leiden zu befreien? Alle«, wiederholte er, unwillkürlich erschauernd, »ja alle«, fügte er mit Grausamkeit hinzu. »Oh, was würde ich in diesem Augenblick alles opfern, um mein Ziel zu erreichen! — Es gibt noch eine Methode, der ich in den Büchern nicht begegnet bin. Leicht möglich, daß die Weisen sie vor der sinnlosen Menge verbargen; leicht möglich, daß über dem geheimnisvollen Gefäß eine Opferung dargebracht werden muß. Leicht möglich, daß hierzu ein Menschenleben erforderlich ist ... Und warum denn nicht? Warum es nicht versuchen?«

Flammend und dennoch starr richteten sich Jakkos Augen auf den schlafenden Alten.

Die Empfindung, die in diesem Augenblick in ihm aufgestiegen war, bewirkte, daß er vor sich selber erschrak; er sprang von seiner Bank auf, allein kaum hatte er sich nach der entgegengesetzten Seite gewandt, da sah er ... in dem hellen Lichtkreise, der vom brennenden Herd fiel, zeigte sich deutlich ein Schatten unbestimmten Aussehens. Jakko erbebte, Frost lief durch seine Adern, er stürzte zum Herde und rief, alle innerliche Kraft anspannend:

»Elssa, Elssa! Bist du das?«

Und inmitten der Flamme stieg es vor ihm auf wie ein undeutliches Bildnis ... näher kam es und näher ... nicht länger konnte er daran zweifeln ... es war Elssas Antlitz, sie lächelte ihm zu ... sie lockte ihn ... sie flüsterte:

»Ja, Jakko, ich bin es, deine Elssa; ich habe dein Rufen gehört; schon längst hättest du an mich denken sollen ... denn all dein Tun ist vergebens. Oh, ihr unverständigen Menschen! Ihr wollt das gewaltigste Geheimnis enthüllen, ohne den Salamander anzurufen! Ohne ihn ist euer Feuer ja tot. Wie sollte es den Drachen gebären können? Auch für uns ist dieses Werk voller Schwierigkeiten, und nur mit Angst wagen wir uns daran. Für dich jedoch bin ich zu allem bereit. Schlummere denn ein, schlaf ein, mein lieber Jakko; schöpfe neue Kraft; ich werde an deiner Statt deine Arbeit beaufsichtigen.«

»Elssa, Elssa!« rief Jakko und breitete die Arme nach ihr aus.

»Nein, Jakko, jetzt kannst du mich nicht umarmen; ich werde am Tage vor dir in meiner irdischen Gestalt erstehen, du aber wirst mich dann nicht verlassen, Jakko, nicht wahr? Und du wirst mir treu sein?«

Jakko erbebte.

»Und mein Weib?«

»Dein Weib?« entgegnete Elssa mit spöttischer Stimme. »Dein Weib wird uns nicht hinderlich sein ...«

»Wie, nicht hinderlich sein?« rief Jakko.

»Fürchte nichts, ich werde dich zu keiner Sünde verleiten, Unverständiger; es genügt, zu wollen, Jakko ... Oder solltest du bis jetzt nicht begriffen haben, was der Wille eines Menschen bedeutet: du brauchst nichts als mich zu lieben; unserer geheimnisvollen Flamme kann nichts Sterbliches auf die Dauer widerstehen. Aber eine Bedingung stelle ich: sei mein, sei mein, Jakko, schwöre es ...«

»Ich schwöre«, murmelte Jakko dumpf.

Und er sah: Elssa verwandelte sich in einen Strom weißer Flammen, allein auch in diesem Strome erkannte er immer noch seine Elssa; er sah, wie sie sich um das geheimnisvolle Gefäß wand und einen goldenen Regen darüberträufelte. Und war das nicht wunderbar? Durchsichtig ward plötzlich das Gefäß, und in seinem Innern sah er den feurigen Löwen mit dem feurigen Drachen kämpfen, und schon waren die letzten Minuten des Löwen gekommen ... der Drache verschlang ihn ... und im gleichen Augenblick erschien auf ihm eine schimmernde Krone, und das ganze Gefäß war erfüllt von rubinenem Licht ... mit feurigen Flügeln schlug der Drache, und bei jedem seiner Flügelschläge wogten regenbogenfarbene Strahlen durch das Gefäß.

Weiter sah Jakko nichts, ein fester Schlaf, so schien es ihm, kam über ihn. Er wachte auf, da an seiner Tür gepocht wurde. Es war bereits Morgen. Der Alte schlief immer noch. Der junge Mann dachte, daß es sein Weib sei, und wollte nicht öffnen; jedoch das Pochen wiederholte sich. Und Jakko hörte, wie draußen jemand in der Sprache der Finnen rief: »Öffne, so öffne doch, mein lieber Jakko.« Jakko erbebte, er öffnete die Türe – vor ihm stand Elssa in ihrem gewöhnlichen groben finnischen Gewand; ihr Haar stak unter einem häßlichen Mützchen. Sie flog Jakko um den Hals. Jakko war außer sich.

»Und ich dachte schon, du hättest mich vergessen, Jakko«, sagte sie, »ich aber habe an dich gedacht. Sobald ich erfuhr, daß man dich fortgejagt und ruiniert hätte und daß du arm seiest, ließ ich alles liegen und eilte zu dir. Was mich das gekostet hat! Und wenn nicht Jusso ...«

»Dein Mann?« fragte Jakko.

»Nein, Jakko, ich habe nicht geheiratet. Jusso wollte mich zwar heiraten, aber ich sagte ihm immer wieder: ›Wart nur, mein Brüderchen wird heimkommen.‹ Und so wartete und wartete er denn, der Arme, und hörte schließlich auf zu warten; aber immer noch hatte er mich lieb; als er erfuhr, daß ich mich deinetwegen grämte, erklärte er sogleich: ›Elssa, ich werde dich zu ihm bringen, vielleicht kannst du dem Bruder helfen.‹ Unser Jusso ist nämlich ein gescheiter Bursche, in Petersburg treibt er Handel und kennt auch die hiesigen Leute; ach, was haben wir hier alles angestellt, um dich aufzufinden ... es ist noch gut, daß uns ein wackerer Mann zu Hilfe kam, eben der, der dir immer die Kohlen bringt; nur wurde erzählt, du seiest Schmied oder Schlosser geworden ... er hat mich auch hierhergeführt, gradewegs vor deine Tür, der gute Mann ...«

»Elssa, Elssa!« rief Jakko. »Dann ist es wohl tatsächlich wahr, daß du mir helfen kannst? Weißt du, woran ich arbeite?«

»Nein, das Handwerk der Schmiede kenne ich nicht, aber helfen kann ich dir trotzdem; schau nur, wieviel ich aufgespeichert habe, derweil du fern warst!«

Mit diesen Worten zog sie ein Bündel hervor und schüttete silberne und goldene Münzen heraus. Es waren an die hundert Rubel und gar noch mehr.

»Elssa!« flüsterte Jakko. »Aber heute nacht, hier im Herde ...«

»Was denn?« fragte Elssa.

»Erinnerst du dich noch an das, was du mir sagtest?«

»Wann denn?« fragte Elssa erstaunt.

In diesem Augenblick kehrte Marja Jegorowna vom Markte zurück.

»Was soll das nur wieder?« schrie sie zornig. »Habt ihr gar noch eine Hexe hierhergebracht?«

Kaum jedoch gewahrte sie das Geld, da wurde ihr Gesicht heiterer, sie warf sich Elssa um den Hals.

»Ach, mein Seelchen Jelissaweta Iwanowna! Ich habe dich nicht wiedererkannt. Du hast dich gar nicht verändert: du bist genauso schön, wie du vormals warst; wie hast du uns nur hier aufgefunden? Und wir haben uns so um dich gesorgt ... Ich bitte dich, schlage es mir nicht ab, sei unser

Gast ... Und warum hast du denn das Geld so ausgestreut? Gib her, ich will es aufheben.«

»Das gute Schwesterchen«, sprach Jakko zu seinem Weibe, »sie schenkt uns dieses Geld. Es ist unser.«

Und aufs neue flog Marja Jegorowna Elssa an den Hals, das Geld freilich schob sie in ihre Tasche und eilte darauf in die Küche, wobei sie vor sich hin murmelte: »Jetzt werde ich mir lustige Tage machen!«

Seit Jakko jene wunderbare Erscheinung gesehen, hatte er sich noch eifriger an die Arbeit gemacht. Wie häufig erkannte er jetzt in den verschlungenen Strömen der Flamme, die das Gefäß umloderten, Elssas Gestalt; er wußte nur zu gut, daß sie es war und nicht jemand anderes, denn oft sah er ihr Gesicht durch die Glut leuchten; er sprach zu ihr, und sie antwortete ihm; und häufig geschah es, daß das Gefäß auf einen Augenblick durchsichtig wurde und in ihm sich die wunderbarsten Vorgänge abspielten. Zuweilen erblickte Jakko darin ein aufgeworfenes Grab, im Grabe ein unförmiges Gerippe, durch den Schädel aber und die Knochen des Skeletts leckte eine feurige Zunge, dann leuchteten die Augenhöhlen, die Kiefer und Rippen mit einemmal auf, und mit greulichem Stöhnen erhob sich der Tote aus dem Grabe; dann wieder konnte es geschehen, daß er ein Feld sah, besät mit Knochen von Toten, und feurige Vögel, die dort einfielen, um an ihnen zu picken; manchmal erschienen im Gefäß zwei Löwen, die einander verschlangen; immer wieder aber sah er Elssa in der Gestalt eines Salamanders, ein Krönchen auf dem Kopf. Wollüstig plätscherte der Salamander in dem feurigen Meere, und zwei Flammenströme quollen reichlich aus seinen jungfräulichen Brüsten.

Wenn Jakko diese wunderbaren Gesichte betrachtete, mußte er stets daran denken, daß er ähnliches bereits in den Büchern des Basilius Valentinus und der anderen hermetischen Philosophen gelesen hatte; damals freilich hatte er diese Abbildungen lediglich für Symbole gehalten, mit denen die Weisen ihre Mysterien verhüllten, jetzt aber wurde unserem Alchimisten alles verständlich und klar.

»Sage mir«, rief Jakko, die Augen an die glühende Ofenmündung heftend, »sage mir, Elssa, durch welch ein Wunder geschieht es, daß ich dich hier so völlig anders sehe als dort. Denn dort kannst du scheinbar deine Existenz hier nicht einmal verstehen.«

»Lieber Jakko«, entgegnete Elssa und streckte aus der Ofenmündung ihre flammenden Arme nach ihm, von denen leuchtende Funken wie ein Regen zu Boden fielen, »mein lieber Jakko, du bist allzu neugierig. Ist es mir denn möglich, dich hier zu umarmen? Meine Berührung würde deine sterbliche Hülle im Nu verglimmen lassen. Ich kann mich dir hier nur in der Gestalt erloschener Asche nähern; begnüge dich damit, bis unsere Zeit kommt. Bezähme deine Neugierde, fahre fort, mir in unserem Werk behilflich zu sein, welches weder wir allein noch etwa die Menschen ohne uns imstande sind auszuführen. Es ist ein schwieriges Werk, Jakko, ein sehr schwieriges, nicht einmal uns sind alle seine Geheimnisse erkennbar. Nur aus Liebe zu den Menschen wagen wir es, daran zu rühren; du mußt wissen, daß wir mit unserer ganzen Existenz in die Wurzel der Metalle eindringen müssen; aus unseren eigenen Brüsten müssen wir jene lebenschenkende Flüssigkeit holen, die allein imstande ist, die tote Kraft dieser Wurzel aufs neue zu erwecken. Dies ist nicht leicht für uns, Jakko; wir müssen zu diesem Zweck mit allen Elementargeistern in Kampf treten, die unter der Gestalt von Raubzeug und allerhand anderen Tieren mit uns einen erbitterten Krieg führen; sie wollen nicht, ja sie fürchten sogar das Erwachen desjenigen, der Herr über alle Elemente ist. Allein früher oder später werden wir sie noch besiegen.«

»Und bald? Wird es bald sein?« rief der ungeduldige Jakko.

»Ich weiß es nicht; zu viele Fehler habt ihr gemacht. Dennoch sage ich dir zum Trost, dieses Mal wirst du mit meiner Hilfe eine der niedrigeren Stufen des geheimnisvollen Steines erreichen. Für euch Menschen wird auch dies von Nutzen sein.«

Nach wie vor kam der Alte jeden Tag zu Jakko und war eifrig mit dem Ofen beschäftigt.

»Jetzt«, sagte er, »bin ich fest davon überzeugt, daß wir unser Ziel erreichen werden. Ich glaube, diesmal haben wir nichts vergessen, und auch das Feuer brennt gleichmäßig. Nur noch wenige Nächte, und unser Phönix wird seine Flügel ausbreiten.«

»Durchlauchtigster Graf«, sagte Jakko mit einem bedeutsamen Lächeln, »glauben Sie wirklich, daß unser Werk von Erfolg gekrönt sein kann, wenn wir nicht zuvor mittels geheimnisvoller Beschwörungen den Salamander herbeirufen?«

»Du redest immer an der Sache vorbei, mein Bester«, entgegnete der Alte, »die Bücher liest du zwar, allein du verstehst sie nicht. Was bedeutet denn dieser Salamander? Er ist nichts als ein symbolisches Wort, unter dem unsere Weisen zuweilen die Wirkung des Feuers in unserem Werk, zuweilen aber auch den Stein selber bezeichnen, der im Feuer brennt, ohne zu verbrennen. Lerne, lerne noch, mein Bester ...«

Aber Jakko lächelte nur und verstummte.

Unterdessen ging seit dem Tage, da Elssa erschienen war, im Hause Jakkos alles anders denn zuvor. Sie hatte sich ganz des Hauswesens bemächtigt; Reinlichkeit, Sauberkeit und Ordnung zogen ins Haus ein; Elssa schaffte eine Kuh an, eine zweite und eine dritte, und nach und nach kamen die Bedienten aus den Herrschaftshäusern, um Milch und Butter zu kaufen, die zum Unterschied von der üblichen »finnische« genannt wurde. Im Hause des armen Jakko herrschten wiederum geregelte Zustände. Marja Jegorowna konnte sich nicht genug darüber freuen, als aufs neue kupferne, silberne und zuweilen sogar goldene Münzen ins Haus kamen; sie schaffte sich prunkvolle Kleider an, holländische Häubchen, hübsche Jäckchen und feine Schuhe mit roten Absätzen. Alles wäre in Ordnung gewesen, das eine nur war schlimm: während der Zeit ihrer Armut hatte Marja Jegorowna Geschmack daran gefunden, gelegentlich ein Gläschen zu trinken, und wenn sie trank, wurde ihr gleich heiterer zumute; sie probierte es noch einmal – und es war das gleiche. Das gefiel ihr gut, mit der Zeit schaffte sie sich auch ein kleines Fläschchen an, das sie freilich sorgfältig vor ihrem Mann im Kasten verbarg. Nach und nach gewöhnte sie sich daran, immer öfter ihre Zuflucht zu dem trostreichen Getränk zu nehmen; Gewohnheit wurde zur Leidenschaft, und wir müssen gestehen, daß der größte Teil der Vorwürfe, die sie ihrem Mann machte, seinen Grund darin hatte, daß Marja Jegorowna häufig nicht Geld genug hatte, ihr beseligendes Fläschchen zu füllen. Jetzt freilich war Marja Jegorowna vollauf glücklich. Schon am frühen Morgen war sie berauscht, und während Elssa sich des Hauswesens annahm, saß Marja Jegorowna am Tisch, stemmte die Arme in die Seiten, nickte mit dem Kopf und sang:

»Becherlein, sie tanzen munter rund um den Tisch.«

In diesem Zustand wurde sie häufig von Elssa angetroffen, und da diese offenbar nicht begriff, was eigentlich vorging, schaute sie Marja Jegorowna mit so sonderbaren Augen an, daß es Marja Jegorowna sowohl schrecklich als auch traurig zumute wurde – und daß sie sich aufs neue zu ihrem Tröster flüchten mußte. Nach dem Mittagessen pflegte Marja Jegorowna den Schlaf der Toten zu schlafen, manchmal dagegen aß sie nicht einmal zu Mittag; aber wenn sie nachts erwachte, schlich sie aufs neue in aller Stille zum Kasten ... und schlief dann aufs neue ein. Und am nächsten Tage war es wieder das gleiche.

Jakko schenkte dem Betragen seiner Frau keine Aufmerksamkeit; ganz versunken in sein geheimnisvolles Tun, vergaß Jakko alles Irdische. Tag um Tag verbrachte er am Herde, und nur selten ließ er sich bei den Seinen blicken, aber wenn er zu ihnen kam, so befaßte er sich einzig mit Elssa, glückselig darüber, daß ihn seine Frau jetzt in Ruhe ließ; voller Ungeduld erwartete er den einundvierzigsten Tag.

Endlich brach der an ... Der geheimnisvolle Deckel wurde gelüftet, und sie erblickten auf dem Boden des Gefäßes einen Metallguß, der bläulich schimmerte ... Sowohl der Alte als auch Jakko erbebten.

»Dies ist gewiß etwas Wunderliches«, meinte der Alte, »unser Stein muß doch purpurfarben sein ... er ist es also nicht ... vielleicht aber ist es die Wurzel des Saphirs? Wir wollen es versuchen.«

Nachdem er dies gesagt, schmolz er ein Stück Blei, brach einige winzige Stückchen von dem erhaltenen Metall ab und warf sie ins Blei ... die Stückchen verschwanden, das Blei jedoch blieb nach wie vor Blei. Den ganzen Tag verbrachten die Alchimisten mit dem Metall. Was stellten sie nicht alles damit an! Sie versuchten es sowohl mit Kupfer als auch mit Eisen und mit allen anderen Metallen zu verbinden, es war alles vergebens; die Masse knisterte wohl und zerschmolz, aber es gelang ihnen weder Silber noch Gold zu erzielen.

»Es scheint einfach Glas zu sein«, bemerkte der Alte endlich ärgerlich, »wir haben uns wieder irgendwo geirrt. Wir müssen von neuem beginnen. Ruh dich drei Tage aus und bereite dann aufs neue den Atanar vor.«

Derweil jedoch hörte Jakko deutlich, wie Elssa laut in den Kohlen zu lachen begann.

»Höre nicht auf den verrückten Alten«, raunte sie, »nimm diesen Stein; er ist zwar nicht Gold, aber er ist Gold wert — und sage dem Alten kein Wort hierüber; laß den Stein im Wasser zerschmelzen, und du wirst sehen, was du erhältst. Der Tor! Er denkt, daß er die Schriften der Gelehrten versteht; er las, daß eine vierzigtägige Arbeit nötig wäre, um den Phönix zu erzielen, und hat dabei doch nichts als tote Buchstaben gelesen; er begreift nicht, daß eine kabbalistische Zahl in diesen Worten verborgen ist, daß der Kreis hier die Erde bedeuten soll, die Zahl aber die vier Jahreszeiten, die Frist also, die notwendig ist, damit der wunderbare Stein seine völlige Reife erhält.«

»Worüber denkst du nach?« fragte der Alte.

»Hören Sie nichts?« entgegnete Jakko.

»Was soll ich denn hören? Ich höre nur die Kohlen im Herde knistern.«

Jakko erkannte daraus, daß die Worte des Salamanders nur für ihn hörbar waren, und verstummte.

»Was wolltest du sagen?« wiederholte der Alte.

»Ich denke darüber nach, ob wir nicht den Atanar zu früh geöffnet haben? Sollte nicht am Ende die Zahl vierzig die vier Jahreszeiten bedeuten?«

»Der Gedanke ist nicht übel«, bemerkte der Alte. »Oh, ich sehe schon, daß du auf den rechten Weg kommst! Wir wollen es probieren. Bereite einen zweiten Atanar vor, den einen von beiden werden wir alle vierzig Tage öffnen, den anderen aber erst, wenn ein volles Jahr vergangen ist . . .«

Mit diesen Worten legte der Alte wie vordem einen Silberrubel auf den Tisch und entfernte sich, vor sich hin murmelnd:

»Die vier Jahreszeiten . . . vierzig . . . vier . . . sonderbar, daß mir das nicht in den Sinn kam! – Seltsam!«

Sobald der Alte fort war, erhitzte Jakko sogleich den Stein und warf ihn ins Wasser; nach einigen solchen Versuchen blieb im Becken eine Flüssigkeit zurück, die von wundervoller tiefblauer Farbe war. Jakko tauchte ein Stück Tuch hinein, das Tuch nahm die Farbe an.

Jakkos chemische Kenntnisse verrieten ihm bald, welche Vorteile er dieser Entdeckung abgewinnen könnte; er zerlegte die Materie nach allen Regeln der Wissenschaft, fand ihre Zusammensetzung und wiederholte den Versuch im größeren Maßstabe, und bald darauf wurden in Jakkos Hause Kübel und Destillierkolben aufgestellt; er teilte den Besuchern der Tuchläden mit, er übernehme es, das Tuch genausogut zu färben, daß man es nicht vom ausländischen unterscheiden könnte – und man staunte in der Stadt darüber und sprach über die Destillierfarbe.

Auch dieses neue Geschäft mußte die gute Elssa versehen: sie war den ganzen Tag auf den Beinen, sie mußte Arbeiter anstellen, Rechnungen führen, in Bottiche schauen, Farbe herstellen, sie mußte verkaufen, färben und sich um das Trocknen kümmern. Jakko war gelegentlich als Dolmetscher tätig und kassierte die Gelder ein.

Doch konnte dieser Erfolg den hohen Erwartungen des Alchimisten genügen? Sollte der mit Farbe Handel treiben, der sich angeschickt hatte, mit seiner Hand die Wurzel aller Schätze der Welt zu packen?

Aufs neue erglühte der Atanar, und aufs neue erschien der Alte mit seinem geheimnisvollen Döschen. Allein in dem Augenblick, da er seinen Inhalt gerade in das Gefäß schütten wollte, hörte Jakko aufs neue das Lachen des Salamanders:

»Der Alte weiß zwar viel, und es wäre auch für uns nicht übel, seinen Rat anzuhören, aber ein kleines scheint er nicht zu wissen: all seine Mischungen werden zu nichts führen, wenn er nicht das Öl des Feuersteins erlangt.«

»Das Öl des Feuersteins?« fragte Jakko.

»Ja; du weißt doch, daß sich im Innern des Feuersteins eine wunderbare und gewaltsame Flüssigkeit versteckt . . .«

»Gewiß, aber ich weiß auch, daß diese Flüssigkeit alle irdischen Körper vernichtet; es gibt kein Gefäß, das imstande wäre, sie aufzunehmen: einen Tropfen davon auf den Körper des Menschen – und der Mensch verbrennt unter den furchtbarsten Qualen.«

»Jakko, Jakko! Ist nicht der Tod der Urkeim des Lebens?« sagte der Salamander mit starker Stimme und verschwand. Als Jakko dem Alten darauf vom Öl des Feuersteins sprach, erbebte jener.

»Ich hörte davon«, entgegnete er, »ich habe von dieser furchtbaren Flüssigkeit gehört, ich habe in den Büchern zuweilen Hinweise auf sie gefunden, allein ich dachte bis heute, daß sie die Alchimisten nur deshalb erwähnen, um die Profanen abzuschrecken oder um sie zu bestrafen, wenn sie mit unreinen und unbescheidenen Händen sich an unser gewaltiges Werk machen wollen.«

Die Arbeit ging vonstatten wie zuvor und nach wie vor ohne Erfolg. Jede Nacht kam ein unüberwindbarer Schlaf über den Alten. Jakko schaute derweilen nach dem Atanar, doch wenn auch seine Kräfte zu schwinden drohten, erschien jedesmal der Salamander in der Tiefe der Flamme und tröstete seinen Liebling und schmeichelte ihm; er streckte ihm seine feurigen Brüste entgegen und schlang sich mit goldener Flut rings um den Atanar.

Eines Abends saß Jakko, derweilen der Alte schon eingenickt war, nachdenklich vor dem Feuer; trüb sah es in der Seele des Alchimisten aus; die kleinen häuslichen Vorteile waren ihm keine Genugtuung; und auch die Hoffnung hatte aufgehört, ihm ihre Tröstungen zu schenken. Finster schaute er sich um und heftete unwillkürlich den Blick auf den Alten, der dort, tief in den Sessel gelehnt, schlief.

Warum ist er nicht ich? mußte Jakko denken. Warum bin ich nicht er? fügte er hinzu, in seinen eigenen Gedanken verwirrt. Er ist angesehen, er ist reich, er kommt zu mir und nutzt die Gastfreundschaft des armen Mannes für ein gefahrvolles Werk aus, und dabei verachtet er mich . . . warum ist er nicht ich? Ich – er? Er – ich? Seine Gedanken wurden immer finsterer und finsterer und wurden derart, daß der Alchimist vor ihnen erschrak.

Jemand schlich von hinten leise an den jungen Mann heran: ein bebender heißer Kuß bewirkte, daß er zusammenfuhr; er schaute sich um, vor ihm stand Elssa.

»Bist du es, Elssa? Wie bist du hereingekommen?«

»Ach, wie bin ich froh, daß du vergaßest, die Tür abzuriegeln! Mit Gewalt bin ich zu dir eingedrungen; du weißt gar nicht, wie langweilig es mir ohne dich ist, Jakko: den ganzen Tag und die ganze Nacht verbringst du hier, ich aber bin allein, bin ganz allein; es gibt so viel Arbeit im Hause, und zuweilen möchte ich dich so sehr küssen, es ist mir, als wenn mich ein Durst quälte . . .«

Und Elssa setzte sich auf Jakkos Knie und umfing ihn; Jakko preßte sie an sich.

»Elssa, Elssa!« rief Jakko unwillkürlich. »Wenn du wüßtest, wie ich dich liebe! Ich liebe dich so sehr, daß es schrecklich ist, es auszusprechen . . .«

»Ja, du liebst mich! Doch wie ist es mit Marie, mit Marie?«

»Marie kann ich nicht mehr ohne Abscheu anschauen, Marie ist böse, Marie macht mir ewig Vorwürfe, Marie ist so aufgequollen, ist sie am Ende krank?«

»Vielleicht, ich weiß es nicht«, entgegnete Elssa, spöttisch lächelnd. »Vielleicht ist sie nicht einmal krank, vielleicht ist das ganze nur so, vor übergroßer Heiterkeit . . . Sie schläft viel, Jakko, sehr viel sogar.«

Elssas Antlitz hatte sich gerötet, und sie fuhr fort:

»Im Schlaf, weißt du, ist der Mensch wehrlos . . . Da kann vieles . . . auf ihn einwirken . . .«

»Auch ich bemerkte bereits, daß sie viel zu häufig so anders ist . . .«

»Ja! Du hast recht . . . so anders . . .«

»Wozu von ihr sprechen! Du bist mein einziger Trost, du ersetzt mir alles – die Frau sowohl wie die Familie . . . Dein Vater nahm mich, das arme hilflose Waisenkind, auf; und da aufs neue die Armut mich heimgesucht, da tratest du an die Stelle des Vaters; du führst mein ganzes Haus; du hast mich bereichert; du hast mir die Ruhe zurückgegeben . . . du liebst mich . . .«

Und wiederum preßte Jakko Elssa an seine Brust, Elssa aber schlang sich um den jungen Mann, wie sich Efeu um einen gewaltigen Eichenstamm windet; sie schmiegte ihr Gesicht an seines, als wollte sie sich an seine Brust retten, als wollte sie sich ganz in ihn hineinsaugen; ihre Wangen erglühten unter der Einwirkung des Herdes und der innerlichen Bewegung immer heftiger . . .

»Was ist das?« sagte Elssa und wies auf die alchimistischen Gegenstände.

»Ich suche Sampo«, entgegnete Jakko lächelnd, mit dem Wunsche, Elssas Begriffen so gut wie möglich verständlich zu erscheinen.

Elssas Antlitz errötete immer mehr. Ihre Augen blitzten. »Sampo . . . Sampo . . . ja, wahrhaftig . . . nichts anderes haben unter diesem Wort die weisen Männer aus Suomi verstanden . . . dies einzig müssen wir suchen, und dies einzig haben alle Menschen seit Anbeginn der Zeiten gesucht; einzig hiervon sprechen ihre wunderbaren Überlieferungen; einzig hierauf sind alle ihre Mühen und Hoffnungen gerichtet . . . Nur wenigen ward es eröffnet . . . nur wenigen . . . jenen nur, die mit Leib und Seele mit uns verschmolzen . . . und auch dir, Sterblicher, steht dieser Pfad offen . . . auch dir . . . wenn du . . . du . . . mich liebst!«

Aufs neue umschlang Elssa mit ihren Armen den jungen Mann . . . Jakko war außer sich; blaß und bebend preßte er Elssa immer fester an sich und suchte mit seinen Lippen, die vor heftiger Erregung kalt waren, die glühenden Lippen des Mädchens.

Plötzlich jedoch schüttelte er sie von sich ab und schlug die Hände vors Gesicht.

»Was tue ich nur!« rief er verzweifelt. »Elssa, Elssa, erbarme dich meiner.«

Elssa sah ihn mit zornigen Augen an.

»Elssa!« fuhr er fort. »Warum kann ich dir nicht ganz angehören . . . wozu nur diese Marie . . . meine Frau?«

»Marie! Marie!« wiederholte Elssa mit einer sonderbaren Stimme.

In diesem Augenblick gewahrte Jakko, daß feurige Funken aus Elssas Augen sprühten; sie streckte die Arme aus . . . feurige Fluten entströmten ihren Fingern . . . entgegen flutete eine Flamme aus der offenen Mündung und umbrodelte Elssa, schlang sich um Jakko . . . hier verwirrte sich alles . . . die Wände des Zimmers schienen aus Feuerströmen zu bestehen . . . der Atanar wurde immer breiter und wuchs ins Unendliche . . . und Elssa und Jakko schwangen sich auf und versanken in flammenden Wellen . . . rings um sie waren Löwen, Drachen und Totengerippe, über ihnen flogen rätselhafte Vögel . . . und alles verschlang sich und entwirrte sich und kreiste und kreiste . . .

Als Jakko wieder zu sich kam, war alles still: der Alte schlief; ruhig brannte die Glut im Herd. Elssa war verschwunden.

An der Tür wurde laut gepocht, Jakko fuhr auf.

»Wer ist da?« fragte er, die Tür öffnend.

»Hausherr, Hausherr!« rief die Stimme eines Arbeiters. »Mit der Hausfrau steht es schlimm.«

Hastig öffnete Jakko die Tür.

»Was fehlt ihr?« fragte er.

»Etwas Schlimmes, Herr, es ist unmöglich, es zu sagen ... du wirst es ja selber sehen.«

Jakko lief ins Zimmer seiner Frau; beim Eintritt wollte ihn ein heftiger und sonderbarer Geruch fast betäuben. Hastig näherte er sich dem Bett: aber an Stelle von Marja Jegorowna lag dort eine unförmige schwärzliche Masse. Neben dem Bett weinte eine Arbeiterin; Elssa saß in der Ecke, den Kopf gebeugt, und weinte ebenfalls bitter.

»Was ist geschehen?« rief Jakko schaudernd.

»Unmöglich, es zu sagen«, entgegnete die Arbeiterin schluchzend. »Es ist nur wenige Minuten her, da überfiel eine Schwäche Marja Jegorowna, ach, wie sie ächzte und stöhnte, die Liebste! Jelissaweta Iwanowna und ich eilten herbei: Was hast du bloß? Und plötzlich sahen wir, blaue Flämmchen sprangen an ihrem ganzen Körper auf, und ihr Leib wurde schwärzer und schwärzer ... Rauch und Gestank; was haben wir nicht alles mit ihr angestellt, mit Wasser versuchten wir zu löschen, nasse Handtücher schlugen wir um sie, aber nichts wollte helfen; in einem Augenblick war sie verbrannt – du siehst es ja. Und wir hatten nicht einmal Zeit, den Priester holen zu lassen ...«

Versonnen stand Jakko vor dem Leichnam seiner Frau; ein bitteres Gefühl, ähnlich der Reue, bedrängte seine Brust; er schaute Elssa an und fragte:

»Warst du vorhin bei mir?«

»Ich war nur eine Minute drinnen«, entgegnete Elssa schluchzend, »du sagtest mir nur wenige Worte und schliefst gleich darauf ein, so daß es mir leid tat, dich zu wecken; auf Zehenspitzen schlich ich hinaus und riegelte die Tür hinter mir zu. Als ich wieder in dies Zimmer kam, sah ich, daß es Marie schlecht ging; ich schickte den Arbeiter zu dir, aber er brauchte lange, ehe er dich wachgepocht hatte ... Arme Marie! Ärmste Marie! Wie sie gelitten hat«, wiederholte Elssa, »es ist nur gut, daß es so kurz war.«

Jakko fiel fast in einen Sessel.

War das Ganze wirklich nur ein Traum? grübelte er.

Kurze Zeit darauf wußte man es im ganzen Umkreis, daß die Frau des Färbers verbrannt war; die Leute strömten herbei, schwatzten und wunderten sich. Der Arzt, ein Deutscher, beteuerte zwar, daß sie verbrannt war, weil sie zu viele starke Getränke gebraucht hatte, aber die Russen lachten über ihn. »Hör doch einer den an«, sagten sie, »soll verbrannt sein, weil sie zuviel Schnaps getrunken hat! Diese Deutschen! Nein, nein, das ist etwas sehr Schlimmes.«

Sie schwatzten und schwatzten und gingen fort.

Die Beerdigung seiner Frau nahm Jakko nur wenig Zeit von seiner geheimnisvollen Tätigkeit. Nach wie vor brannte der Atanar, nach wie vor schlang sich Elssa in der Gestalt des Salamanders um das wunderbare Gefäß; der Alte, der von Tag zu Tag schwächer wurde, heftete nach wie vor seine erlöschenden Augen auf den Gegenstand seiner Hoffnungen und versank allmählich immer mehr in einen Dämmerzustand; er zählte die Tage schon nicht mehr, er verließ sich hierin auf Jakko.

»Bald wird der 401. Tag anbrechen«, flüsterte der Salamander, »das Werk erfüllt sich, unsere geheimnisvolle Frucht reift und kräftigt sich . . .«

Heftig schlug das Herz in Jakkos Brust. Mithin war also das, was den anderen unmöglich gewesen, für ihn möglich. Nur noch wenige Tage, und er würde den geheimnisvollen Talisman, der Gesundheit schenkt, langes Leben und unermeßlichen Reichtum, in seinen Händen halten. Gleichzeitig jedoch drang ein anderer Gedanke unwillkürlich in Jakkos Brust.

Warum — dachte er —, warum soll ich mein Geheimnis mit diesem siechen Greis teilen? Nicht er hat es entdeckt, so soll denn auch nicht er es sein, der es nützen wird. Voll und ganz soll der Schatz in meinen Händen bleiben, geteilt könnte er, wer weiß, in unreine Hände fallen; der schwachsinnige Greis ist imstande, ihn jemand anderem zu geben, und was bedeutet mein Reichtum, wenn alle Menschen reich sein sollten?

»Das ist doch gar nicht schwer«, entgegnete der Salamander, der diesen Gedanken erlauscht hatte, »wozu dem Alten den schicksalsvollen Tag erst nennen? Mag er ihn in seinem Dämmerzustande vergessen und seine Hoffnungen fruchtlos an dem Gefäß nähren.«

Und es geschah, daß um Mitternacht des 401. Tages der Atanar aufs neue durchsichtig wurde; gleich einer leichten Wolke schoß in ihm eine purpurne Flamme empor; in ihrer Mitte erblühte eine märchenhafte Blume; leicht und luftig schwebte sie durch den Raum; rings um sie drängte sich eine lange Reihe von Männern in kaiserlichen Gewändern, Kronen auf den Häuptern; sie standen in ehrfurchtsvollem Schweigen und warteten auf den Augenblick, da die Knospe der wunderbaren Blume sich entfalten würde.

Und plötzlich war alles verschwunden, vom Atanar flog der Deckel, als wären die Saiten einer tönenden Harfe erklungen, und durch die Luft strömte Wohlgeruch . . . Auf dem Boden des Gefäßes lag der purpurne Stein und erleuchtete das ganze Gemach mit seinem rosigen Schimmer. Jakko fiel auf die Knie . . . er sah, wie das grobe Tongefäß sich nach und nach in lauteres Gold verwandelte. Jakko näherte sich, hob vorsichtig das Gefäß auf und setzte es behutsam auf einen versteckten Platz, wogegen er an seiner Stelle ein anderes Tongefäß der gleichen Form hinstellte.

Einige Minuten darauf erwachte der Greis.

»Nun«, fragte er, die Augen reibend, »ist unser Feuer nicht kleiner geworden?«

»Ein Jammer!« entgegnete ihm Jakko. »Vom Atanar ist der Deckel geflogen.«

»Ach«, rief der Alte, »böse Geister wollen uns hindern. Im übrigen bin nicht ich allein es, dem dieses Ungemach widerfahren ist: Paracelsus selber erzählt, daß ihm sein Atanar zehnmal durch die Einwirkung von Atanargeistern zersprungen ist. Was tun? Wir müssen von neuem beginnen. Schade nur, daß wir nicht das Öl des Feuersteins gebraucht haben. Zwar ist seine Explosion gefährlich und tödlich für den Menschen, dafür jedoch hat es die Eigenschaft, das Gefäß vor einer Explosion zu schützen. Wir wollen bereits morgen darangehen, diese wunderbare Flüssigkeit herzustellen.«

Bei diesen Worten versenkte der Alte aufs neue die Hände in die Tasche und legte einen Silberrubel auf den Tisch. Jakko verneigte sich und lächelte.

»Jakko, Jakko!« flüsterte der Salamander. »Gib acht, verschmäh das Geld des Alten nicht; verbirg deinen Reichtum, du kannst ihn zwar nützen, aber du darfst dich seiner nur im verborgenen freuen. Wenn die Leute es erfahren, werden sie dich zu Tode quälen; du wirst sie nicht einmal mit Goldbarren befriedigen können, sie werden nicht davor zurückschrecken, durch die Qual der Folter das verheißene Geheimnis aus dir hervorzuholen. Am allermeisten aber hüte dich vor dem Alten: er ist mächtig und angesehen unter den Menschen, und er könnte sehr bald hinter dein Geheimnis kommen; mag er zunächst noch glauben, daß dieses Geheimnis dir noch unbekannt sei.«

Jakkos Entzücken kannte in den ersten Tagen keine Grenzen. Nachts, wenn der Alte eingeschlafen war, enthüllte der glückliche Alchimist seinen wunderbaren Stein; wenige Stäubchen davon fielen in geschmolzenes Blei, und sogleich verwandelte sich das Blei in reines Gold. Tags aber war Jakko außer sich vor Freude, er sprang, er sang, er küßte Elssa, die sich, wie sie sagte, gar nicht erklären konnte, worüber Jakko so vergnügt war. Die Hausleute sprachen bereits darüber, daß sie wohl bald eine lustige Hochzeit feiern würden, und zählten an den Fingern ab, wie lange es noch dauern würde, bis die kummervollen Tage der Trauer vorüber wären.

Derweilen häuften sich die Goldbarren an; Jakko verbarg sie unter dem Fußboden, allein schon bald schlich an Stelle der Freude ein anderes Gefühl in die Seele des Alchimisten. Je mehr er Schätze anhäufte, desto mehr beherrschte ihn die Furcht, daß irgend jemand sein Geheimnis erraten und ihm seinen Reichtum stehlen könnte. Er verdoppelte die Eisengitter vor den Fenstern und die Riegel vor den Türen, er stellte Wächter an und schloß selber kein Auge mehr — allein nichts konnte ihn beruhigen. Und kurze Zeit darauf gab es für ihn nur noch eine einzige freudige Minute am ganzen Tage: jene Minute nämlich, da das Blei sich in seinen Händen zu Gold wandelte; aber sobald das geschehen war, schaute er fast mit Entsetzen den Goldbarren an: Wohin sollte er ihn nur tun? Wie verbergen? Wie sich seiner bedienen? Sein Leben wurde zu einer unendlichen Qual: er war zum Hüter seines Schatzes geworden! Fast mit Bedauern gedachte er jener Zeit, da er, beseelt von Hoffnungen, die schlaflosen Nächte vor dem Atanar verbracht hatte; zwar schlief er auch jetzt nicht mehr, allein nun geschah es deswegen, weil er stets horchen mußte, ob nicht irgendwo ein Geräusch wäre, ob nicht am Ende ein Dieb unter dem Fußboden grabe, ob nicht der Alte erwacht sei und sein Geheimnis entdeckt habe.

Trübsinnig und halb krank, wanderte er tagsüber durch das Haus; nichts mehr konnte ihm Vergnügen bereiten, weder die prächtige Tafel noch das Lächeln Elssas; vergebens fragte diese ihn, weswegen er so traurig sei.

»Verstehst du wirklich die Ursache meines Grames nicht?« sprach Jakko zu Elssa, nur trübsinnig auf ihre Liebkosungen eingehend.

»Hast du vielleicht Sehnsucht nach Marie?«

»Ach, erinnere mich nicht an Marie . . . nicht sie ist es, was mich betrübt . . . sag mir lieber, belehre mich, was ich mit dem beginnen soll, das du mir geschenkt hast und das nur dazu beigetragen hat, mein Leiden zu vermehren.«

»Ich will dir sagen, was geschehen soll«, entgegnete Elssa. »Verkaufe alles, was du besitzest, und laß uns zum Imatra zurückkehren; dort wollen wir uns in unserm Häuschen niederlassen und die ganze Welt vergessen.«

»Elssa, du willst mich nicht verstehen!« rief Jakko ungeduldig.

Immer häufiger kam es jetzt zu solchen Gesprächen. Elssa blieb Elssa; und nicht mehr erschien der Salamander in der Mündung des fruchtlosen Atanars.

Mit noch größerem Eifer bediente Jakko jetzt den Atanar. Die Miene des Alten schien von Stunde zu Stunde verdächtiger zu werden: Jakko bemerkte auf dessen Antlitz Zweifel; ihm war, als ob der Alte bereits alles zu erraten beginne, und ein jedes Wort von ihm klang Jakko doppelsinnig. Aufgeregt und zitternd verfolgte er jede Bewegung des Alten: wenn dieser die Augen niederschlug, war ihm, als spüre er die goldenen Barren unterm Fußboden; wenn er seine trüben Augen umherwandern ließ, fürchtete Jakko, ob nicht am Ende irgendwo das rosige Schimmern des wunderbaren Steines leuchte; wenn er sich aber dem Herd näherte und Jakko anschaute, dann dachte dieser, ob er nicht gar das Geheimnis bereits erfaßt hätte.

Was stellte Jakko nicht alles an, um dem Grafen die Zweifel zu nehmen! Unterdessen aber wurde der Alte, sei es nun infolge des Alters oder wegen der vielen Mißerfolge, von Stunde zu Stunde knurriger und anspruchsvoller; der glückliche Alchimist dagegen hatte seinerseits das Gefühl der stolzen Armut verloren; er führte alle Launen des Alten aus, ohne je zu wagen, ihnen zu widersprechen, er ertrug die verächtlichen Worte mit der Unterwürfigkeit eines Sklaven; er kroch vor ihm voller Erniedrigung und vergaß dabei völlig die Würde des Menschen. Vergebens rief er den Salamander zu Hilfe – der Salamander sprach nicht mehr zu ihm.

Eines Tages verlor Jakko die Geduld und konnte sich kaum mehr zurückhalten . . . Zum guten Glück war der Alte eingenickt. Wie ein Toller verließ Jakko das Laboratorium und eilte zu Elssa; sie erschrak, allein Jakko zog sie, ohne auf ihren Widerstand zu achten, zum Herde, setzte sie dort auf einen Stuhl, preßte ihre Schultern mit eisernen Fäusten zusammen und herrschte sie mit drohendem Flüstern an:

»Elssa, im Namen des alten Großvaters, sprich, wie ich mich von diesem Alten befreien kann!«

Elssa erbebte . . . aber nach und nach wurde sie ruhiger und entgegnete schließlich mit abgerissenen Worten:

»Dich befreien . . . vom Alten . . . ist leicht . . . du brauchst . . . nur . . . zu wollen . . .«

»Zu wollen?« rief Jakko. »So wie bei Marie ...«

»Ich weiß nicht ... was ist dabei so schrecklich? Der Mensch ... braucht nur ... zu wollen ... und der Alte ... ist nicht mehr ...«

»Ist nicht mehr? Aber er ist ein großer Edelmann: wenn der verschwindet, wird man Nachforschungen anstellen, man wird die Wahrheit erraten und zu mir kommen.«

»Warum ... den Alten ... verschwinden lassen? Kannst du nicht an seine Stelle treten? Ebenso wie er ... angesehen sein ... in prunkvollen Gemächern leben ... dich nicht mehr vor deinen Goldbarren ängstigen?«

»Was sprichst du da, Elssa? Wäre denn das möglich?«

»Es gibt nichts ... Unmögliches ... für den Willen des Menschen ... man braucht nur zu wollen ...«

»Ja wie sollte man das nicht wollen?« rief Jakko so laut, daß der Alte erwachte, seine starren Augen auf Jakko heftete und etwas sagen wollte ...

In diesem Augenblick kam es dem Alchimisten vor, als stünde vor ihm nicht der Graf, sondern der alte Großvater Rutsi, der doch bereits vor dreißig Jahren gestorben war.

Der erschrockene Jakko wollte zu ihm hineilen; allein da ertönte ein furchtbares und betäubendes Krachen ... aus dem Atanar schlug eine Flamme, und gleich darauf strömte feurige Lava heraus; dichter purpurfarbener Rauch erfüllte das Zimmer, und durch diesen Rauch wirbelten die Gesichter des Alten, Elssas, Maries, auch das des verstorbenen Großvaters ...

Als Jakko wieder zu sich kam, war der Alte nicht mehr zu sehen – der Atanar lag in Trümmern. Jakkos Finger berührten ein Sammetgewand, und er erkannte alsbald den Rock, den der alte Graf getragen hatte und den jetzt Jakko trug; verwirrt trat er vor den kleinen runden Spiegel, der im Laboratorium hing, und gewahrte in diesem ein Antlitz, das von Runzeln durchfurcht war, und graue Haare – mit einem Wort, den alten Grafen.

Erst am späten Abend kehrte der Graf in sein reiches Haus zurück – eine Schar von Dienern empfing ihn auf der Treppe und geleitete ihn ehrfurchtsvoll zu seinem Arbeitszimmer. Allein geblieben, fand der Graf einen Schlüssel in seiner Tasche, öffnete ein Geheimfach in einem Schrank und versteckte dort ein Bündel, das er aus seinem Rock zog; durch die Umhüllung drang ein rosiger Schimmer. Darauf begab sich der Graf zu dem Tisch, auf dem die Papiere lagen, las einige Briefe und einen Merkzettel und setzte darauf eine kleine Glocke in Bewegung; der Verwalter trat ein.

»Mein Bester, du wirst morgen Leute zu dem Färber Jakko schicken, dort soll man nach der Finnländerin fragen – es ist, denke ich, seine Frau – und von dieser die Kasten abholen; sie sollen nicht geöffnet und vorsichtig in dies Zimmer gestellt werden; ich werde später anordnen, was mit ihnen geschehen soll.«

Es konnte dem alten Grafen nicht lange verborgen bleiben, daß man sich in der Gesellschaft darüber wunderte, was mit ihm geschehen war; niemand begriff, woher plötzlich seine Lebendigkeit, seine Liebenswürdigkeit gekommen sei, er war mit einem Male verwegen geworden und stellte den Frauen nach. Die Damen flüsterten einander zu, er hätte wahrscheinlich einen Trunk von seinem Lebenselixier genommen, und waren überzeugt, daß er sich gewiß bald völlig verjüngen würde.

Der alte Graf gab sich mit dem ganzen Feuer der Jugend den Zerstreuungen des Moskauer Lebens hin. Statt der früheren langweiligen Assembleen gab es jetzt Bälle und Maskeraden, und auf jeder Veranstaltung war der Graf zu finden. Sein eigenes Haus stand allen offen, er verschwendete Gold, ohne es anzusehen; in den Gemächern des Grafen drängten sich vom Morgen bis zum Abend die verschiedensten Leute; für einen jeden, der auf der Straße vorüberging, gab es im Speisezimmer ein Gedeck, und in vollen Schalen trank man den Wein auf die Gesundheit des freigebigen Edelmannes.

Auf diese Weise verstrichen lange Jahre; der Greis wurde nicht älter, und sein Geld nicht weniger, niemand freilich wußte, ob er glücklich war; zuweilen bemerkte man, daß inmitten der geräuschvollen Heiterkeit plötzlich eine finstere Schwermut das Antlitz des Grafen verschattete. Das leise Murmeln der Menge kam zuweilen auch dem Glückspilz zu Ohren.

»Vermutlich peinigt ein Dämon ihn«, sprachen die einen.

»Wichtige Staatsgeschäfte bedrücken ihn«, meinten die andern.

»Der alte Knacker ist einfach verliebt«, versetzte ein dritter.

»In wen denn, in wen denn nur?« raunten alsbald mehrere Stimmen.

»Ich weiß in wen«, entgegnete eine Stimme. »In die junge Prinzessin Worotynskaja; seht nur, wie er ihr den Hof macht, kein Auge läßt er von ihr.«

»Ach, er ist doch alt! Sie kann ja kaum sechzehn sein.«

»Was macht das! Wird grau erst der Bart, der Teufel alsbald in die Rippen fahrt.«

»Und was soll daraus werden?«

»Ich weiß, daß auch die Verwandten es wünschen; das Mädel freilich ist noch störrisch; sie meint, er sei viel zu alt.«

»Ich will nicht länger mit dir streiten«, sprach die alte Fürstin zum Grafen; die beiden saßen auf dem Diwan in einem der abgelegenen Gemächer des gräflichen Hauses. »Ich will dir offen gestehen, daß uns diese Ehe sehr erwünscht kommt, allein ich will dir ebenfalls nicht verschweigen, daß das Mädel dich nicht ausstehen kann, wir können sie nur durch Zwang dazu bringen, die Deine zu werden; nimm das zur Kenntnis – und die Wahrheit zu sagen, du bist wahrhaftig nicht mehr jung, Väterchen.«

Der entflammte Alte küßte der Fürstin die Hand.

»Sei ruhig, Mütterchen, grüble nicht darüber nach, ob ich zu alt bin: dein schönes Mädchen wird sich an mich gewöhnen und mich schließlich liebenlernen; das Äußere ist tragisch; glaube mir, kein Jüngling könnte die Prinzessin so lieben, wie ich es tue. Ich werde sie mit Brillanten überschütten und ebenso dich wie auch dein ganzes Haus.«

»Väterchen, dank deiner Freigebigkeit weiß ich ohnehin nicht mehr, wohin ich mich vor ihnen retten soll.«

Der Bräutigam schritt in seiner prunkvollen, glänzenden Kleidung die Marmortreppen hinab. Vor der Freitreppe hielt ein vergoldeter Wagen mit dem Wappen des Grafen, ein Zug schwarzgescheckter Pferde war vorgespannt; ringsum drängten sich die Heiducken und Läufer, alle prächtig gekleidet.

»Was willst du?« riefen sie, ein Weib im finnischen Gewand fortstoßend. »Wir haben jetzt keine Zeit für dich! Du siehst doch, der Herr fährt zur Hochzeit.«

Als der Graf den Lärm hörte, machte er auf der Treppe halt; man erzählt sogar, daß er dabei erblaßte, allein dies ist unwahrscheinlich, da sein Gesicht stark geschminkt war.

»Laßt sie, laßt sie!« sprach er mit leiser Stimme. »Laßt sie! Ihr wißt doch, daß alle zu mir freien Zutritt haben.«

Man ließ die Finnländerin ein, der Graf kehrte in sein Empfangszimmer zurück und gab sich, während er sich wie immer an ein Marmortischchen lehnte, große Mühe, eine ruhige und bedeutende Miene anzunehmen.

»Nun, was wünschst du, meine Liebe?« fragte er die eintretende Finnländerin. »Sprich schnell, du siehst ja, daß ich Eile habe.«

»Sag mir, Jakko«, entgegnete ihm Elssa, »ob wir bald nach Hause zum Imatra zurückkehren werden? Wir können doch nicht ewig hierbleiben.«

»Hör mal, meine Beste«, versetzte der Graf mit ernster Stimme, »du mußt begreifen, daß es mir jetzt völlig unmöglich ist, mit dir zum Imatra zu reisen, außerdem schickt es sich nicht. Freilich, was dich betrifft, so rate ich dir allerdings dorthin zu fahren, denn sonst würde ich mich gezwungen sehen . . . du begreifst . . . Ich kann dir nicht verschweigen, mein schönes Mädchen, daß du viel zu dreist geworden bist. Hier hast du Reisegeld, sei ruhig, ich werde dich auch in Zukunft unterstützen.«

Bei diesen Worten reichte ihr der Graf einen Beutel voller Goldstücke.

Elssa brach in ein Gelächter aus, immer toller und toller . . . ihre Stimme schallte immer lauter und lauter . . . das war schon kein Gelächter mehr, das war ein Krachen, ein Donner war es . . . die Wände erbebten, sie stürzten ein . . . Jakko erblickte sich aufs neue in seinem früheren Zimmer. Der geheimnisvolle Ofen stand vor ihm, aus seiner Mündung schlug eine Flamme und umschlang ihn; er wollte fliehen . . . keine Rettung! Die Wände atmeten Feuer, die Decke war am Einstürzen, noch ein Augenblick, und nichts mehr war zu sehen, weder vom Alchimisten noch von seinem Ofen, noch von Elssa!

»Schade«, sprachen die Leute, als sie am anderen Tage an der Brandstätte vorüberschritten. »Das Haus des Färbers ist niedergebrannt; eben erst war es ihm gelungen, sich in die Höhe zu arbeiten; man erzählt, es sei dem Ärmsten nicht einmal gelungen, sich zu retten.«

»Freilich! Er sott gerade Öl; das Öl entzündete sich und floß über; er lief hierhin und dorthin, um das Feuer zu löschen, aber mit dem Öl ist das nicht so einfach, es hat ihn ganz gepackt.«

»Schade! Es war ein braver Bursche; es war angenehm, mit ihm zu tun zu haben.«

»Manchmal konnte man allerdings meinen, daß er etwas übergeschnappt war.«

»Das ist ebenfalls richtig. Aber was meinen Sie, Nachbar, wäre es nicht an der Zeit, einen kleinen Imbiß zu nehmen?«

Hiermit endete die Erzählung des Onkels.

»So sagen Sie mir doch, Onkelchen«, warf ich ein, »was hat eigentlich diese Erzählung mit unserm Erlebnis im Hause des Kaufmanns, Ihres Bekannten, gemein?«

»Mir scheint, das ist doch klar«, entgegnete der Onkel lächelnd, »die Brandstätte wurde von dem verstorbenen Fürsten gekauft. Auf ihr errichtete er jenes Haus, das jetzt der Kaufmann erworben hat.«

»Nun, und?«

»Begreifst du es immer noch nicht? Auf demselben Platz, auf dem das Laboratorium des Alchimisten sich befand, steht jetzt der sonderbare Saal, in dem wir vorhin waren.«

»Dann nehmen Sie vermutlich an, Onkelchen, daß diese Schreie . . .«

»Ich nehme nichts an . . . sondern ich verstehe alles nur zu deutlich und möchte auch dir ein Gleiches wünschen.«

»Aber hören Sie einmal, Onkel, glauben Sie denn im Ernst, daß der Salamander Ihren Finnländer verbrannt hat?«

»Manche erzählen freilich, daß dieser Jakko nichts als ein Falschmünzer war, der, um seine Spuren zu verdecken, das Haus verbrannt hätte und mit seiner Gehilfin, der Finnländerin, entflohen sei: dies wurde in Moskau von mehreren angenommen; andere wiederum sagen, daß er verrückt war; dritte meinen, er habe sich toll gestellt . . . Du kannst dir aus all diesen Meinungen eine beliebige auswählen . . .«

Ich muß gestehen, daß ich bis zum heutigen Tage der Überzeugung bin, das Ganze wäre nichts als eine Erfindung gewesen und daß der Onkel bloß seinen Spaß mit mir getrieben habe, daß all diese Schreie und Schatten nichts als eine Phantasmagorie gewesen seien. Ich hoffe, jeder wohlmeinende Leser wird hierin mit mir übereinstimmen.

NIKOLAI GOGOL

DIE VERSCHWUNDENE URKUNDE

Eine Mär, erzählt vom Küster der ***schen Kirche

Ihr wollt also, ich soll noch mehr vom Großvater erzählen? Und warum sollte ich euch schließlich nicht mit einem Märlein ergötzen? Ach ja, die alte Zeit! Wie freut sich das Herz, wie ganz anders beginnt es zu schlagen, spricht man von dem, was vor lang-langer Zeit, vor Jahren und Monden sich auf der Welt getan! Und wenn es dann gar noch ein Verwandter gewesen, ein Großvater oder ein Urgroßvater, dann, ja dann: ich will beim Lobgesang auf die heilige Märtyrerin Barbara gleich das Schlucken kriegen, wenn es nicht jedem dann so vorkommt, als könnte er auf der Stelle das gleiche tun, ganz so, als kröche er in die Seele des Urgroßvaters hinein oder als treibe die Seele des Urgroßvaters ihr Wesen in ihm . . . Aber wie mir erst unsere Kinderchen und die Mädels zusetzen! Kaum tret ich ihnen unter die Augen, gleich geht's los: »Foma Grigorjewitsch! Foma Grigorjewitsch! Bitte, bitte, eine Geschichte zum Gruseln! Bitte, bitte!« – Tara-ta-ta, ta-ta-ta und so weiter und so weiter . . . Erzählen – warum nicht, aber wie ist es dann mit dem Schlafengehen? Glaubt ihr, ich weiß nicht, daß jede unter ihrem Laken zittert, als hätte sie ein Fieber, und gerne mit der Nase voran in ihren Schafspelz kriechen würde? Kratzt nur irgendwo eine Ratte oder stößt sie selber mit dem Fuß unversehens an den Schürhaken – herrje! – gleich sitzt ihr das Herz im Strumpf. Am nächsten Tage aber – als wäre nichts gewesen – kommt sie und quält von neuem: »Eine Geschichte zum Gruseln und weiter nichts.«

Ja, was soll ich euch denn erzählen? Mir will nichts einfallen . . . Ich könnte euch vielleicht erzählen, wie die Hexen mit dem Großvater selig einmal Schafskopf gespielt haben. Aber um eines, meine Herrschaften, muß ich recht sehr bitten: mich nicht aus dem Konzept zu bringen, denn sonst wird euch ein solcher Brei daraus entstehen, daß keiner ihn wird hinunterschlucken wollen . . . Großvater selig, muß ich euch sagen, war nämlich zu seiner Zeit keiner von den gewöhnlichen Kosaken. Er wußte, was sich schickte, und die Worte verstand er auch gehörig zu setzen. Am Feiertag wußte er euch das Evangelium herzusagen, daß auch noch heutzutage manch ein Popensohn sich verstecken müßte. Ihr wißt ja selber, damals, hätte einer die ganzen Schriftkundigen in Baturin zusammennehmen wollen – keine Mütze hätte man brauchen drunterzuhalten: in eine Handvoll gingen sie alle. Was Wunder, daß ein jeder, der dem Großvater begegnete, ihn tief grüßte.

Und so kam es denn einmal dem großmächtigen Hetman in den Kopf, aus irgendeinem Grunde der Zarin eine Urkunde zu schicken. Der damalige Regimentsschreiber – hol ihn doch der und jener, da hab ich euch seinen Namen vergessen ... Wiskrjak – nicht Wiskrjak, Motusotschka – nicht Motusotschka, Golopuzek – auch nicht ... Ich weiß nur, irgendwie ganz sonderbar fing dieser ungewöhnliche Name an – der ließ also den Großvater rufen und sagte ihm, der Hetman selber hätte ihn dazu ausersehen, die Urkunde als Kurier zur Zarin zu bringen. Großvater war kein Freund von langen Vorbereitungen: die Urkunde nähte er ins Mützenfutter, führte sein Pferd aus dem Stall, schmatzte seine Frau ab und seine zwei Ferkelchen, wie er sie nannte, deren eines unser leiblicher Vater war, und gleich darauf war ein Staub hinter ihm, als ob fünfzehn Burschen mitten auf der Straße ins Balgen gekommen wären. Anderen Tages, noch hatte der Hahn nicht zum viertenmal gekräht, war Großvater schon lange in Konotopa. Und gerade war Jahrmarkt dort: so viele Leute waren dort auf der Straße, daß es einem vor den Augen flimmerte. Aber da es früh am Tage war, schlief noch alles, lang auf die Erde hingestreckt. Neben einer Kuh schlief ein Bummler, die Nase rot wie ein Dompfaff; nebenan schnarchte sitzend eine Händlerin, die Feuerstein, Waschblau, Schrot und Kringel feilhielt; unter seinem Wagen lag der Zigeuner, der Tschumak auf seiner Fuhre mit Fischen, und breit auf der Straße streckte ein bärtiger Moskowiter, der mit Gürteln und Gurten handelte, seine Beine aus ... kurz und gut, all das Gesindel, das sich immer auf Jahrmärkten herumtreibt. Großvater rastete ein wenig, um sich das alles genauer anzusehen. Inzwischen regte sich nach und nach das Leben in den Zelten: die Jüdinnen klirrten mit Flaschen, Rauch kräuselte sich bald hier, bald dort, und durch das ganze Lager verbreitete sich der Duft von heißem Süßkram. Dem Großvater fiel ein, daß er weder Feuerzeug noch Tabak bei sich hatte, und so machte er sich denn auf und schlenderte den Jahrmarkt lang. Und macht keine zwanzig Schritte – schon kommt ihm ein Saporoger* entgegen. Ein flotter Junge – man sieht's seinem Gesicht an! Pluderhosen,

* Die ganze Erzählung spielt in der Ukraine. Die Saporoger sind jenseits der Stromschnellen des Dnepr wohnende Kosaken.

rot wie Feuer, ein blauer Überrock, ein grellgeblümter Gürtel, an der Seite der Säbel und das Pfeifchen an einer Kupferkette, die bis an die Ferse reicht – mit einem Wort, ein Saporoger, was braucht's mehr! Ein Völkchen! Wenn so einer sich hinstellt und sich mal streckt und den teufelsmäßigen Schnurrbart durch die Finger laufen läßt und mit den Absätzen mal aufstampft – und drauf in Schwung gerät! Und wie er dann in Schwung gerät – die Beine tanzen eins auf, schnell wie ein Weiberspinnrad; ein Sturm, fährt seine Hand über die Saiten seiner Bandura, und dann, die Arme in die Hüften gestemmt, geht der Kosakentanz los – und stimmt dir dazu ein Lied an ... was soll ich sagen: die Seele tobt sich aus! – Nein, nein, die Zeiten sind vorüber; es gibt keine Saporoger mehr! Tja ... die begegneten also einander. Ein Wort gab das andere – was braucht's viel, um Bekanntschaft zu schließen? Ins Plaudern kamen sie und Schwatzen, so daß Großvater ganz und gar seine Reise vergaß. Und eine Sauferei begann, als wär's auf einer Hochzeit vor den Großen Fasten. Aber endlich wurde es ihnen, schau mir einer an, zu dumm, die Töpfe zu hauen und das Geld ins Volk zu schmeißen, und schließlich kann doch so ein Jahrmarkt auch nicht ewig sein! So beschlossen denn die neuen Freunde, sich nicht zu trennen und gemeinsam weiterzureiten. Es ging schon längst gegen Abend, als sie ins Feld kamen. Die Sonne war bereits zur Ruhe gegangen, hier und dort brannten an ihrer Statt rote Streifen, und Feld und Flur blitzten bunt wie die Feiertagsunterröcke unserer Mädels mit den schwarzen Augenbrauen. Über unseren Saporoger kam eine furchtbare Stimmung. Großvater und noch ein anderer Bummler, der sich zu ihnen gesellt hatte, dachten schon, der Teufel wäre in ihn gefahren. So gab eins das andere. Geschichten und Märchen immer toller, so daß Großvater sich einige Male die Seiten halten mußte und ihm vor Lachen der Bauch fast geplatzt wäre. Aber je weiter sie ritten, desto finsterer wurde es im Felde und desto unzusammenhängender wurde, was der flotte Bursche erzählte. Und zum Schluß wurde gar unser Erzähler ganz stumm und fuhr bei dem geringsten Laut zusammen.

»He, he, Landsmann! Du läßt im Ernst die Nase hängen! Überlegst wohl gar, wie du geschwinder nach Hause und auf deinen Ofen kämest?«

»Wozu sollt ich's euch länger verhehlen«, entgegnete der und wendete sich jählings um und heftete starr die Augen auf die beiden anderen: »Wißt ihr wohl, daß ich meine Seele schon lange dem Bösen verkauft habe?«

»Auch was Großes! Wer hat denn noch nichts mit dem

Bösen zu tun gehabt! Da heißt's erst recht toll sein, weil man sozusagen doch einmal verderben muß.«

»Ach, ihr Jungens, gern wär ich toll, heut nacht jedoch ist mir armem Burschen die Frist gesetzt! Hört, Brüder!« rief er und packte ihre Hände. »Hört, verlaßt mich nicht! Schlaft diese eine Nacht nicht! Ewig werd ich euch die Freundschaft gedenken!«

Sollte man einem Menschen in solchem Kummer etwa nicht beistehn? Großvater erklärte denn auch geradheraus, eher würde er sich den Schopf vom eigenen Kopf abschneiden lassen, als daß er den Teufel mit seiner Hundeschnauze an einer Christenseele schnuppern ließe.

Unsere Kosaken wären vielleicht noch weiter geritten, wenn nicht Nacht den Himmel wie mit schwarzer Bauernleinwand bezogen hätte und wenn es nicht im Felde dunkel wie unter einem Schafspelz geworden wäre. Doch da flimmerte von ferne ein Feuerchen, und, die Nähe des Stalls witternd, liefen die Pferde, die Ohren gespitzt und mit den Augen die Finsternis durchdringend, schneller dahin. Das Feuer fegte ihnen entgegen, schien es, und mit einem Male waren die Kosaken vor einer Schenke, die auf der einen Seite schief stand wie ein Weib, das von der lustigen Taufe nach Hause geht. Damals waren die Schenken nicht das, was sie heute sind. Da konnte sich kein rechter Mann ausbreiten oder gar die Gorliza oder den Hopak tanzen – nicht einmal hinstrecken konnte sich, wem der Rausch zu Kopf gestiegen war und wen die Beine nicht mehr tragen wollten. Auf dem Hof standen dicht gedrängt die Fischfuhren der Tschumaken, unter den Schuppen und in den Futterkrippen und Scheuern schlief manch einer eingehüllt und manch anderer aufgedeckt, und alle schnarchten wie die Kater. Nur der Schenkwirt saß noch vor dem Herd und machte Einschnitte in Stäbchen, wieviel Quart oder Achtel die unterschiedlichen Tschumakenköpfe vertilgt hatten. Der Großvater bestellte ein Drittelfäßchen für die drei und begab sich in die Scheune. Alle drei legten sich nebeneinander. Doch kaum hatte er sich niedergelegt, da sah er, daß seine Landsleute in bleiernem Schlaf lagen. Großvater weckte den dritten Kosaken, der sich zu ihnen gesellt hatte, und erinnerte ihn daran, was er dem Gefährten versprochen. Der stand auf, rieb sich die Augen und schlief sofort wieder ein. Da war nicht viel zu machen, es blieb nichts anderes übrig, als allein Wache zu halten. Um den Schlaf zu verscheuchen, musterte er alle die Fuhren, besah die Pferde und steckte sein Pfeifchen an, darauf kehrte er zurück und setzte sich wieder zu den Seinen. Rings war es so still, nicht einmal eine Fliege summte. Und plötzlich war ihm, als strecke hinter dem nächsten Wagen etwas Graues die Hörner hervor . . . Und da fielen auch ihm schon die Augen zu, so daß er sie jeden Augenblick mit seinen Fäusten reiben und mit dem Rest des Schnapses waschen mußte. Und sobald sie etwas klarer wurden, war alles weg. Aber einige Zeit darauf erschien das Untier wieder, und diesmal unter dem Wagen . . . Großvater schaute, so daß ihm die Augen fast hervorquollen, doch die verdammte Schläfrigkeit verwischte alles, seine Hände wurden schwer, sein Kopf sank auf die Seite, und ein harter Schlaf überwältigte ihn, daß er wie ein Toter zu Boden taumelte. Lange schlief der Großvater, und erst als die Sonne ihm den rasierten Hinterkopf ordentlich gebacken hatte, da erst kam er hoch. Nachdem er sich weidlich gestreckt und den Rücken gekratzt, bemerkte er, daß die Zahl der Fuhren, die auf dem Hofe standen, inzwischen geringer geworden war. Die Tschumaken waren offenbar schon vor Tag aufgebrochen. Dann sah er nach den Seinen: der Kosak schlief noch, der Saporoger jedoch war fort. Er fragte – keiner wußte was. Auf seinem Platz lag nur die Oberkleidung. Angst und Bangen kamen über Großvater. Er schaute nach den Pferden – weder seines war da noch das des Saporogers! Ja, was war denn nun das? Den Saporoger hatte der Böse geholt, wer aber die Pferde? Nachdem er sich's hin und her überlegt, kam Großvater zum Schluß, daß augenscheinlich der Teufel zu Fuß gekommen und daß er, da es bis zur Höllenglut ein weiter Weg war, das Pferd hatte mitgehen lassen. Es schmerzte ihn sehr, daß er sein Kosakenwort nicht gehalten. Nichts zu machen – denkt er –, muß ich eben zu Fuß gehn; vielleicht treff ich unterwegs auf einen Roßkamm, der auf dem Weg zum Jahrmarkt ist, irgendwie werde ich schon zu einem Pferd kommen. Und greift nach seiner Mütze – die Mütze ist fort. Wie schlug da Großvater selig die Arme zusammen, denn er erinnerte sich, daß der Saporoger und er gestern auf kurze Zeit die Mützen getauscht hatten. Wem konnte an ihr liegen, wenn nicht dem Bösen! Und wo bleibt nun die Belohnung vom Hetman? Und wer bringt nun die Urkunde zur Zarin? Und da hub der Großvater an, den Teufel mit solchen Kosenamen zu traktieren, daß den wohl in seiner Brathölle mehr als einmal das Niesen ankam. Aber was hilft das Schimpfen? Wieviel sich auch Großvater den Nacken kratzte, es wollte und wollte ihm nichts einfallen. Was nun? Da war fremder Rat vonnöten. Und so versammelte er denn alle guten Leute, die dazumal in der Schenke waren, die Tschumaken und die anderen Reisenden, und erzählte ihnen, das und das sei geschehen und der und der Kummer ihm zugestoßen. Tief dachten die Tschumaken nach, das Kinn auf die Knotenstöcke gestützt, und schüttelten die Köpfe und meinten, so ein wunderliches Ding hätten sie noch nie in der Christenwelt vernommen, daß der Teufel eine Urkunde des Hetmans gestohlen. Und andere fügten hinzu, wenn der Teufel oder der Moskowiter etwas gestohlen, dann schau, wie du es zurückbekommst. Einzig der Schenkwirt saß schweigsam in seiner Ecke. Der Großvater flugs zu ihm. Wenn nämlich ein Mensch schweigt, dann ist es so gut wie gewiß, daß er was im Kopfe hat. Doch der Schenkwirt war kein Wortheld, und wenn der Großvater sich nicht dazu bequemt hätte, fünf Goldene aus der Tasche zu ziehen, er hätte lange vor ihm stehen bleiben können, ohne was zu erreichen.

»Ich will dir sagen, wie du deine Urkunde kriegen kannst«, meinte er und führte ihn beiseite. Großvater wurde es leichter ums Herz. »Ich seh's dir an den Augen an, du bist ein Kosak und kein Frauenzimmer. Also gib acht! In der Nähe der Schenke geht es nach rechts in den Wald. Mach dich bereit, sobald es im Felde zu dämmern beginnt. Zigeuner leben im Walde, und in solchen Nächten, in denen nur die Hexen auf ihren Besenstielen reiten, kriechen sie aus ihren Löchern und beginnen im Walde Eggen zu schmieden. Welches Gewerbe sie in Wahrheit treiben, geht dich nichts an. Großer Lärm wird im Walde sein, aber du darfst dich nicht nach der Seite, von wo du es hämmern hörst, schlagen; du wirst einen engen Pfad vor dir erblicken, der am verbrannten Baum vorüberführt, und auf diesem Weg sollst du gehen und immer vorwärts gehen ... Und wird dich auch der Dornbusch kratzen und ein Haseldickicht dir den Weg verlegen, du geh nur immerzu; und erst, wenn du zum kleinen Fluß kommst, darfst du haltmachen. Dort wirst du finden, was du brauchst. Und vergiß nicht, jenes in die Taschen zu tun, für das die Taschen gemacht sind ... Du verstehst schon, dieses Gut lieben sowohl die Menschen als auch die Teufel.« Und nachdem er das gesprochen, kroch der Schenkwirt in seinen Winkel und wollte kein Wort weiter sagen.

Großvater selig war nicht, was man einen Hasenfuß nennt; wenn er einem Wolf begegnete, so packte er ihn dreist am Schwanz, und wenn er, die Fäuste schwingend, sich ins Handgemenge warf — wie die Birnen fielen dann alle rings auf den Boden. Und dennoch überlief ihn eine Gänsehaut, als er in dieser dunklen Nacht den Wald betrat. Wenn doch nur ein Sternchen am Himmel gewesen wäre! Dunkel und schaurig war es wie in einem Keller, und nur hoch, hoch über seinem Kopf hörte er den kalten Wind durch die Wipfel der Bäume spazieren, und die Bäume schwankten wie berauschte Kosakenköpfe und rauschten mit ihren Blättern ein betrunkenes Gemurmel. Und plötzlich wehte eine solche Kälte, daß der Großvater seines Schafspelzes gedenken mußte, und mit einem Male machten hundert Hämmer einen solchen Lärm im Walde, daß ihm von dem Klopfen der Kopf ganz taumelig wurde. Und so was wie ein Wetterleuchten erhellte auf einen Augenblick den Wald. Sogleich wurde Großvater auch den Pfad gewahr, der sich inmitten von niederem Gesträuch hinzog. Auch der verbrannte Baum war da und die Dornbüsche! Alles genau so, wie ihm berichtet wurde; wahrhaftig, der Schenkwirt hatte ihn nicht betrogen. Immerhin, es war nicht gerade lustig, sich durch die Stacheln der Büsche zu schlagen, und noch nie im Leben war es ihm widerfahren, daß die verdammten Nadeln und Dornen so weh taten; fast auf Schritt und Tritt hätte er aufschreien mögen. Nach und nach jedoch wurde der Pfad breiter, und auch die Bäume standen, soviel er sehen konnte, nicht mehr so dicht beieinander, und ihre Stämme wurden, je weiter er kam, immer dicker, ja so dick, wie sie der Großvater nicht einmal jenseits des Polnischen gesehen hatte. Und bald blitzte auch das Flüßchen durch die Bäume auf, schwarz wie rabenschwarzer Stahl. Lange stand der Großvater dort am Ufer und hielt Ausschau. Am anderen Ufer brannte ein Feuer; bald schien es erlöschen zu wollen, bald wieder spiegelte es sich hell im Flüßchen und bebte, wie ein polnischer Junker bebt, wenn er in den Klauen eines Kosaken ist. Und da war auch die kleine Brücke! Nur ein Fuhrmann des Teufels hätte über sie fahren mögen. Trotzdem wagte Großvater sich dreist auf sie, und schneller, als manch einer seine Dose hervorholt, um zu schnupfen, war Großvater schon drüben. Und jetzt erst vermochte er zu erkennen, daß rings um das Feuer Leute saßen und Fratzen hatten, die so hübsch waren, daß er, weiß Gott, zu anderer Zeit wohl viel darum gegeben hätte, diese Bekanntschaft vermeiden zu können. Doch er konnte es nicht ändern, er mußte mit ihnen anbändeln. Und so machte Großvater denn eine tiefe respektvolle Verbeugung.

»Gott mit euch, ihr guten Leute!«

Daß auch nur einer mit dem Kopf genickt hätte; sie saßen da und schwiegen und warfen nur hie und da etwas ins Feuer. Ein Platz war frei, und ohne großes Drumherumgerede setzte sich Großvater dort hin. Die hübschen Fratzen verzogen keine Miene und keine Miene der Großvater. Und so saßen sie lange und schwiegen. Dem Großvater wurde es allmählich zu dumm; er fuhr in die Tasche, zog sein Pfeifchen heraus und schaute sich um — aber keiner aus der Schar beachtete ihn.

»Freundschaft, ihr könntet wohl auch liebenswürdiger sein; freilich, um es beispielsweise sagen zu wollen, nämlich, als wenn . . .« (viel hatte sich der Großvater in der Welt herumgetrieben und wußte recht gut, wie man so Sachen deichselt, und hätte auch bei Gelegenheit sich vor dem Zaren selber nicht blamiert), »um sozusagen beispielsweise sich selber nicht hintanzusetzen und wiederum euch nicht zu kränken: mein Pfeifchen, das ist nämlich da, aber womit ich es anstecken könnte, das, *hol mich doch der Teufel*, hab ich nicht bei mir.«

Und auch hierauf kein Wort, aber eine der Fratzen schleuderte einen brennenden Kienspan dem Großvater geradewegs an die Stirn, und wäre er nicht ein wenig beiseite gerückt, so hätte er wohl einem seiner Augen auf ewige Zeiten Lebewohl sagen können. Doch er sah, daß die Zeit unnütz vorüberginge, und so entschloß er sich endlich, gleichviel, ob ihm das unsaubere Gezücht zuhören wollte oder nicht, seine Sache vorzubringen. Die Fratzen spitzten die Ohren und streckten die Pfoten hin. Der Großvater erriet, was sie meinten; er packte alles Geld, das er bei sich hatte, und schleuderte es in ihre Mitte, als werfe er es den Hunden zu. Kaum hatte er es hingeschleudert, da ging alles drunter und drüber, die Erde bebte, und er wußte selber später nicht mehr zu sagen wie – doch es war, als wäre er in die Hölle geraten. »Heilige Väter!« ächzte der Großvater, als er sich genauer umsah. Das waren euch Ungeheuer! Eine Fratze toller als die andere. Von Hexen eine solche Unzahl, wie manchmal Schneeflocken um die Weihnachtszeit fallen, und aufgedonnert und gesalbt wie die Fräuleins, wenn sie auf den Jahrmarkt gehen. Und alle, wie viele ihrer auch dort waren, hopsten, als wären sie berauscht, in teuflischem Galopp und wirbelten einen Staub dabei auf, daß Gott verhüte! Ein jeder Christenmensch hätte schaudern müssen, so hoch hüpfte das Satansgeschlecht. Aber trotz all seiner Angst lächerte es den Großvater, als er sah, wie die Teufel mit ihren Hundeschnauzen und auf ihren Steckenfüßen schweifwedelnd um die Hexen herumscharwenzelten, als wären's Burschen, die ihren Mädels schöntun, und wie die Musikanten mit den Fäusten auf ihre Backen knallten, als wären's Pauken, und durch ihre Nasen bliesen wie durch Waldhörner. Und kaum wurden sie den Großvater gewahr, da stürzte die ganze Horde auf ihn los. Schweinerüssel, Hundeschnauzen, Bocksnasen und Pferdeköpfe – alles streckte sich ihm hin, alles wollte seinen brüderlichen Kuß haben. Großvater spuckte aus, der Ekel stieg ihm bis zum Halse! Und endlich packten sie ihn und schleppten ihn zu einem Tisch; der war lang, so lang vielleicht wie der Weg von Konotopa bis Baturin. Das ist mir doch nicht das Schlimmste, dachte der Großvater, als er Schweinebraten auf dem Tisch sah, Würste, Salat aus Kohl und Zwiebeln und allerlei Süßkram. Da kann man's wieder einmal sehen, das Teufelszeug hält die Fasten nicht. Und der Großvater, muß ich euch melden, wollte sich die Gelegenheit nicht entgehen lassen, von dem einen und dem anderen auch mal zu probieren. Und da der Selige zu essen verstand, so schob er, ohne sich erst lange in Unterhaltungen einzulassen, eine Schüssel mit aufgeschnittenem Fett vor sich hin und einen gewaltigen Schinken, dann nahm er eine Gabel, nicht viel kleiner als die Gabeln, mit denen die Bauern ihr Heu aufladen, und spießte das gewichtige Stück auf und dazu ein Endchen Brot und – schau mir einer an! beförderte es in einen fremden Mund dicht neben seinem Ohr und hörte sogar, wie jene Schnauze mit den Zähnen arbeitete und schmatzte. Großvater verzog keine Miene, er spießte ein zweites Stück auf und hatte es schon fast an den Lippen, aber auch das verschwand nicht in seinem Munde. Und zum dritten Male – und wieder daneben. Da wurde es dem Großvater zu bunt; er vergaß alle Angst und in wessen Klauen er sich befand und sprang geradewegs auf die Hexen los.

»Was soll das, ihr Heidengelichter, wollt ihr wohl gar euren Spott mit mir treiben? Wenn ihr mir nicht augenblicklich meine Kosakenmütze herausgebt, so will ich ein Katholischer sein, wenn ich euch nicht eure Schweineschnauzen ins Genick drehe!«

Aber noch hatte er die letzten Worte nicht zu Ende gesprochen, da fletschten all die Ausgeburten die Zähne und stimmten ein Lachen an, daß es dem Großvater kalt über die Seele lief.

»Schon gut«, kreischte eine der Hexen, die Großvater für die älteste hielt, denn ihr Maul war fast noch ein wenig häßlicher als das der anderen. »Die Mütze sollst du zurückbekommen, aber zuvor mußt du dreimal mit uns Schafskopf spielen!«

Was war da zu machen? Ein Kosak mit Weibern Schafskopf spielen! Großvater wollte nicht, aber was half's? Schließlich mußte er sich doch zum Spiel setzen. Und die Karten wurden gebracht, so schmutzig und abgegriffen, wie sie nur die Popenfräuleins bei uns benutzen, wenn sie wahrsagen, wann der Bräutigam kommen mag.

»Paß mal auf!« bellte die Hexe zum andern Mal. »Wenn du auch nur ein einziges Mal gewinnst, ist die Mütze dein; bleibst du jedoch die drei Male Schafskopf, dann, nimm's mir nicht übel, ist's nicht nur nichts mit der Mütze, sondern ist's auch aus mit dir.«

»Her mit den Karten, Alte! Was sein muß, wird sein!«

Die Karten sind ausgeteilt. Der Großvater nimmt seine zur Hand – Karten zum Davonlaufen, einfach nichts, und wie zum Hohn ein einziger Trumpf. Das Höchste von jeder Farbe die Zehn, und kein einziges Paar da; die Hexe jedoch . . . Es blieb nichts anderes übrig, als zu verlieren! Und kaum war der Großvater Schafskopf geworden, da ging's von allen Seiten los, da wieherten, bellten und grunzten die Schnauzen:

»Schafskopf! Schafskopf! Schafskopf!«

»Platzen sollt ihr alle miteinander, ihr Teufelsbrut!« schrie Großvater und stopfte sich die Finger in die Ohren. Er dachte dabei: Die Hexe hat falsch gemischt, diesmal will ich selber die Karten geben. Er tat's und deckte den Trumpf auf und sah seine Karten an: Das Blatt war nicht übel, und auch Trümpfe waren genug da. Und anfangs ging alles vortrefflich. Die Hexe hatte zum Schluß die Könige! Und der Großvater nichts als Trümpfe! Ohne lange zu fackeln, packte er mit seinen Trümpfen die Könige an ihren Schnurrbärten.

»I, das ist nicht Kosakenart! Womit stichst denn du, Landsmann?«

»Wie, womit? Mit Trumpf!«

»Nach euren Begriffen ist das vielleicht Trumpf, aber nach unseren nicht!«

Und er schaute nochmals hin: In der Tat, gewöhnliche Karten. Teufelsspuk! Und so wurde er denn zum zweiten Male Schafskopf, und die ganze Teufelei grölte aufs neue: »Schafskopf! Schafskopf!«, so daß der Tisch wackelte und die Karten auf dem Tisch hüpften. Der Großvater wurde hitzig und gab zum letzten Male. Und wieder ging alles im Anfang gut. Die Hexe spielte einen Fünfer aus, der Großvater stach ihn und nahm lauter Trümpfe auf.

»Trumpf!« rief er und haute die Karte auf den Tisch, daß sie sich krumm bog; aber jene sagte kein Wort und stach sie mit einer simplen Acht.

»Womit hast du gestochen, Teufelsaas?« Die Hexe hob ihre Karte auf, darunter lag eine simple Sechs.

»Schau mir nur einer den höllischen Spuk an!« schrie der Großvater und hieb vor Ärger aus ganzer Kraft mit der Faust auf den Tisch. Ein Glück nur, daß die Alte ein schlechtes Blatt hatte und der Großvater wie bestellt lauter Paare. Aber dann mußte er Karten aufnehmen, und was er da bekam, das war schon nicht mehr schön, lauter Kleinzeug – und im Spiel keine gute Karte mehr. So spielte er denn eine simple Sechs aus, und die Hexe nahm sie an.

»Da schau her! Was ist denn das wieder? Da stimmt was nicht!«

Der Großvater tat seine Karten heimlich unter den Tisch und bekreuzigte sie, und als er sie dann ansah, da waren Trumpfas, Trumpfkönig und Trumpfbub in seiner Hand, und was er als simple Sechs ausgespielt hatte, das war die Dame.

»O ich Schafskopf! Trumpfkönig? Was? Angenommen? Wie? Katzenbrut! Und was meinst du zum As? Trumpfas! Bub! . . .«

Donner rollte durch die Hölle, die Hexe bekam Krämpfe, und auf einmal flog mir nichts, dir nichts dem Großvater die Mütze — bums! — ins Gesicht!

»Noch nicht genug!« schrie der Großvater, der, nachdem er seine Mütze zurückerhalten, wieder neuen Mut gefaßt hatte. »Wenn nicht augenblicklich mein braves Roß wieder vor mir steht — der Blitz soll mich gleich an diesem unsauberen Ort treffen —, werde ich euch alle, wie ihr da seid, mit dem heiligen Kreuzeszeichen bekreuzigen!« Und er hob schon die Hand, als plötzlich vor ihm die Pferdeknochen klapperten.

»Da hast du dein Pferd!«

Weinen mußte er, als er das sah, weinen wie ein törichtes Kind. Leid tat ihm sein alter Kamerad!

»Dann will ich mir ein Pferd aus euren Stallungen auswählen!«

Der Teufel knallte mit einer Hetzpeitsche — wie ein Feuersturm stob unter ihm ein Roß auf, und wie ein Vogel schoß der Großvater auf dem davon.

Angst und Bangen packten ihn während des tollen Rittes, denn kein Zügel half bei dem Pferd, kein Zuruf, es raste über Abhänge und mitten durch Sümpfe. Wo er überall gewesen? Zittern mußte man, erzählte er es. Und einmal schaute er auf seine Füße — und erschrak ärger als zuvor: ein Abgrund unter ihm, furchtbar steil! Doch was galt das dem teuflischen Gezücht — gerade hinüber ging's! Der Großvater wollte sich festhalten — gefehlt! Über Wurzeln und Vorsprünge stürzte er kopfüber in den Abgrund und schlug unten so schwer auf, daß ihm fast die Seele entwich. Zum mindesten vermochte er sich dessen nie zu entsinnen, was nachher mit ihm geschehen, denn als er wieder zu sich kam und sich umschaute, sieh, da war es schon Tag geworden, eine wohlbekannte Gegend lag vor ihm, und er selber lag auf dem Dach seiner eigenen Hütte.

Nachdem er herabgeklettert, bekreuzigte sich der Großvater. So ein Teufelsspuk! Toll, was wunderliches Zeugs einem zustoßen kann! Er sah dann seine Hände an — sie waren voller Blut, und blickte in ein danebenstehendes Wasserfaß — auch sein Gesicht war blutig. Er wusch sich gehörig, um die Kinder nicht zu erschrecken, und trat leise in die Hütte. Und was mußte er da sehen? Die Kinder waren erschrocken zurückgewichen und wiesen mit den Fingern, wobei sie ihm den Rükken zukehrten:

»Schau nur, schau! Mutter reitet wie toll!«

Und in der Tat, die Mutter war vor dem Spinnrad eingeschlafen, den Faden noch in der Hand, und wippte, auf der Bank sitzend, im Schlaf auf und ab. Großvater faßte ihre Hand und weckte sie sanft auf.

»Guten Morgen, Frau! Und fühlst du dich auch gesund?«

Lange starrte sie ihn wild an, ohne zu begreifen, und als sie endlich den Großvater erkannte, erzählte sie, ihr hätte geträumt, der Ofen reite durch die Hütte und jage mit einer Schaufel die Töpfe hinaus und die Kübel . . . und weiß der Teufel was noch alles.

»Na ja«, meinte der Großvater, »du sahst's im Traum, und ich hab's erlebt. Es wird nötig sein, daß wir unsere Hütte weihen lassen; ich aber habe jetzt keine Zeit mehr zu verlieren.«

Er sagte es und verschnaufte ein wenig, holte sich dann ein neues Pferd und ritt, ohne sich aufzuhalten, tage- und nächtelang in einem Zuge, bis er sein Ziel erreicht und seiner Zarin die Urkunde überreicht. Und dort sah der Großvater so viele Wunderdinge, daß er später nicht genug davon zu erzählen wußte: Wie man ihn in eine so hohe Halle gebracht, daß, wenn man zehn Hütten aufeinanderstellte, es immer noch nicht langen würde. Und wie er dann ins erste Gemach geschaut — und nichts gesehen, und ins zweite — wieder nichts, und ins dritte — ebenfalls nichts, und ins vierte — immer noch nichts, und erst im fünften, schau, da saß sie selber und hatte eine goldene Krone auf und einen neuen grauen Überrock an und rote Stiefel, und lauter goldene Klöße aß sie. Und wie sie schließlich befahl, ihm die Mütze mit lauter blauen Banknoten vollzuschütten, und wie endlich . . . Wer kann sich an alles erinnern! Aber an seine Schererei mit dem Teufelspack wollte der Großvater gar nicht mehr denken, und wenn es geschah, daß jemand ihn daran erinnerte, dann schwieg der Großvater wohl, als ginge ihn die ganze Sache gar nichts an, und es kostete wahrhaftig große Mühe, ihn zu erbitten, alles zu erzählen, wie es war. Und offenbar als Strafe dafür, daß er nicht sofort so klug gewesen, seine Hütte weihen zu lassen, trug sich mit seiner Frau regelmäßig jedes Jahr, und zwar immer genau um dieselbe Zeit, etwas Wunderliches zu: das Tanzen nämlich, nicht mehr und nicht minder, kam über sie. Was sie auch dagegen tat, die Beine bestanden auf dem Ihren, und es zuckte nur so in ihnen, sich im Tanz auszustampfen.

NIKOLAI GOGOL

DER VERHEXTE PLATZ

Eine wahre Geschichte,
erzählt vom Küster der ***schen Kirche

Bei Gott, ich habe es bereits satt, zu erzählen! Was meint ihr denn? Wahrlich, fad ist es; immerzu heißt es: Erzähl und erzähl, und man kann sich nicht losmachen! Na schön, dann will ich erzählen, nur, bei Gott, das ist zum allerletztenmal. Ihr spracht davon, ein Mensch könne, wie man sagt, mit dem unsauberen Geist fertig werden. Das stimmt natürlich, obwohl, wenn man recht überlegt, die verschiedensten Dinge auf der Welt vorkommen . . . Darum sollt ihr das nicht sagen. Wenn eine teuflische Kraft wen bemogeln will, den bemogelt sie eben. Bei Gott, die bemogelt ihn! – Seid so gut und überlegt mal: Unser Vater hatte vier Kinder. Ich persönlich war damals noch ein rechter Dummkopf. Ich zählte alles in allem elf Jahre; aber nein, keineswegs elf; ich erinnere mich noch wie heute, daß ich einmal auf allen vieren lief und wie ein Hund bellte, da schrie mich der Alte an und schüttelte den Kopf dabei: »He, Foma, Foma! Für dich wird's Zeit zum Heiraten, und da blödelst du umher wie ein junges Maultier!« Großvater war damals noch am Leben und war – möge er ein leichtes Schnackerl haben in jener Welt – ziemlich gut zu Fuß. Wenn es ihm in den Sinn kam . . . Aber meint ihr denn, daß ich auf diese Weise erzählen werde? Der eine gräbt schon seit einer Stunde Kohle aus dem Ofen für seine Pfeife, der andere ist aus anderen Gründen hinter die Kammer gelaufen. Was soll das in Wahrheit, frage ich? – Noch gut, wenn es unabsichtlich geschehen wäre, so aber habt ihr mich doch selber darum gebeten. Wenn man hören will, muß man zuhören! Der Vater fuhr noch im frühen Frühjahr in die Krim, Tabak zu verkaufen. Ich erinnere mich nicht mehr, ob er zwei oder drei Fuhren auf den Weg brachte. Tabak war damals sehr gefragt. Mit auf die Reise nahm er den dreijährigen Bruder, ihn möglichst früh an das Werkeln des Frachtfuhrmanns zu gewöhnen. Zurück blieben: Großvater, Mutter, ich, dazu ein Bruder und noch ein Bruder. Großvater hatte das Melonenfeld dicht an der Landstraße ausgesät und war selber in die Köhlerhütte hinausgezogen; er nahm auch uns mit, die Spatzen und Elstern aus dem Melonenfeld zu jagen. Man kann nicht sagen, daß uns das übel angekommen wäre. Wir konnten des Tags so viele Gurken, Melonen, Rettich, Zwiebeln und Erbsen fressen, daß es bei Gott in unseren Bäuchen rumorte, als krähten darin die Hähne. Je nun, und außerdem brachte es doch auch Gewinn. Die Hinzureisenden drängten sich nur so, ein jeder wollte sich an einer Arbuse oder einer Melone delektieren. Außerdem pflegten sie aus den Vorwerken in der Umgebung Hühner, Eier und Truthähne zum Tausch zu bringen. Es war ein gutes Leben. Großvater freilich war es dabei das liebste, daß jeden Tag an die fünfzig Fuhren von Frachtfuhrleuten vorbeifuhren. Ihr wißt, das ist ein erfahrenes Volk: wenn so einer zu erzählen beginnt, dann halt die Ohren steif. Für Großvater aber war das wie Quarkkuchen für einen Hungrigen. Wenn er gelegentlich, wie es sich häufig traf, einem alten Bekannten begegnete (Großvater kannte ein jeder), dann könnt ihr euch selber denken, was geschah, wenn sich so 'ne Gesellschaft von Leuten aus der alten Zeit versammelte. Tara, tara, so ging's dann, dazumalen und dazumal, da trug sich das zu und da trug sich jenes zu . . . Je nun, und dann quollen sie nur so über! Dann gedachten sie Gott weiß welcher Zeiten. Einmal aber – nun, wahrhaftig, als wenn es jetzt geschehen wäre; die Sonne begann bereits sich zu senken, Großvater ging durchs Melonenfeld und entfernte die Blätter von den größeren Früchten, mit denen er sie tagsüber zudeckte, damit sie nicht zu stark von der Sonne gebraten würden. »Schau, Ostap!« sprach ich zum Bruder. »Da fahren Frachtfuhrleute herbei!« – »Wo sind die Fuhrleute?« fragte der Großvater und legte ein Kennzeichen auf eine große Melone, damit die nicht so nebenbei von uns Burschen verspeist würde. Und in der Tat, des Weges zogen an die sechs Fuhren. Voran schritt ein Fuhrmann, der schon graue Schnurrbarthaare hatte. Noch war er keine zehn Schritt, so was in der Art, von uns entfernt, da blieb er stehen. »Grüß dich, Maxim! Das hat Gott gefügt, daß wir uns wiedersehen!«

Großvater kniff die Augen zusammen: »Ah, grüß dich, grüß dich! Von woher trägt Gott dich her? Auch Boljatschka hier? Grüß dich, grüß dich, Bruder! Ja was Teufel! Da sind ja alle: sowohl Krutotrystschenko – und Petscheryzja – und Koweljok und Stezko – Gesundheit zu wünschen! Ah, haha! Hoho . . .«, und schon ging's ans Abschlecken. Die Ochsen wurden ausgespannt, und man ließ sie ins Freie, im Gras zu weiden. Die Fuhren blieben am Wege stehen; selber aber setzten sie sich rund um die Köhlerhütte und steckten ihre Pfeifen an. Doch was machten die sich schon aus ihren Pfeifen! Bei den Geschichterln und dem Geschwätz kam es kaum zu einer

Pfeife pro Kopf. Nach der Brotzeit bewirtete Großvater seine Gäste mit Melonen. Ein jeder bekam seine Melone und reinigte die sorgfältig mit seinem Messerchen. (Das waren geriebene Burschen, waren genug in der Welt herumgekommen, wußten Bescheid, wie man schicklich zu speisen hatte; da hätte ein jeder davon sich meinetwegen gleich an den Herrentisch setzen können!) Nachdem sie die saubergeputzt, stieß jeder mit dem Finger ein Löchlein hinein, wonach er den sauren Saft trank, um erst danach die Frucht zu zerschneiden und in den Mund zu stecken. »Na, und ihr, Burschen«, sagte Großvater, »nichts als die Mäuler aufsperren? Tanzt mal, ihr Hundesöhne! Ostap, wo hast du deine Hirtenflöte? Spiel uns mal einen Kosakentanz! Foma, stemm die Arme in die Seiten! Los! Genau so! He, hopp!«

Ich war damals klein und flink. Verdammtes Alter! Jetzt kann ich nicht mehr so lostanzen; statt aller schönen Sprünge schlottern mir nur die Beine. Großvater schaute uns lange zu, derweil er mit seinen Fuhrleuten saß. Ich merkte jedoch, daß seine Füße nicht ruhig blieben; mir war, als zwicke sie was, sich zu bewegen.

»Schau zu, Foma«, sagte Ostap; »wenn unser alter Knaster nicht gar selber tanzen möchte.« Und was denkt ihr? Kaum hatte er das gesagt – da hielt das gute alte Stück es nicht länger aus! Anscheinend, wißt ihr, wollte er sich vor den Fuhrleuten aufspielen. »Da schaut her, ihr Teufelskinder! Nennt ihr das tanzen? So tanzt man!« sagte er, stand auf, reckte die Arme vor und stampfte mit den Absätzen.

Je nun, dagegen war nichts zu sagen, tanzen tat er, wie wenn er mit der Hetmansfrau hätte antreten müssen. Wir machten ihm Platz, und alsbald begann der alte Knaster auf dem ganzen ebenen Platz, der neben dem Gurkenbeet lag, seine Hupfer zu machen. Indes er war gerade bis zur Mitte gelangt und wollte erst richtig loslegen und mit den Füßen einen besonderen Wirbel auf seine Weise schlagen, da versagten ihm die Beine den Dienst und damit basta! Eine Schweinerei! Von neuem fetzte er los und kam bis zur Mitte – da ging's nicht weiter! Mach, was immer – er packte es nicht und packte es nicht! Die Beine waren ihm, als seien sie aus Holz. »Ist anscheinend ein Teufelsplatz! Anscheinend eine satanische Behexung! Da mengt sich Herodes ein, der Feind des Menschengeschlechtes!« Doch wie mochte das angehen, vor den Fuhrleuten solch eine Schande hinzunehmen? Von neuem ging er los und wirbelte mit kurzen kleinen Schritten dahin, immer schneller; es war prächtig anzuschauen; bis zur Mitte – nichts da, das tanzte sich nicht aus und damit basta!

»Ah, du betrügerischer Satanas! Ersticken mögst du an einer faulen Melone! Noch als kleines Kind sollst du verrecken, Hundesohn! Da hast du mir auf die alten Tage solch eine Schande bereitet!« Und wahrlich, hinter ihm begann wer zu lachen. Er blickte sich um: kein Melonenfeld, kein Fuhrmann war mehr zu sehen, nichts davon war da; hinten und vorn und auf den Seiten nur ein ebenes Feld. »Eh! Sss . . . na hat man sowas gesehen!« Er kniff die Augen zu – der Ort schien ihm nicht völlig unbekannt zu sein! Auf der Seite der Wald, hinter dem Wäldchen ragte eine Stange und schaute weit in den Himmel hinein. Was ein Teufelsspuk: das war doch der Taubenschlag, der beim Popen im Gemüsegarten stand! Von der anderen Seite jedoch dunkelte was Graues; er schaute genauer hin: die Heutenne war es des Kreisschreibers. Dahin also hatte ihn die unsaubere Kraft verschleppt! Während er noch so in der Runde kreiste, stieß er auf einen Fußsteig. Kein Mond war am Himmel; ein weißer Flecken flimmerte statt dessen durch die Wolken. Morgen wird's mächtigen Wind geben! dachte Großvater. Aber da, abseits vom Fußweg, flackerte auf einem Grabhügel ein Lichtlein auf. Da schau her! Großvater stand still, stemmte die Arme in die Seiten und schaute nur so: das Lichtlein erlosch in der Ferne, doch ein wenig weiter entbrannte ein anderes. »Ein Schatz!« rief Großvater. »Ich will Gott weiß was wetten, wenn das kein Schatz ist!« Und er spuckte bereits in die Hände, um zu graben; da fiel ihm ein, daß er weder eine Schaufel noch einen Spaten dabeihabe. »Ach, schade, indes wer weiß? Vielleicht muß man nur den Rasen aufheben, und schon liegt er da, das Täubchen! Nichts zu machen, zum mindesten aber muß man den Ort kennzeichnen, um ihn nicht nachher zu vergessen!«

Er zog einen ansehnlichen Ast, den anscheinend der Wirbelsturm abgerissen, heran und lud den auf den Grabhügel, wo das Lichtlein gebrannt hatte, und folgte danach dem Fußweg. Das junge Eichengehölz wurde immer lichter, und da war auch schon die Zaunhecke. Na also! Habe ich es nicht gesagt – dachte Großvater –, das ist des Popen Garten; denn das ist ja seine Zaunhecke! Jetzt ist es keine Werst mehr bis zum Melonenfeld. – Immerhin kam er recht spät nach Hause und mochte keine Quarkküchlein mehr essen. Er weckte nur den Bruder Ostap und fragte den, ob die Fuhrleute schon lange fortgefahren seien, und wickelte sich dann in seinen Schafspelz. Doch als der Bruder ihn ausfragen wollte, wohin ihn denn heute die Teufel verschleppt hätten, erwiderte er: »Frag nicht«, und wickelte sich noch fester ein, »frag nicht, Ostap, könntest sonst grau werden!« Und er begann alsbald so zu schnarchen, daß die Sperlinge, die sich auf dem Melonenfeld versammelt hatten, vor Schreck aufflogen. Doch meint ihr, der habe geschlafen? Kein Wort zu verlieren, war eine schlaue Bestie, Gott schenke ihm das Himmelreich! Der wußte stets einen Ausweg zu finden. Manchmal, da konnte er ein Lied anstimmen, daß man sich die Lippen wund biß.

Andern Tages, kaum daß es im Felde zu dämmern begann, zog Großvater seinen Kittel an, gürtete sich, klemmte Schaufel und Spaten unter den Arm, stülpte die Mütze auf den Kopf, trank eine Kruke Brotkwaß, wischte sich die Lippen mit dem Saum und begab sich geradenwegs zum Gemüsegarten des Popen. Den Heckenzaun und das niedere Eichengehölz ließ er im Rücken. Durch die Bäume wand sich ein Fußweg, der ins Feld hinausführte. Es schien derselbe zu sein! Er trat ins Feld hinaus: tupfengleich derselbe Ort wie gestern. Und da ragte auch schon der Taubenschlag; die Tenne jedoch war nicht zu sehen. »Nein, das ist nicht der Platz. Der war wohl weiter; ich seh schon, ich muß zur Tenne zurückgehen!« Er wandte sich und ging zurück. Er schritt auf einem anderen Wege — da sah er die Tenne, dagegen vom Taubenschlag keine Spur! So wandte er sich mehr zum Taubenschlag — da versteckte sich die Tenne. Und wie mit Absicht begann ein Regen zu fallen. So lief er aufs neue zur Tenne — da war der Taubenschlag verschwunden; zum Taubenschlag — da war die Tenne verschwunden. »Daß dich doch, verdammter Satanas, auf daß du deine Kinder nicht erblicken dürftest!« Und dabei goß es wie aus einem Faß. Die neuen Stiefel in einem Nu abstreifend und sie mit einem Tuch umwickelnd, damit sie nicht vom Regen verzogen würden, schlug er so einen Renner an, als wäre er ein herrschaftlicher Paßgänger. Durch und durch naß, kroch er in die Köhlerhütte, deckte sich mit dem Schafspelz zu, knurrte und brummte durch die Zähne und begann den Teufel mit solchen Worten zu liebkosen, wie ich sie zeitlebens noch nicht vernommen. Ich gestehe, ich wäre bestimmt errötet, wenn mir das am hellichten Tage zugestoßen wäre. Als ich am anderen Tage erwacht, sah ich folgendes: Als wäre nichts passiert, spazierte Großvater im Melonenfeld auf und ab und deckte die Früchte mit großen Klettenblättern zu. Bei Tisch begann der gute Alte gesprächig zu werden. Er schreckte den jüngeren Bruder damit, er würde ihn an Stelle der Arbusen um Hühner eintauschen, und nachdem er gespeist, fertigte er mit eigener Hand eine Lockpfeife aus Holz und begann darauf zu spielen; außerdem schenkte er uns, um uns zu belustigen, eine Melone, die ganz und gar zusammengekrümmt war, so daß sie einer Schlange glich, die er als eine Türkenschlange bezeichnete.

Heutigentages habe ich solche Melonen nirgends mehr zu Gesicht bekommen. Es ist freilich auch wahr, die Samen dazu kamen ihm irgendwie aus weiter Ferne zu. Abends, nachdem er gevespert, ging Großvater mit dem Spaten fort, ein neues Beet für Spätkürbis zu graben. Dabei kam er an dem verhexten Platz vorbei, und da hielt es ihn nicht mehr; er murrte durch die Zähne: »Verdammter Platz!« und begab sich auf dieselbe Mitte, wo er gestern mit dem Tanz nicht zu Rande gekommen; wütend schlug er mit dem Spaten zu. Er sah sich um, ringsumher lag wieder dasselbe Feld: auf der einen Seite ragte der Taubenschlag, auf der anderen Seite stand die Tenne. »Nur gut, daß ich's erraten und den Spaten mitgenommen habe. Und da ist ja auch der Fußweg! Und dort das kleine Grab! Und da ist der Ast, den ich draufgelegt! Und schau, da brennt auch das Lichtlein! Wenn ich mich nur jetzt nicht noch täusche!« Leise lief er heran, den Spaten schwingend, als wolle er mit diesem einen Wildeber beglücken, der sich ins Melonenfeld gezwängt, und machte erst vor dem kleinen Grabhügel halt. Das Lichtlein erlosch; auf dem Grab lag ein Stein, von Gras überwuchert. Diesen Stein muß man heben, überlegte Großvater und begann ihn von allen Seiten freizulegen. Doch der verdammte Stein war groß! Immerhin gelang es ihm, sich mit den Beinen fest an die Erde stemmend, ihn vom Grab hinunterzuwälzen. »Hu!« ging es durch die Ebene. »Dort gehörst du hin! Und jetzt flink ans Werk!« Hierbei setzte Großvater ab, suchte nach dem Schnupftabakshorn, schüttete Tabak auf die Faust und wollte die zur Nase führen, als plötzlich über seinem Kopf ein »Haptschi!« so gewaltig geniest wurde, daß die Bäume zu schwanken begannen und Großvaters ganzes Gesicht vollgespritzt wurde. »Könnte sich auch beiseite wenden, wenn er niesen will!« meinte Großvater, sich die Augen putzend. Er schaute auf; nichts zu sehen. »Nein, man sieht, der Teufel mag keinen Tabak!« fuhr er fort, tat das Schnupftabakshorn hinten in seinen Rock und machte sich über den Spaten her. »So ein Dummkopf, solchen Tabak hat weder sein Großvater noch sein Vater geschnupft!« Und er begann zu graben. Weich war die Erde, der Spaten biß nur so hinein. Und da klirrte schon was. Die Erde wegschaufelnd, sah er einen Kessel. »Ah, mein Täubchen, da bist du also!« schrie Großvater und fuhr mit dem Spaten darunter. »Ah, Täubchen, da bist du also!« piepste ein Vogelschnabel, der an den Kessel pickte. Großvater trat beiseite und ließ den Spaten fallen. »Ah, Täubchen, da bist du also!« blökte ein Hammelkopf vom Wipfel eines Baumes. »Ah, Täubchen, da bist du also!« brüllte ein Bär, der seine Schnauze durchs Gehölz schob. Ein Zittern überlief Großvater. »Hier ist's ja gefährlich, ein Wort zu sprechen!« knurrte er vor sich hin. »Hier ist's gefährlich, ein Wort zu sprechen!« piepste der Vogelschnabel. »Gefährlich, ein Wort sprechen!« blökte der Hammelkopf. »Ein Wort sprechen!« brüllte der Bär. »Hm . . .«, meinte Großvater und war sehr erschrocken. »Hm!« piepste der Schnabel. »Hm!« blökte der Hammel. »Hum!« brüllte der Bär.

Voll Angst drehte er sich um: Mein Gott, welch eine Nacht! Weder Sterne noch Mond; ringsum Abgründe; vor den Füßen eine bodenlose Tiefe; zu Häupten hing ein Berg, und es schien, der wolle über ihn stürzen, und es war Großvater, ihm winke daraus eine schreckliche Fratze: Uh! Uh! – Die Nase wie ein Blasebalg in der Schmiede; die Naslöcher – in jedes könnte man leicht einen Eimer Wasser hineingießen! Die Lippen, bei Gott, wie zwei Balken! Die roten Augen nach oben hervorgequollen und zu allem eine Zunge, die herausgestreckt war und ihn reizte! »Der Teufel sei mit dir!« sagte Großvater und ließ den Kessel sein. »Das soll mir ein Schatz sein! So eine greuliche Fratze!« Und er wollte bereits das Hasenpanier ergreifen, da sah er sich um und blieb wieder stehen, weil er bemerkte, daß alles wie zuvor war. »Ist nur die unsaubere Kraft, die einen schrecken will!« Und so machte er sich aufs neue an seinen Kessel – doch der war zu schwer! Also was tun? Das konnte man doch nicht so lassen! Alle Kräfte zusammennehmend, packte er ihn aufs neue gewaltig an: »Nun, mit ganzer Kraft, mit ganzer Kraft! Noch und noch!« und hob ihn heraus. »Och! Jetzt mal Tabak schnupfen!« Und er zog das Schnupftabakshorn hervor; indes bevor er den Tabak auszustreuen begann, blickte er sich fest um, ob da nicht wer zu sehen wäre. Es schien, daß keiner da sei; allein da war ihm: der Baumstumpf schnaufe und schwelle an, es zeigten sich die Ohren, die roten Augen liefen blutig an, die Nüstern weiteten sich, die Nase rümpfte sich, und schon schien ihm, jener schicke sich zu niesen an. Nein, da werde ich lieber keinen Tabak schnupfen – überlegte Großvater, das Schnupftabakshorn wieder einsteckend –, auf daß mir der Satanas nicht wieder die Augen vollspritze! Er packte schnell den Kessel und lief davon, so eilig er konnte; doch immer war ihm dabei, als raschle irgendwer hinter ihm mit den Beinen durchs Gebüsch . . . »Ai, ai, ai!« schrie Großvater und raste weiter, so gut er konnte, und machte erst halt, um ein wenig zu verschnaufen, als er des Popen Gemüsegarten erreichte.

Wohin mag Großvater bloß gegangen sein? dachten wir, nachdem wir drei Stunden gewartet. Längst war Mutter vom Vorwerk gekommen und hatte einen Topf heißer Quarkküchlein gebracht. Großvater aber war nicht da und war nicht da! So begannen wir aufs neue, ohne ihn zu vespern. Nach der Brotzeit spülte Mutter den Topf aus und suchte mit den Augen, wohin sie das Spülicht verschütten könnte, denn rings waren ja nichts als Beete; da gewahrte sie plötzlich, wie ein Faß direkt auf sie losging. Es war überaus dunkel. Wahrscheinlich machte einer der Burschen nur Spaß und hatte sich dahinter versteckt und stieß das Faß vor. »Kommt wie gerufen, um das Spülicht auszugießen!« sagte sie und schüttete das heiße Spülwasser hinein.

»Au weh!« schrie ein Baß los. Sie sah hin, da war es Großvater. Wer hätte den erkennen mögen! Bei Gott, wir dachten doch, ein Faß krieche heran. Ich gestehe, obwohl es leicht sündhaft war, mir schien es wahrhaftig recht komisch, zu sehen, wie der graue Kopf Großvaters ganz von Spülicht getränkt und von Arbusen- und Melonenschalen umhängt war.

»Schau mir einer das Teufelsweib an!« sagte Großvater, den Kopf mit dem Saum seines Kittels abwischend. »Wie die mich verbrüht hat! Geradezu wie das Schwein vor Weihnachten! Nun, ihr Bursche, jetzt gibt es was für Kringel! Ihr Hundesöhne, ihr werdet von nun ab in goldgestickten Überröcken spazieren können! Da schaut her, schaut immer her, was ich euch gebracht habe!« sagte Großvater und deckte den Kessel auf. Und was meint ihr wohl, was war darin? Na, wenn ihr mal gut nachdenkt – wie? Was? Doch sicher Gold? Das ist es ja, kein Gold war das: Dreck, Kehricht . . . eine Schande, auszusprechen, was das war. Der Großvater spuckte aus, schmiß den Kessel hin und ging sich die Hände waschen.

Und seit der Zeit beschwor uns Großvater, niemals dem Teufel zu glauben. »Kein Gedanke daran!« so sprach er häufig zu uns. »All was der Feind des Herrn Christi auch sagen möge, das lügt er alles, der Hundesohn! Nicht für eine Kopeke Wahrheit steckt in ihm drin!« Und wenn der Alte zu hören bekam, daß es an irgendeinem Orte nicht geheuer wäre: »Alsdann los, Kinder, fangt an, euch zu bekreuzigen!« schrie er uns zu. »Gebt es ihm, gebt es ihm! Nur wacker drauflos!« Und er hub an, das Kreuzzeichen zu schlagen. Den verfluchten Platz aber, wo er mit dem Tanz nicht zu Rande gekommen, den zäunte er mit einer Hecke ein und befahl, alles, was es an untauglichem Zeugs gäbe, dorthin zu schütten: den ganzen Kehricht und das Steppengras, das aus dem Melonenfeld ausgejätet wurde. Ja, so ist es, so kann eine unsaubere Kraft den Menschen verwirren! Gut kenne ich dies Stück Land: die Nachbarkosaken hatten es einige Zeit darauf von Großvater gepachtet, Melonen darauf zu ziehen. Eine reiche Erde! Und gab stets eine wunderbare Ernte; nur der verhexte Platz, da war nichts Gutes zu erwarten. Eingesät wurde auch er, wie es sich gehört; allein was dort wuchs, das war einfach nicht auszumachen: das war euch keine Arbuse, das war euch kein Kürbis, das war auch keine Gurke . . . der Teufel mag wissen, was das war!

MICHAIL LERMONTOW

EINE UNVOLLENDETE NOVELLE

I

Ein Musikabend bei der Gräfin W . . . Für die Ehre, an diesem aristokratischen Empfang teilnehmen zu dürfen, zahlten die ersten Künstler der Hauptstadt gern mit ihrer Kunst, man sah jedoch unter den Gästen auch einige Schriftsteller und Gelehrte, und außerdem waren zwei, drei Modeschönheiten da, einige junge Mädchen, einige betagte Damen und endlich ein Gardeoffizier. In der Tür, die zum zweiten Salon führte, und vor dem Kamin standen gegen zehn hausgebackene »Löwen«. Alles ging, wie es gehen mußte, und es war weder besonders langweilig noch besonders lustig.

Im gleichen Augenblick, als eine vor kurzem eingetroffene Sängerin gerade am Flügel ihre Noten öffnete, erhob sich eine junge Dame, unterdrückte ein Gähnen und begab sich in das Nebenzimmer, das zufällig leer war. Sie trug, vermutlich der Hoftrauer wegen, ein schwarzes Gewand. Auf ihrer Schulter funkelte ein brillantbesetztes Monogramm an einem blauen Bändchen. Sie war mittelgroß und schlank, ihre Bewegungen waren langsam und träge; das schwarze, lange und wundervolle Haar hob ihr junges, regelmäßig geformtes, wenn auch sehr bleiches Gesicht hervor, und wie durchgeistigt war der Ausdruck dieses Gesichtes.

»Guten Abend, Monsieur Lugin«, rief die Minskaja jemand zu. »Ich bin müde . . . Erzählen Sie irgendwas.« Bei diesen Worten ließ sie sich in einen tiefen Lehnstuhl, der neben dem Kamin stand, sinken. Jener, mit dem sie gesprochen, setzte sich ihr gegenüber, aber er entgegnete kein Wort. Nur die zwei waren im Zimmer, und Lugins kaltes Schweigen bewies aufs deutlichste, daß er nicht zu den Verehrern der Dame zählte.

»Wie langweilig!« meinte die Minskaja und gähnte von neuem. »Sie sehen, ich geniere mich vor Ihnen nicht«, fügte sie hinzu.

»Auch mich hat der Spleen gepackt!« entgegnete Lugin.

»Sie wollen wohl wieder nach Italien«, warf sie nach kurzem Schweigen hin, »nicht wahr?«

Lugin überhörte die Frage und fuhr, die Beine übereinandergeschlagen und die Augen starr auf die marmorweißen Schultern seines Visavis geheftet, gleichmütig fort:

»Stellen Sie sich nur vor, was für ein Unglück mir zugestoßen ist! Was kann es für einen Menschen, der, wie ich, sich der Malerei ergeben hat, Schlimmeres geben! Seit mehr als zwei Wochen bereits sehe ich alle Menschen gelb – und zwar nur die Menschen! Wenn ich alles so sähe, nun gut, dann wäre doch zum mindesten im allgemeinen Kolorit eine Harmonie da, und ich könnte annehmen, ich befände mich in einer Galerie, in der lauter Bilder aus der spanischen Schule hängen – aber nein! Alles andere ist genauso, wie es früher war, und einzig die Gesichter haben sich verändert, und manchmal kommt es mir fast so vor, als trügen die Leute an Stelle ihrer Köpfe Zitronen.«

Die Minskaja lächelte nur.

»Lassen Sie den Arzt kommen«, sagte sie.

»Dagegen hilft kein Arzt, das ist der Spleen!«

»Verlieben Sie sich!«

Und der Blick, der diesen Worten folgte, drückte etwas in der Art aus: Ich wäre nicht abgeneigt, ihn ein wenig zu quälen.

»In wen?«

»Sagen wir in mich!«

»Bewahre! Sogar mit mir zu kokettieren müßte Ihnen langweilig werden, und außerdem – offen gestanden: Es gibt keine Frau, die mich lieben könnte.«

»Und jene ... wie hieß sie doch gleich, die italienische Gräfin, die Ihnen von Neapel nach Mailand nachreiste?«

»Sehen Sie einmal«, entgegnete Lugin nachdenklich, »ich beurteile die anderen Menschen nach mir selber, und ich glaube, daß ich mich in dieser Hinsicht nicht täusche. Gewiß – es gab Fälle, wo ich in gewissen Frauen alle Kennzeichen der Leidenschaft erweckte, doch da ich nur zu genau weiß, daß ich all dies einzig meiner Kunst verdanke und meiner Fähigkeit, manche Saiten menschlicher Herzen zum Tönen zu bringen, so freut mich mein Glück keineswegs. Ich fragte mich selber: Kann ich mich in eine Häßliche verlieben? Und es stellte sich heraus, daß das nicht ging. Da ich selber häßlich bin, folgt daraus, daß keine Frau mich lieben kann. Das ist klar. Das Empfinden für Schönheit ist bei den Frauen noch stärker als bei uns ausgebildet, sie unterliegen dem ersten Eindruck viel häufiger als wir, und er bleibt bei ihnen viel länger haften. Und wenn es mir auch bisweilen gelang, in einigen das, was man Laune nennt, zu erwecken, so kostete es mich doch jedesmal unerhörte Mühen und Opfer; außerdem wußte ich ja, wie wenig ursprünglich jenes Gefühl war, das ich erregte; ich wußte, daß ich es nur mir zu verdanken hatte, und so kam es, daß ich mich niemals so weit vergessen konnte, voll und besinnungslos zu lieben, ja, so kam es, daß meiner Leidenschaft immer ein wenig Bosheit beigemengt war... Das ist sehr traurig, aber so ist es nun einmal!«

»Unsinn!« meinte die Minskaja, innerlich jedoch mußte sie ihm, nachdem ihr flüchtiger Blick ihn daraufhin gemustert hatte, unwillkürlich recht geben.

Denn in der Tat hatte Lugins Äußeres nichts Anziehendes. Abgesehen von seinen Augen, deren seltsamer Ausdruck Feuer und Geist zeigte, war in seiner ganzen Erscheinung nichts von alledem, was den Menschen der Gesellschaft angenehm macht: er war plump und schwerfällig gebaut, seine Sprache war schneidend und abgehackt, und die kranken und spärlichen Haare sowie die fleckige Gesichtsfarbe – beides Kennzeichen eines alten geheimen Leidens – ließen ihn viel älter aussehen, als er in Wirklichkeit war. Drei Jahre lang suchte er in Italien Heilung von seiner Hypochondrie, und gelang es ihm auch nicht, sie ganz zu beseitigen, so fand er doch zumindest ein Mittel, sich nutzbringend zu zerstreuen, und zwar ergriff ihn eine Leidenschaft zur Malerei. Seine bisher durch die Forderungen des Dienstes zurückgedrängte angeborene Begabung konnte sich unter dem lebenerzeugenden Himmel des Südens und beim Anblick all der wunderbaren Denkmäler der alten Meister in aller Breite und Ungebundenheit entfalten. Und als er heimkehrte, war er ein echter Künstler geworden, wenn er auch nur seinen Freunden das Vorrecht zugestand, sich an den Werken seines schönen Talentes zu erfreuen. Seine Bilder atmeten eine unklare, aber schwermütige Stimmung, sie trugen den Stempel jener bitteren Poesie, die unser ärmliches Jahrhundert gelegentlich aus den Herzen seiner ersten Propheten preßte.

Bereits seit zwei Monaten weilte Lugin in Petersburg. Da er unabhängig war und nur wenige Verwandte, dafür jedoch mehrere alte Bekannte in den Kreisen der besten Gesellschaft der Hauptstadt besaß, beschloß er, den Winter hier zu verbringen. Die Minskaja besuchte er häufig: ihre Schönheit, ihr Verstand und ihre eigenartige Auffassung von allen Dingen mußten auf einen Menschen von Geist und Phantasie starken Eindruck machen; von Liebe war niemals zwischen beiden die Rede gewesen.

Das Gespräch brach hier eine Weile ab, und es war, als lauschten sie der Musik. Die ausländische Sängerin sang Schuberts Musik zur Goetheschen Ballade vom »Erlkönig«. Sie war zu Ende, und Lugin stand auf.

»Wohin?« fragte die Minskaja.

»Leben Sie wohl.«

»Es ist noch früh.«

Er nahm wieder Platz.

»Wissen Sie auch«, sagte er mit einem gewissen Ernst, »daß ich verrückt werde?«

»Wahrhaftig?«

»Ohne Scherz. Ich darf es Ihnen sagen, denn Sie werden nicht über mich lachen. Es ist schon einige Tage her, daß ich immer eine Stimme höre: vom frühen Morgen bis zum späten Abend flüstert jemand in mein Ohr, und was glauben Sie wohl, was es ist? – Eine Adresse. Soeben zum Beispiel wieder: Tischlergasse an der Kokuschkin-Brücke, Haus des Titularrates Stoß, Wohnung Numero siebenundzwanzig – und es flüstert so flink und so schnell, als hätte es Eile ... Unerträglich!«

Er wurde blaß, doch die Minskaja bemerkte es nicht.

»Und Sie haben den nie gesehen, der in Ihr Ohr flüstert?« fragte sie zerstreut.

»Nein; die Stimme ist ein heller und klarer Diskant.«

»Und seit wann geht das so?«

»Offen gestanden ... ich kann es nicht sagen ... ich weiß es nicht ... Ist das nicht merkwürdig?« erwiderte er und lächelte gezwungen.

»Aber dann steigt Ihnen jedenfalls das Blut zu Kopf, und es saust in den Ohren?«

»Nichts dergleichen! Sagen Sie mir, wie ich es loswerden könnte?«

»Das beste Mittel«, meinte nach einem kurzen Nachdenken die Minskaja, »Sie gehen zur Kokuschkin-Brücke und suchen die Wohnung auf, und da in ihr sicherlich bereits irgendein Schuster oder Uhrmacher lebt, so geben Sie ihm anstandshalber einen Auftrag und gehen nach Hause und legen sich zu Bett, denn wahrhaftig ... Sie sind in der Tat krank ...«, fügte sie hinzu und musterte aufmerksam sein erregtes Gesicht.

»Sie haben recht«, entgegnete Lugin finster, »ich werde auf jeden Fall hingehen.« Er stand auf, nahm seinen Hut und ging.

Erstaunt sah sie ihm nach.

II

Grauer Novembermorgen lag über Petersburg. Nasser Schnee fiel in großen Flocken, schmutzig und dunkel waren die Häuser anzuschauen und grün die Gesichter der Menschen auf den Straßen; die Kutscher kauerten sich unter das ins Rötliche spielende Schutzleder auf ihren Schlitten, das zottige Fell der armen Klepper ringelte sich, naß geworden, fast wie ein Hammelpelzchen; und dazu der Nebel, der den entfernteren Gegenständen eine eigentümlich graue, ins Lila verschwimmende Farbe gab. Nur hie und da schlurften die Gummischuhe eines Beamten über den Gehsteig, und nur gelegentlich drang Lärm und Lachen aus einer der in den Kellergewölben befindlichen Bierkneipen, wenn gerade ein betrunkener Bursche in grünem Friesmantel und Wachstuchmütze von dort an die Luft gesetzt wurde. Freilich konnte man Auftritte dieser Art nur in den abgelegenen Stadtteilen wahrnehmen wie zum Beispiel an der Kokuschkin-Brücke. Und über diese Brücke schritt soeben ein Herr mittleren Wuchses, der weder zu hager noch zu dick noch zu schlank war, dafür jedoch breitschultrig; er trug einen guten Paletot und war überhaupt geschmackvoll angezogen. Seine Lackstiefel boten, vom Schnee und Kot beschmutzt, ein trauriges Bild, doch er schien das gar nicht zu beachten. Die Hände in den Taschen, den Kopf gesenkt, ging er seines Weges, indes war sein Schritt dabei so ungleich, als fürchte er sich, das Ziel seiner Wanderung zu erreichen, oder aber, als habe er gar kein Ziel. Auf der Brücke machte er halt, hob den Kopf und schaute sich um. Es war Lugin. Sein übermüdetes Gesicht zeigte deutliche Spuren geistiger Erschlaffung, und geheime Unruhe flackerte in seinem Blick. »Wo ist hier die Tischlergasse?« fragte er zögernd einen Droschkenkutscher, der in diesem Augenblick, bis an den Hals in die zottige, pelzbedeckte Schutzdecke gewickelt und einen Gassenhauer vor sich hin pfeifend, im Schritt an ihm vorüberfuhr. Aber der Kutscher sah ihn stumm an, knallte seinem Pferdchen eins mit dem Peitschenende über und fuhr vorbei.

Das machte ihn stutzig. Wie wenn es nun überhaupt keine Tischlergasse gab? Er verließ die Brücke und richtete die gleiche Frage an einen Knaben, der mit einer Schnapsflasche über die Straße lief.

»Tischlergasse?« meinte der Knabe. »Da gehn Sie die kleine Bürgerstraße entlang und dann gleich nach rechts, die erste Querstraße ist die Tischlergasse.«

Lugin beruhigte sich. Als er zur Ecke kam, bog er nach rechts und sah eine kleine und schmutzige Querstraße vor sich, in der auf jeder Seite höchstens zehn ansehnlichere Häuser stehen mochten. Er pochte an die Tür des ersten Kramladens und fragte, als der Besitzer herauskam: »Welches ist hier das Haus von Stoß?«

»Stoß? Kenn ich nicht, Herr, so eins gibt's hier nicht; das nebenan ist das Haus vom Kaufmann Blinnikow, und dort weiter ist . . .«

»Was soll mir das? Ich suche das von Stoß . . .«

»Kenn ich nicht . . . Haus von Stoß«, meinte der Ladenbesitzer, kratzte sich den Hinterkopf und warf dann hin: »Nein, nie gehört!«

Lugin machte sich nun daran, die Aufschriften an den Häusern zu lesen, denn eine innere Stimme sagte ihm, er werde das Haus auf den ersten Blick erkennen, ob er es auch nie zuvor gesehen. So gelangte er fast bis zum Ende der kleinen Quergasse, und noch hatte keine Aufschrift seine Phantasie auch nur ein wenig berührt, da blickte er zufällig auf die gegenüberliegende Straßenseite und bemerkte dort über einem Tor eine Blechtafel ohne Inschrift; er eilte über die Straße, doch wie genau er sie auch betrachtete, es war dort nicht einmal die leiseste Spur einer durch die Zeit verlöschten Schrift wahrnehmbar — denn die Tafel war neu. Vor dem Tor fegte der Hausmeister in seinem langschößigen, verschossenen Kaftan den Schnee weg; sein Bart war grau und schon seit langer Zeit nicht mehr gestutzt, er war ohne Mütze und hatte sich eine schmutzige Schürze vorgebunden.

»He, Hausmeister!« rief Lugin.

Der Hausmeister brummte etwas durch die Zähne.

»Wessen Haus?«

»Verkauft!« entgegnete der Hausmeister grob.

»Und wem gehörte es?«

»Wem? — Kifejkin, dem Kaufmann.«

»Unmöglich! Es muß Stoß gehört haben!« Lugin rief es unwillkürlich.

»Nein! Vorher gehörte es Kifejkin und erst jetzt Stoß«, antwortete der Hausmeister und hielt noch immer den Kopf gesenkt.

Lugin spürte eine Schwäche in den Armen.

Sein Herz pochte, als fühle es ein Unglück heranziehen. War es notwendig, weiterzuforschen? Wäre es nicht besser, einzuhalten? Wer noch nie in eine solche Lage geriet, wird ihn schwerlich verstehen. Neugierde, sagt man, brachte das Verderben über die Menschheit; doch auch heute noch ist sie unsere erste, unsere stärkste Leidenschaft, und zwar in so hohem Maße, daß man alle anderen Leidenschaften aus ihr herleiten kann. Und Augenblicke gibt es, in denen die Rätselhaftigkeit eines Gegenstandes der Neugierde eine ungewöhnliche Macht verleiht: ihr untertänig, gleichen wir dann dem Steine, den eine starke Hand den Berg hinabschleudert; nichts kann uns mehr aufhalten, sehen wir auch bereits den Abgrund, der uns verschlingt.

Und lange stand Lugin stumm vor dem Tor; endlich jedoch richtete er an den Hausmeister die Frage:

»Wohnt der neue Hausbesitzer hier?«

»Nein.«

»Sondern?«

»Weiß der Teufel!«

»Bist du schon lange hier Hausmeister?«

»Schon lange.«

»Und wohnt überhaupt jemand im Hause?«

»Freilich.«

»Sag mal bitte«, sagte Lugin nach einem kurzen Stillschweigen und drückte dem Hausmeister einen Rubel in die Hand, »wer wohnt in Numero siebenundzwanzig?«

Der Hausmeister lehnte den Besen an die Wand, steckte den Rubel ein und sah Lugin aufmerksam an.

»In Numero siebenundzwanzig? — Wer soll da wohl wohnen! Steht schon seit Gott weiß wie vielen Jahren leer.«

»Ist die Wohnung nie vermietet worden?«

»Freilich, Herr, freilich ist sie vermietet worden!«

»Wieso sagst du dann, daß niemand drin wohnt . . .«

»Weiß Gott warum! Aber niemand wohnt drin. Meist wird sie für ein Jahr vermietet, doch es zieht niemand ein.«

»So, und wer war denn der letzte?«

»Ein Oberst von den Ingenieuren war es, glaub ich.«

»Und warum wohnte der nicht in ihr?«

»Er zog sogar ein . . . aber gleich darauf kam er und sagte, daß er nach Wjatka versetzt worden sei — so stand sie denn leer.«

»Und vor dem Oberst?«

»Da hatte sie ein Baron, ein Deutscher, gemietet, doch der zog gar nicht erst ein: er sei gestorben, hieß es.«

»Und vor dem Baron?«

»Ein Kaufmann für seine . . . hm! Und bald danach war auch sein ganzes Geld weg, und uns blieb die Anzahlung . . .«

Seltsam! dachte Lugin.

»Und kann man die Wohnung sehen?«

Zum zweitenmal sah ihn der Hausmeister aufmerksam an.

»Sehen? Ja, freilich!« entgegnete er und trottete, um die Schlüssel herbeizuholen.

Kurz darauf war er wieder da und führte Lugin über eine breite, aber unsaubere Treppe ins erste Geschoß. Der Schlüssel kreischte im verrosteten Schloß, und die Tür flog auf: feuchte Luft wehte ihnen entgegen. Sie traten ein. Die Wohnung bestand aus vier Zimmern und einer Küche. An den Wänden, die mit Tapeten bespannt waren, welche auf grünem Fond rote Papageien und goldene Leiern zeigten, standen in guter Ordnung die verstaubten altmodischen und vormals goldlackierten Möbelstücke; die Kachelöfen waren hie und da gesprungen, der Fußboden aus Fichtenholz mit seinem Parkettmuster krachte an einzelnen Stellen recht bedenklich, zwischen den Fenstern hingen ovale Spiegel in Rokokorahmen — mit einem Wort, das Äußere der Zimmer war ein wenig sonderbar und völlig unzeitgemäß. Und doch gefiel es Lugin — wußte er auch nicht warum.

»Ich miete die Wohnung«, sagte er. »Die Fenster müssen geputzt und die Möbel gereinigt werden ... schau nur, wie viele Spinngewebe ... und es muß ordentlich durchgeheizt werden.«

In diesem Augenblick bemerkte er an der Wand des letzten Zimmers ein Porträt, ein Brustbild, das einen Mann von etwa vierzig Jahren in einem Schlafrock aus Buchara darstellte: seine Züge waren regelmäßig und die Augen grau und groß, in der rechten Hand hielt er eine ungewöhnlich umfangreiche Tabatiere, und an seinen Fingern blitzten viele Ringe. Es machte den Eindruck, als habe eine zaghafte und noch schülerhafte Hand dieses Porträt gemalt, denn Kleidung, Haare, Hand, Ringe — wie stümperhaft war das alles! Dafür jedoch atmete aus dem Gesichtsausdruck, und zumal aus dem Schnitt der Lippen, ein so unheimliches Leben, daß es fast unmöglich schien, die Augen abzuwenden; da war in der Mundlinie irgendwo eine kaum wahrnehmbare Biegung, der Kunst sonst unerreichbar und, versteht sich, nur unabsichtlich hingezeichnet, die das Gesicht abwechselnd spöttisch und traurig erscheinen ließ, boshaft und liebenswürdig. Ist Ihnen das nie passiert, daß Sie auf dem befrorenen Fensterglase oder in dem zackigen Schatten, den irgendein Gegenstand zufällig an die Wand wirft, das Profil eines menschlichen Antlitzes zu erkennen glaubten, ein Profil vielleicht von unsagbarer Schönheit, unbeschreiblich abstoßend vielleicht? Versuchen Sie, es nachzuzeichnen — es wird Ihnen nicht gelingen; versuchen Sie, die Silhouette, die einen so starken Eindruck auf Sie machte, mit dem Bleistift auf der Wand festzuhalten — und Ihre Begeisterung wird sogleich hin sein. Niemals kann menschliche Hand diese Linien bewußt hervorrufen; die geringste mathematische Abweichung — unwiederbringlich ist der frühere Ausdruck verloren. Doch das auf dem Porträt wiedergegebene Antlitz — in ihm war eben jenes *Unerklärliche*, das zu schaffen nur dem Genius oder dem Zufall möglich ist.

Sonderbar — erst in der Sekunde erblickte ich das Porträt, als ich meinen Entschluß äußerte, die Wohnung zu nehmen! dachte Lugin.

Er setzte sich in einen Lehnstuhl, stützte den Kopf auf die Hand und dachte nach.

Der Hausmeister stand lange vor ihm und schwang seine Schlüssel.

»Nun, Herr?« fragte er endlich.

»Ja?«

»Nun, und wie? Wollen Sie mieten, so bitte ich ums Handgeld.«

Sie vereinbarten den Preis. Lugin machte eine Anzahlung und ordnete an, daß all seine Sachen sofort hergeschafft würden, selber blieb er jedoch vor dem Porträt sitzen, bis die Dämmerung hereinbrach. Bereits um neun Uhr abends waren die allernötigsten Gegenstände aus dem Gasthause, in dem Lugin bis dahin gewohnt hatte, in der neuen Wohnung.

Unsinn! Man kann hier vortrefflich leben! dachte Lugin. Offenbar war es meinen Vorgängern nicht beschieden, hier einzuziehen, und das ist allerdings sonderbar! Ich jedoch habe das Ding anders angepackt und bin umgezogen, ohne erst lange zu zögern! – Und nun? – Alles in Ordnung.

Es wurde Mitternacht, ehe er und sein alter Kammerdiener Nikita alles umgeräumt hatten ... und es muß hinzugefügt werden, daß er zu seinem Schlafraum jenes Gemach bestimmte, in dem das Porträt hing.

Bevor er sich schlafen legte, trat er mit der Kerze an das Bild heran, um es noch einmal auf das genaueste zu betrachten, und da fiel ihm unten, wo sonst der Name des Künstlers steht, ein Wort auf, in roten Lettern hingemalt: *Mittwoch*.

»Welchen Tag haben wir heute?« fragte er Nikita.

»Montag, gnädiger Herr ...«

»Übermorgen ist also Mittwoch«, meinte Lugin zerstreut ...

»Zu Befehl.«

Und weiß Gott, warum Lugin sich über diese Antwort ärgerte.

»Marsch, hinaus!« schrie er und stampfte mit dem Fuß.

Der alte Nikita schüttelte den Kopf und verließ das Zimmer. Gleich darauf begab sich Lugin zu Bett und schlief sofort ein. In den Morgenstunden des nächsten Tages kam der Rest seiner Sachen, darunter einige begonnene Gemälde.

III

Unter den unvollendeten Bildern, meistenteils kleinen Formates, befand sich eines, das bemerkenswert groß war. Die Skizze eines Frauenköpfchens inmitten der Leinwand, die allerdings im großen und ganzen von Kohle und Kreide verschmiert und mit grüner und bräunlicher Farbe grundiert war, hätte zwar die Aufmerksamkeit jedes Kenners auf sich lenken können, doch lag trotz des Zaubers der Zeichnung und der Lebendigkeit des Kolorits dennoch in der Unsicherheit des Ausdrucks der Augen und ihres Lächelns eher etwas Abstoßendes. Man sah, daß Lugin das Köpfchen bereits mehrfach umgezeichnet hatte und immer noch nicht recht zufrieden war, denn es kehrte, wenn auch von der braunen Farbe verwischt, in allen Ecken der Leinwand wieder – und man sah ferner, daß es kein Porträt war. Vielleicht versuchte er, wie die jungen Dichter es tun, wenn sie ihre märchenhaften Schönen besingen, auf dieser Leinwand sein Ideal zu gestalten – eine Frau, die ein Engel war –, eine bizarre Laune, die man bei einem sehr jungen Menschen verständlich finden kann, die man aber bei Männern, die ein wenig das Leben gesehen haben, nur selten antrifft. Freilich gibt es auch Menschen, deren Herz von den Erfahrungen ihres Verstandes nicht berührt wird, und eines dieser kläglichen und dichterischen Geschöpfe war unser Lugin. Der geschickteste Betrüger, die geübteste Kokotte hätten ihn nur mit großer Mühe übertölpeln können, selber jedoch belog er sich täglich mit der Einfalt eines Kindes. Und seit einiger Zeit verfolgte ihn eine fixe Idee, die um so quälender und unerträglicher für ihn wurde, als sie seine Eitelkeit in hohem Maße zu leiden zwang. Er war in der Tat nichts weniger als schön, obgleich nichts Widerwärtiges an ihm war und obwohl alle, die seinen Verstand, seine Begabung und sein gutes Herz kannten, sogar behaupteten, daß sein Gesichtsausdruck recht angenehm sei. Er indes war fest davon überzeugt, daß der Grad seiner Häßlichkeit jede Möglichkeit, geliebt zu werden, ausschlösse, und er begann, die Frauen für seine geschworenen Feinde zu halten, und glaubte, in gelegentlichen Liebenswürdigkeiten tiefere Ursachen suchen zu müssen, ja, er ging sogar so weit, offenbaren Gunstbezeugungen zynische und nur zu handgreifliche Gründe unterzuschieben.

Ich will nicht untersuchen, inwieweit er recht hatte; es handelt sich hier darum, daß nur eine derartige Gemütsverfassung die ziemlich phantastische Liebe zu einem ätherischen Ideal zu entschuldigen vermag – jene Liebe, die für einen Menschen mit Phantasie vielleicht die allerunschuldigste, zweifellos aber die allergefährlichste ist.

An diesem Tage – es war ein Dienstag – fiel nichts Besonderes mit Lugin vor: er saß zu Hause, obwohl er eine Verabredung in der Stadt hatte. Eine unbegreifliche Trägheit ergriff Besitz von ihm: er wollte zeichnen – aber der Pinsel fiel ihm aus der Hand; er versuchte zu lesen – sein Auge glitt über die Zeilen und las etwas völlig anderes als das, was dort zu lesen stand; heiß und kalt wurde ihm, sein Kopf tat weh, und es sauste in seinen Ohren. Es dämmerte, allein er befahl nicht, die Kerzen anzuzünden, er setzte sich ans Fenster, das auf den Hof ging; draußen war es dunkel, und in den Fenstern seiner ärmlichen Nachbarn war nur wenig Licht. Lange saß er so da; plötzlich erklang vom Hofe Leierkastenmusik, es war irgendein veralteter deutscher Walzer. Lugin konnte sich an ihm nicht satt hören, und eine grenzenlose Schwermut überkam ihn. Von einer eigentümlichen Unruhe beherrscht, ging er im Zimmer auf und ab, er wußte nicht, ob er weinen oder lachen sollte ... und da lag er auch schon auf dem Bett und weinte: denn wie deutlich stieg sein gelebtes Leben vor ihm auf! Er dachte daran, wie oft er betrogen worden und wie oft er gerade denen, die er liebte, Böses getan, und er erinnerte sich, wie oft eine arge Freude sein Herz überflutet hatte, wenn er Tränen sah, Tränen, die er den Augen, die nun auf immer geschlossen waren, entlockt hatte. Und schaudernd erkannte er und schaudernd mußte er es sich gestehen, daß er unwürdig sei, aufrichtig und grenzenlos geliebt zu werden – und wie weh wurde ihm zumute, wie bitter!

Gegen Mitternacht beruhigte er sich wieder, er zündete ein Licht an, setzte sich an den Tisch, nahm ein Blatt Papier und begann etwas zu zeichnen. Alles ringsum war so still. Die Kerze brannte hell und gleichmäßig. Er zeichnete den Kopf eines alten Mannes, und als er damit fertig war, entdeckte er überrascht, daß dieser Kopf irgend jemand, den er kannte, ähnlich sah. Zufällig streifte sein Blick das Porträt, das ihm gegenüber hing – die Ähnlichkeit war überwältigend; unwillkürlich fuhr er zusammen und drehte sich um: ihm war, als habe er die Tür, die zum Salon führte, gehen horen, er konnte den Blick von der Tür nicht losreißen. »Wer ist dort?« rief er laut.

Hinter der Tür wurde ein Geräusch hörbar, als schlurften Pantoffeln, Kalk bröckelte vom Ofen auf den Fußboden. »Wer ist dort?« wiederholte er leiser.

In diesem Augenblick öffneten sich still und geräuschlos die beiden Türhälften, ein kalter Hauch drang ins Zimmer, immer weiter öffnete sich die Tür von selbst, aber im Salon blieb es dunkel wie in einem Keller.

Als die Tür endlich ganz offen war, erschien in ihrem Rahmen eine Gestalt, die einen gestreiften Schlafrock und Pantoffeln trug; es war ein etwas gebeugter Greis mit grauen Haaren; langsam und mit hüpfenden Schritten bewegte er sich vorwärts, sein bleiches und längliches Gesicht war regungslos, und die Lippen waren fest aufeinandergepreßt; seine von wimpernlosen roten Lidern eingefaßten grauen und trüben Augen schauten geradeaus und scheinbar ohne Richtung. Er setzte sich Lugin gegenüber an den Tisch und zog aus seiner Brusttasche zwei Spiele Karten; das eine legte er vor Lugin hin, das andere vor sich selber, und dann erst lächelte er.

»Was wünschen Sie?« fragte Lugin mit dem Mut der Verzweiflung. Seine Fäuste ballten sich krampfhaft in dem Wunsche, den schweren Leuchter auf den ungebetenen Gast zu schleudern.

Unter dem Schlafrock seufzte es.

»Das ist unerträglich!« rief Lugin, und seine Stimme brach fast. Seine Gedanken verwirrten sich.

Der Alte geriet auf seinem Stuhl in Bewegung; seine Gestalt veränderte sich mit jedem Augenblick; bald wuchs er, bald ging er in die Breite, und bald wieder sank er völlig in sich zusammen, schließlich jedoch nahm er sein früheres Aussehen an.

Schon gut, dachte Lugin, wenn das eine Erscheinung ist — ich lasse mich nicht unterkriegen.

»Wenn es Ihnen gefällig ist, so halte ich die Bank?« sagte der Alte.

Lugin ergriff das vor ihm liegende Spiel Karten und entgegnete beinahe spöttisch:

»Und um was wollen wir denn spielen? Ich mache Sie darauf aufmerksam, daß ich nicht gesonnen bin, meine Seele aufs Spiel zu setzen!« Durch diese Worte hoffte er, das Gespenst stutzig zu machen. »Wenn Sie jedoch wollen«, fuhr er fort, »setze ich ein Goldstück; ich kann allerdings kaum annehmen, daß solche in Ihrer luftigen Bank vorhanden sind.«

Jedoch der Scherz rührte den Alten wenig.

»In meiner Bank ist das da!« entgegnete er und streckte die Hand aus.

»Das?« fragte Lugin und erschrak und schaute nach links. »Was ist das?«

Neben ihm wogte etwas Weißes, Durchsichtiges, aber Ungreifbares. Abscheu stieß ihn zurück.

»Ziehen Sie ab!« sagte er dann, nachdem er sich ein wenig beruhigt hatte, nahm ein Goldstück aus seiner Tasche und legte es auf eine Karte. »Los, Höllenspuk!«

Der Alte verneigte sich, mischte, hob ab, und das Spiel begann. Lugin hatte auf Karo-Sieben gesetzt und verlor sofort. Der Alte streckte die Hand aus und ergriff das Goldstück.

»Noch eine Taille!« rief Lugin ärgerlich.

Jener schüttelte den Kopf.

»Was soll das heißen?«

»Am Mittwoch«, entgegnete der Greis.

»Ah, also am Mittwoch!« schrie Lugin zornig. »Und wenn ich nun nicht will? Ich will nicht am Mittwoch! Morgen oder nie! Verstanden?«

Die Augen des seltsamen Gastes flackerten durchdringend, und wieder kam Unruhe in seine Gestalt.

»Schon recht!« sagte er endlich, stand auf, verneigte sich und schritt hüpfend hinaus. Lautlos schloß sich die Türe hinter ihm, wieder schlurften die Pantoffeln durchs Nebenzimmer, und nach und nach wurde es still. Die Pulse in Lugins Kopf hämmerten, ein sonderbares Gefühl bewegte ätzend seine Seele. Daß er verloren hatte, ärgerte und kränkte ihn. »Immerhin, es ist ihm nicht gelungen, mich kleinzukriegen!« sagte er und versuchte sich damit zu trösten. »Ich habe seinen Eigensinn gebrochen! Am Mittwoch. Jawohl! Er glaubt gar, ich bin verrückt. Gut, sehr gut! Ich werd ihn schon noch packen! Und wie er dem Porträt ähnlich sieht! — Einfach schauderhaft ähnlich! — Ah, und jetzt begreife ich auch . . . !«

Im Sessel sitzend, schlief er ein. Am Morgen des folgenden Tages erwähnte er den Vorfall mit keiner Silbe, doch blieb er den ganzen Tag zu Hause und wartete mit fieberhafter Ungeduld, daß es Abend werde. — Ich habe nicht recht hingeschaut, was das war, was er in seiner Bank hatte! dachte er. Zweifellos war es etwas Ungewöhnliches! — Als die Mitternacht näherrückte, stand er auf, begab sich ins Nebenzimmer, sperrte die Tür, die zum Vorzimmer führte, ab und kehrte danach wieder auf seinen alten Platz zurück. Er brauchte nicht lange zu warten; aufs neue kam das gestrige Geräusch, genauso schlurften die Pantoffeln, der Alte hüstelte, und wieder erschien im Rahmen der Tür seine tote Gestalt. Und eine zweite Gestalt folgte ihm, aber sie war so schattenhaft, daß es Lugin unmöglich erschien, ihre Umrisse wahrzunehmen. Und ganz wie gestern nahm der Alte auch heute Platz, legte zwei Kartenspiele auf den Tisch, hob ab, traf seine Anstalten abzuziehen, und es war, als erwarte er keinen Widerstand mehr von Lugin; im Blick seiner Augen blitzte eine ungewöhnliche Sicherheit, als lese er in der Zukunft.

Lugin, der bereits völlig unter dem magnetischen Einfluß der grauen Augen stand, hatte schon seine zwei Goldstücke auf den Tisch geworfen, plötzlich jedoch kam er zur Vernunft.

»Einen Augenblick!« sagte er und deckte die Hand über seine Karten.

Der Alte saß regungslos.

»Was wollte ich doch sagen? – Einen Augenblick! – Ja!«

Lugin war verwirrt.

Endlich gelang es ihm, sich zu sammeln, und langsam fuhr er fort:

»Gut ... ich bin bereit, mit Ihnen zu spielen ... ich nehme die Herausforderung an, ich fürchte mich nicht ... doch eine Bedingung: Ich muß wissen, mit wem ich spiele. Wie heißen Sie?«

Der Alte lächelte nur.

»Sonst spiele ich nicht. Bloß ...«, fuhr Lugin fort, doch zog unterdessen seine bebende Hand bereits die Karte.

»Bloß ...?« fragte der Unbekannte und lächelte spöttisch.

»Stoß? – Das ist ...« Lugins Arme gaben nach, so sehr packte ihn das Entsetzen.

Aber in diesem Augenblick spürte er einen frischen und aromatischen Hauch in seiner Nähe, ein leisestes Geräusch, einen unwillkürlichen Seufzer und eine leichte und dennoch verzehrende Berührung. Ein seltsam süßes und doch so krankes Vibrieren flutete durch seine Adern; er wandte den Kopf, es war nur eine Sekunde, denn im Nu flog sein Blick wieder zu den Karten, dieser Augenblick indes hätte genügt, ihn zu veranlassen, seine Seele zu verspielen. Denn was er gesehen, war eine wunderbare, eine fast himmlische Erscheinung: über seine Schulter gebeugt, schimmerte ein Frauenköpfchen, ihre Lippen flehten, unsagbare Trauer lag in ihren Augen, und wie der Morgenstern strahlend über dem verschleierten Osten aufgeht, so strahlend hob sie sich von den dunklen Wänden des Zimmers ab. Niemals zuvor hatte das Leben etwas so luftig Überirdisches hervorgebracht, noch niemals der Tod so viel flammendes Leben aus der Welt gerissen; dies war kein irdisches Wesen, denn hier traten Farben und Strahlen an Stelle der Umrisse und des Körpers, ein warmer Hauch war das Blut, und der Gedanke ersetzte den Trieb – und doch war es auch kein leerer und lügnerischer Schatten, denn in den kaum faßbaren Zügen atmete brennende und verlangende Leidenschaft, atmeten Wunsch und Traurigkeit, Liebe, Furcht und Hoffnung; es war eine jener märchenhaften Schönheiten, die nur die jugendliche Phantasie erschaffen kann und vor denen wir, erregt von glühenden Träumen, anbetend knien, um die wir weinen und beten und uns freuen, weiß Gott warum – eines jener himmlischen Geschöpfe, entsprungen der jugendlichen Seele, wenn diese im Übermaß ihrer Kräfte sich ein neues Sein schafft, besser und vollkommener als jenes, an das sie gefesselt ist.

Konnte sich Lugin auch nicht erklären, was mit ihm geschah, so entschloß er sich doch in diesem Augenblick zu spielen, und zwar so lange zu spielen, bis er gewönne; dies wurde jetzt das Ziel seines Lebens, und er war darüber glücklich.

Der Alte zog ab: Lugins Karte hatte verloren. Die welke Hand strich die zwei Goldstücke vom Tisch.

»Auf morgen!« rief Lugin.

Der Alte seufzte schwer, aber er nickte zum Zeichen des Einverständnisses und ging dann fort wie gestern.

Nacht für Nacht wiederholte sich dieser Auftritt, einen Monat lang. Jede Nacht verlor Lugin, doch es ging ihm nicht um das Geld: er war davon überzeugt, daß einmal eine Karte auch für ihn fallen würde, und darum verdoppelte er beständig seine Einsätze. Zwar hatte er bereits ungeheuerlich verloren, dafür jedoch kam jede Nacht die Sekunde, da er den Blick sah und das Lächeln, für die er alles auf Erden gern hingegeben hätte. Er magerte entsetzlich ab und war ganz gelb geworden. Tagelang saß er zu Hause, ließ keinen Menschen in sein Zimmer, und häufig aß er nicht einmal zu Mittag. Er wartete auf den Abend, wartete auf ihn, wie ein Liebhaber die Stunde des Wiedersehens erwartet, und jeden Abend kam seine Belohnung, jeden Abend wurde der Blick zärtlicher und das Lächeln lieblicher. Denn sie – ich weiß nicht, wie ich sie nennen soll –, denn es schien, als nehme sie einen fieberhaften Anteil an dem Spiel, es war, als warte sie voller Ungeduld auf die Minute, die ihr endlich Befreiung vom Joch des unerträglichen Alten bringen sollte, und noch jedesmal, wenn Lugins Karte geschlagen war, sah sie ihn mit einem traurigen Blick ihrer leidenschaftlichen und tiefen Augen an, ganz so, als wolle sie sagen: Nur Mut, nicht verzagt, hab Geduld; ich werde dein sein, koste es auch, was es wolle; denn ich liebe dich! – und ein Schatten grausamer und stummer Qual verdüsterte ihre vergleitenden Züge. Und noch jedesmal, wenn sie schieden, erbebte Lugins Herz krampfhaft vor Verzweiflung und rasender Wut. Er mußte, um nur das Spiel fortsetzen zu können, bereits damit beginnen, seine Habseligkeiten zu veräußern, und schon sah er den Augenblick näher rücken, da ihm nichts mehr blieb, was er noch auf die Karte setzen könnte. Es wurde notwendig, einen Entschluß zu fassen. Und er entschloß sich ...

IWAN TURGENJEW

FAUST

Eine Erzählung in neun Briefen

Erster Brief

Von Pawel Alexandrowitsch B ... an Semjon Nikolajewitsch W ...

Landgut M ... skoje, den 6. Juni 1850

Den vierten Tag bin ich hier, lieber Freund, und schon greife ich, wie versprochen, zur Schreibfeder und schreibe Dir. Seit dem Morgen nieselt feiner Regen: Ausgehen ist unmöglich, und überdies möchte ich ja auch mit Dir plaudern. Da bin ich also aufs neue in meinem alten Nest, in dem ich – schrecklich, es auszusprechen – ganze neun Jahre nicht gewesen bin. Wahrhaftig, wenn man überlegt, ich bin derweilen wirklich ein anderer Mensch geworden. Ja, in der Tat ein anderer: Erinnerst Du Dich an den kleinen dunklen Spiegel meiner Urgroßmutter im Salon mit den sonderbaren Schnörkelspiralen in den Ecken – Du pflegtest häufig darüber nachzusinnen, was er wohl hundert Jahre zuvor alles gesehen haben möge –, kaum daß ich angelangt, trat ich also davor und wurde unwillkürlich verwirrt. Ich gewahrte plötzlich, wie sehr ich gealtert bin und mich in der letzten Zeit verändert habe. Im übrigen bin nicht nur ich älter geworden. Mein Häuschen, schon lange altersschwach, hält sich kaum mehr, es steht ganz windschief und ist geradezu in die Erde gesunken. Meine gute Wassiljewna, die Beschließerin (Du hast sie bestimmt nicht vergessen: sie hat Dich immer mit so wunderbarem Eingemachtem verwöhnt), ist richtig eingetrocknet und bucklig geworden; als sie mich erblickte, vermochte sie nicht einmal mehr aufzuschreien oder zu weinen, sie ächzte nur und hustete, dann setzte sie sich ganz erschöpft auf einen Stuhl und fuchtelte mit den Armen. Der alte Terentij versieht noch ganz tapfer seinen Dienst, er hält sich nach wie vor grade und setzt beim Gehen die Füße auswärts; er trägt immer noch dieselben gelben Nankinghosen und geht immer noch in denselben knarrenden Bockslederstiefeln mit dem hohen Blatt und den Bänderchen, die Dich manches Mal so in Rührung versetzt haben, aber – mein Gott! – wie baumeln jetzt diese Beinkleider um seine mageren Beine! Wie weiß ist sein Haar geworden! Und sein Gesicht ist fast zu Faustgröße verschrumpelt; doch als er dann mit mir zu sprechen und im Nebenzimmer Anordnungen und Befehle zu erteilen begann, da wurde es mir recht lächerlich und mitleidig zumute. Er hat seine Zähne verloren, und nun zischelt es mit Pfeif- und Lispelgeräuschen. Der Garten dagegen ist viel schöner geworden: die bescheidenen Fliederbüsche, die Akazien und Geißblattbüsche (erinnerst Du Dich, die haben wir gemeinsam gepflanzt) sind wunderbar und mächtig ausgewachsen; die Birken und der Ahorn — all das ist aufgeschossen und ist breitwipflig geworden; insbesondere schön wurden die Lindenalleen. Ich liebe diese Alleen, ich liebe ihre graugrüne zärtliche Farbe und den feinen Duft unter ihren Gewölben; ich liebe das farbfreudige Netz heller Kreise auf der dunklen Erde — Du weißt ja, bei uns fehlt jeder Sand. Mein geliebtes Eichbäumchen ist bebereits zu einer jungen Eiche geworden. Gestern saß ich mitten am Tage mehr denn eine Stunde in seinem Schatten auf der Bank. Mir war sehr wohl zumute. Ringsum wuchs das Gras so lustig; auf allem lag stark und weich ein goldenes Licht; ja es drang sogar noch in den Schatten hinein . . . und was gab es alles an Vögeln! Ich hoffe, Du hast nicht vergessen, daß Vögel meine ganze Leidenschaft sind. Unablässig gurrten Täubchen, hin und wieder pfiff eine Goldamsel, der Buchfink schlug unentwegt seine Lieblingsmelodie, die Drosseln ärgerten sich und scheckerten, und fern antwortete der Kuckuck; plötzlich aber schrie wie ein Verrückter der Specht durchdringend drein. Ich lauschte diesem ganzen weichen und verschmolzenen Lärm, ich lauschte und mochte mich nicht rühren, in meinem Herzen aber lag etwas, das sowohl an Trägheit wie auch an Rührung gemahnte. Doch nicht nur der Garten ist prächtig ausgewachsen: unentwegt fallen meine Augen auf stämmige, kräftige Burschen, in denen ich kaum meine früheren vertrauten Buben wiederzuerkennen vermag. Auch Dein Favorit Timoscha ist jetzt ein solcher Timofej geworden, wie Du ihn Dir gar nicht wirst vorstellen können. Du fürchtetest damals um seine Gesundheit und sagtest ihm Schwindsucht voraus; Du solltest jetzt seine riesigen roten Hände ansehen, wie sie aus den schmalen Ärmeln seines Nankingrockes hervorgucken, und was es überall bei ihm für Rundungen infolge seiner runden und dicken Muskeln gibt! Sein Nacken ist der eines Stieres, und sein Kopf ist voller fester blonder Locken — absolut ein Herkules von Farnese! Im übrigen hat sein Gesicht sich weniger verändert als die Gesichter der anderen, es ist nicht einmal viel größer im Umfang geworden, und sein lustiges Lächeln, von dem Du immer sagtest, es »gähne«, ist das gleiche geblieben. Ich habe ihn zu meinem Kammerdiener gemacht; meinen Petersburger Kammerdiener habe ich in Moskau entlassen: er hatte es zu gern, mich in Verlegenheit zu bringen und mir seine Überlegenheit im Großstadtumgang zu zeigen. Von meinen Hunden fand ich keinen mehr vor; sie waren alle eingegangen. Einzig Nefka hat länger als die andern gelebt, indes auch die hat meine Zurückkunft nicht abwarten können, wie einst Argos auf Ulysses gewartet hat; es war ihr nicht mehr beschieden, mit ihren trüb gewordenen Augen den vormaligen Herrn und Jagdkameraden wiederzusehen. Schawka dagegen, der Spitz, ist gesund und kläfft ebenso heiser wie zuvor, ein Ohr ist genauso wie früher zerrissen, und wie es sich gehört, kleben in seinem Schwanz Nesseln. Ich habe mich in Deinem früheren Zimmer niedergelassen. Freilich hat man darin unter der prallen Sonne zu leiden, und es sind arg viele Fliegen dort; dafür riecht es weniger nach altem Haus in ihm als in den anderen Zimmern. Wie sonderbar! Dieser abgestandene, ein wenig säuerliche und muffige Geruch wirkt stark auf meine Phantasie; ich will nicht sagen, daß er mir unangenehm wäre, im Gegenteil; jedoch er weckt in mir Trauer und schließlich sogar Schwermut. Ich liebe genau wie Du die alten bauchigen Kommoden mit den Messingschlüssellöchern, die weißen Sessel mit den ovalen Rücklehnen und den geschweiften Beinen, schwer von Fliegen beschmutzt, die Kristallkronleuchter mit dem großen Ei aus lila Folie in der Mitte – mit einem Wort, die ganzen Möbel der Großvaterzeit; allein es ist mir nicht möglich, das ewig zu sehen: denn eine beunruhigte Langeweile (genau das!) bemächtigt sich dann meiner. Im Zimmer, in dem ich mich niedergelassen, ist das Mobiliar das allergewöhnlichste, wie man es bei sich zu Hause anfertigt; trotz alledem ließ ich in der Ecke den schmalen und langen Schrank mit den kleinen Fächern, aus denen durch Schichten Staubes verschiedenartiges altmodisches Geschirr aus geblasenem grünem und blauem Glase kaum zu erkennen ist, stehen; an der Wand aber befahl ich, erinnerst Du Dich noch, das Frauenporträt im schwarzen Rahmen aufzuhängen, das Du immer als ein Bildnis der Manon Lescaut ausgegeben hast. Während dieser neun Jahre ist es etwas nachgedunkelt; die Augen jedoch blicken noch genauso versonnen, listig und zärtlich wie einst, die Lippen lachen noch genauso leichtsinnig und sehnsüchtig, und die halbentblätterte Rose fällt immer noch genauso leise aus schmalen Fingern. Die Stores in meinem Zimmer amüsieren mich recht. Sie waren einmal grün, sind aber von der Sonne gelbgebleicht worden; in schwarzen Farben sind darauf Szenen aus dem »Einsiedler« von d'Arlincourt gepinselt. Auf dem einen Vorhang entführt dieser Einsiedler mit dem gewaltigen Bart, den hervorquellenden Augen und in Sandalen ein recht zerzaustes Fräulein ins Gebirge; auf einem anderen findet ein erbitterter Kampf zwischen vier Helden mit Barett und Puffärmeln statt; der eine liegt en raccourci tot da – mit einem Wort, dort sind alle Greuel dargestellt, während doch ringsumher eine solch unerschütterliche Ruhe herrscht und von den Stores selber so sanfter Widerschein auf die Zimmerdecke fällt ... Seit ich mich hier angesiedelt, ist eine seelische Windstille über mich gekommen; ich will nichts unternehmen, ich will niemand sehen, es gibt nichts, davon man träumen könnte, und man ist zu träge, etwas zu ersinnen; zu denken jedoch, ist man nicht zu träge: das sind zwei ganz verschiedene Dinge, wie Du gut weißt. Erst brachen Kindheitserinnerungen über mich herein ... Wohin immer ich auch ging, was immer ich auch betrachtete, sie wuchsen überall auf, klar, bis in die geringste Einzelheit klar und gleichsam regungslos in ihrer deutlichen Bestimmtheit ... Hernach wurden diese Erinnerungen von anderen abgelöst, und hierauf ... hierauf wandte ich mich still von der Vergangenheit ab, und lediglich in der Brust blieb eine Art schläfriger Bürde zurück. Stell Dir nur vor! Ich saß auf dem Wehr unter dem Weidengebüsch und mußte plötzlich unverhofft weinen, und ich hätte trotz meiner vorgerückten Jahre ganz lange geweint, wenn ich mich nicht vor einem vorübergehenden Weibe hätte schämen müssen, die mich voller Neugier betrachtete und sich danach, ohne mir das Gesicht zuzuwenden, grade und tief verbeugte und vorüberging. Es wäre mir sehr erwünscht, wenn ich in einer solchen Stimmung (natürlich werde ich nicht wieder weinen) bis zu meiner Abreise von hier bleiben könnte, das heißt bis zum September, und es würde mich recht kränken, wenn irgendeiner der Nachbarn auf den Gedanken kommen wollte, mich zu besuchen. Das letztere freilich scheint nicht zu befürchten; ich habe gar keine näheren Nachbarn. Ich bin überzeugt, Du wirst mich verstehen; Du weißt selber aus Erfahrung, wie häufig eine solche Einsamkeit segensreich zu wirken vermag ... Nach so vielen Pilgerfahrten ist sie mir jetzt sehr nötig.

Langweilen werde ich mich nicht. Ich habe mehrere Bücher mitgebracht, und die Bibliothek hier ist sehr ordentlich. Gestern machte ich alle Schränke auf und habe lange in verschimmelten Büchern gewühlt. Ich fand viel Interessantes, Dinge, die ich zuvor nicht bemerkt: »Candide« in einer handschriftlichen Übersetzung aus den siebziger Jahren; Zeitungen und Zeitschriften aus jener Zeit; »Das triumphierende Chamäleon« (das heißt: Mirabeau); »Le Paysan perverti« und anderes mehr. Mir fielen auch Kinderbücher in die Hände, meine eigenen sowohl wie die meines Vaters und meiner Großmutter, ja sogar, stell Dir das nur vor, meiner Urgroßmutter: auf einer uralten französischen Grammatik in buntem Einband stand mit großen Buchstaben: »Ce livre appartient à m-lle Eudoxie de Lavrine«, worauf das Jahr 1741 folgte. Ich fand auch Bücher, die ich früher einmal aus dem Ausland hergeschafft, unter anderem den Goetheschen »Faust«. Du weißt es vielleicht nicht, daß es einmal eine Zeit gegeben hat, da ich den »Faust« auswendig konnte (den ersten Teil, versteht sich), und zwar wortwörtlich; ich konnte mich damals an ihm nicht satt lesen . . . Indes: andere Zeiten – andere Träume, und so ist mir denn auch während der letzten neun Jahre kaum je Goethe in die Hand gefallen. Mit welch unerklärlichem Gefühl erblickte ich das kleine, mir nur allzu bekannte Büchlein (der schlechten Ausgabe von 1828). Ich trug's mit mir, legte mich aufs Bett und begann zu lesen. Wie stark wirkte auf mich die wunderbare erste Szene! Das Erscheinen des Erdgeistes und seine Worte, erinnerst Du Dich: »In Lebensfluten, in Tatensturm«, erweckten in mir lange vergessenes Zittern und den Frost des Entzückens. Ich erinnerte mich an alles: an Berlin und an die Studentenzeit, an Fräulein Klara Stich und an Seydelmann in der Rolle des Mephistopheles, ich dachte an die Musik Radziwills und an vieles und alles . . . Lange konnte ich nicht einschlafen: meine Jugend trat heran und stellte sich wie ein Gesicht vor mir auf; wie Feuer der Vergiftung lief sie durch meine Adern, mein Herz schwoll und wollte nicht enger werden, etwas fuhr klirrend über die Saiten, und es kochten verlangend Wünsche auf . . .

Solchen Träumen gab sich Dein fast vierzigjähriger Freund hin, während er einsam in seinem einsamen Häuschen hauste! Wie, wenn jemand mich dabei heimlich beobachtet hätte? Doch wenn schon! Ich würde mich nicht geschämt haben. Sich schämen – auch das ist ein Merkmal der Jugend; während ich . . . weißt Du auch, woran ich zu merken begonnen habe, daß ich altere? Hier hast Du den Grund. Jetzt versuche ich vor mir selber die fröhlichen Empfindungen immerzu zu vergrößern und die traurigen zu besänftigen, in der Jugendzeit jedoch verfuhr ich völlig entgegengesetzt. Da trug man sein Leid wie einen Schatz herum und konnte sich eines Ausbruchs der Heiterkeit geradezu schämen . . .

Und dennoch will mir scheinen, daß es trotz meiner ganzen Lebenserfahrung noch etwas auf der Welt gibt, Freund Horatio, was ich nicht erfahren habe, und daß dieses »Etwas« am Ende gar das allerwichtigste sein könnte.

Da schau, was ich alles hingeschrieben habe! Lebe wohl! Bis zum nächsten Male. Was machst Du in Petersburg? Übrigens: Sawelij, mein ländlicher Koch, läßt Dich grüßen. Er ist ebenfalls älter geworden, doch ist er nicht gerade dick geworden, nur ein wenig aufgedunsen. Er bereitet genauso gute Hühnersuppen mit weichgekochten Zwiebeln wie vormals, Quarkpfannkuchen mit fein ausgeführtem Rand und Piguß, das berühmte Steppengericht Piguß, von dem Deine Zunge weiß wurde und während eines ganzen Tages steif wie ein Pfahl ward. Dafür freilich werden die Braten bei ihm nach wie vor so trocken, daß man mit ihnen auf den Teller klopfen kann – richtig wie Karton. Jedoch, leb wohl!

Dein P. B.

Zweiter Brief

Von demselben an denselben

Landgut M . . . skoje, den 12. Juni 1850

Ich habe Dir eine recht wichtige Neuigkeit mitzuteilen, bester Freund. – Paß auf! Gestern vor dem Mittagessen gelüstete es mich, einen Spaziergang zu machen – freilich nicht im Garten; ich begab mich auf den Weg, der zur Stadt führt. Ohne Ziel mit schnellen Schritten auf einem langen und graden Wege hinzuschreiten, ist sehr angenehm. Als habe man etwas Wichtiges zu verrichten, so eilt man hin. Plötzlich sah ich, daß mir ein Wagen entgegenfuhr. Am Ende gar zu mir? überlegte ich mit geheimem Schrecken . . . Ausgeschlossen: im Wagen sitzt ein mir unbekannter Herr mit einem Schnurrbart. So beruhigte ich mich. Allein plötzlich befahl dieser selbe Herr, als er grade an mir vorüberfuhr, dem Kutscher, die Pferde anzuhalten, und lüftete höflich seine Mütze und fragte mich noch höflicher: ob ich nicht der und der sei? – wobei er meinen Namen nannte. Nun blieb ich meinerseits stehen und entgegnete mit der ganzen Tapferkeit eines Angeklagten, der zum Verhör geführt wird: ja, ich sei dieser, und schaute dabei wie ein Hammel den Herrn mit dem Schnurrbart an und dachte insgeheim: Den habe ich schon irgendwo gesehen!

»Sie erkennen mich nicht?« versetzte er, während er aus dem Wagen stieg.

»Nein, leider nicht.«

»Ich dagegen habe Sie sogleich erkannt.«

Ein Wort gab das andere – und da stellte sich heraus, daß es Priimkow war, erinnerst Du Dich an den noch? Unser ehemaliger Universitätskamerad. Was ist denn das für eine wichtige Neuigkeit? denkst Du in diesem Augenblick, mein lieber

Semjon Nikolajitsch. Soviel ich mich erinnern kann, war dieser Priimkow ein ziemlich leerer Bursche, obwohl er weder böse noch dumm war. — Stimmt, Freundchen; doch höre die Fortsetzung des Gespräches an.

»Ich freute mich sehr«, sagte er, »als ich vernahm, daß Sie auf Ihr Landgut gekommen wären, in unsere Nachbarschaft. Übrigens freute ich mich nicht allein darüber.«

»Gestatten zu erfahren«, fragte ich, »wer wohl noch so liebenswürdig gewesen sein mag?«

»Meine Frau.«

»Ihre Frau?«

»Jawohl, meine Frau — eine alte Bekannte von Ihnen.«

»Dann gestatten Sie, in Erfahrung zu bringen, wie Ihre Gattin heißt?«

»Sie heißt Wera Nikolajewna, geborene Jelzowa . . .«

»Wera Nikolajewna!« rief ich unwillkürlich.

Je nun, und dies eben ist die wichtige Neuigkeit, von der ich Dir zu Beginn dieses Briefes schrieb.

Es könnte jedoch sein, daß Du auch hierin nichts von Bedeutung erblickst . . . So werde ich Dir einiges aus meiner Vergangenheit erzählen müssen . . . aus meinem längst vergangenen Leben.

Als wir beide im Jahre 183* die Universität verließen, stand ich im dreiundzwanzigsten Lebensjahr. Du tratest in Dienst; ich dagegen entschloß mich, wie Du weißt, nach Berlin zu gehen. Allein vor dem Oktober hatte ich in Berlin nichts zu suchen. Ich wünschte den Sommer in Rußland auf dem Lande zu verbringen und mich zum letztenmal recht der Faulheit zu ergeben, um mich nachher im vollen Ernst an die Arbeit zu machen. Inwieweit dieser letzte Vorsatz eingetroffen ist, darüber brauchen wir uns hier nicht auszulassen. Doch wo soll ich den Sommer verbringen? fragte ich mich selber. Auf mein eigenes Landgut wollte ich nicht recht: mein Vater war unlängst gestorben, nahe Verwandte besaß ich keine, und so fürchtete ich die Einsamkeit und die Langeweile . . . Und so nahm ich voller Freude die Einladung eines meiner Verwandten, eines entfernten Onkels, an, bei ihm auf seinem Gut im T.schen Gouvernement zu Gast zu weilen. Er war ein vermögender Mann, gut und einfach, er lebte als großer Herr und besaß einen herrschaftlichen Wohnsitz. Ich ließ mich bei ihm nieder. Die Sippschaft meines Onkels war groß: er hatte zwei Söhne und fünf Töchter. Außerdem wohnte in seinem Hause eine Unmasse von Menschen. Unaufhörlich reisten Gäste zu ihm — trotzdem jedoch war es nicht eben lustig bei ihm. Die Tage vergingen geräuschvoll, sich zurückzuziehen war völlig unmöglich. Alles wurde gemeinsam unternommen, alle waren stets darauf aus, sich zu zerstreuen und etwas zu ersinnen, und so waren alle, wenn der Tag endete, schrecklich erschöpft. Dieses Leben hatte einen faden Nachgeschmack. Ich gab mich schon Gedanken hin abzureisen, und ich wartete nur noch auf den Namenstag des Onkels; am Tage dieses Namenstages jedoch gewahrte ich auf dem Ball Wera Nikolajewna Jelzowa und blieb da.

Sie war damals sechzehn . . . Sie lebte mit ihrer Mutter auf einem kleinen Gütchen, an die fünf Werst von meinem Onkel entfernt. Ihr Vater – ein, wie man berichtet, bemerkenswerter Mann – hatte schnell den Oberstenrang erreicht und hätte gewiß eine große Karriere gemacht, wenn er nicht in jungen Jahren zugrunde gegangen wäre, da ihn ein Kamerad auf der Jagd versehentlich erschoß. Wera Nikolajewna war bei seinem Tode noch ein Kind. Auch ihre Mutter war eine ungewöhnliche Frau: sie beherrschte mehrere Sprachen und verfügte über ein großes Wissen. Sie war sieben oder acht Jahre älter als ihr Gatte gewesen, den sie aus Liebe geheiratet hatte; er hatte sie insgeheim aus ihrem Vaterhause entführt. Seinen Verlust konnte sie kaum verwinden und trug bis zu ihrem Tode (nach Priimkows Worten muß sie bald nach der Hochzeit ihrer Tochter gestorben sein) immer nur schwarze Gewänder. Ich erinnere mich ihres Gesichtes gut; es war ausdrucksvoll und dunkel, mit dichtem graumeliertem Haar, großen, strengen, gleichsam erloschenen Augen und einer feinen und graden Nase. Ihr Vater – sie war eine gebürtige Ladanow – hatte fünfzehn Jahre in Italien zugebracht. Wera Nikolajewnas Mutter war das Kind einer einfachen Bäuerin aus Albano gewesen, die am Tage nach ihrer Niederkunft von einem Trasteveriner, ihrem Bräutigam, dem Ladanow sie gestohlen, getötet worden war . . . Diese Geschichte hatte seinerzeit viel Staub aufgewirbelt. Nach Rußland zurückgekehrt, verließ Ladanow nicht nur sein Haus nie mehr, nein, er hielt sich dort stets in seinem Kabinett auf, beschäftigt mit Chemie, Anatomie und Kabbalistik, denn er träumte davon, das menschliche Leben verlängern zu können, und er glaubte, man könnte mit der Geisterwelt in Verbindung treten und die Toten hervorrufen . . . Seine Nachbarn hielten ihn für einen Zauberer. Seine Tochter liebte er ungemein, er unterwies sie in allem, ihre Flucht mit Jelzow jedoch wollte er ihr nicht verzeihen und erlaubte weder ihr noch ihrem Gatten, ihn zu besuchen, er sagte den beiden ein trauriges Leben voraus und starb einsam. Als Frau Jelzowa auf diese Weise Witwe geworden war, widmete sie ihre ganze Muße nur noch der Erziehung ihrer

Tochter und empfing fast keinen Menschen. Als ich Wera Nikolajewna kennenlernte, stell Dir das nur vor, war sie zeitlebens noch in keiner Stadt gewesen, nicht einmal in der Kreisstadt.

Wera Nikolajewna ähnelte den üblichen russischen Fräulein nicht: sie war sehr besonders geartet. Gleich beim erstenmal überraschte mich an ihr die erstaunliche Ruhe aller ihrer Bewegungen und Reden. Es schien, daß sie sich um nichts Sorgen mache und daß sie sich nie aufrege, sie antwortete stets einfach und gescheit und hörte aufmerksam zu. Ihr Gesichtsausdruck war aufrichtig und wahrheitsliebend wie bei einem Kinde, freilich war er ein wenig kalt und gleichförmig, wenn auch nicht versonnen. Lustig war sie nur selten und nicht so wie die anderen: die Klarheit einer unschuldigen Seele, viel erfreulicher als jede Heiterkeit, durchleuchtete ihr ganzes Wesen. Sie war von kleinem Wuchs, sehr schön gebaut, ein wenig schmal, ihre Züge waren regelmäßig und zärtlich, ihre Stirn schön und gleichmäßig, ihr Haar goldblond, ihre Nase war grade wie die der Mutter, und ihre Lippen waren ziemlich voll; graue Augen mit schwarzem Schimmer blickten nur allzu grade unter den dichten, nach oben gebogenen Wimpern. Ihre Hände waren klein, doch nicht sehr schön: Menschen, mit Talenten begabt, haben keine solchen Hände . . . und in der Tat, man konnte Wera Nikolajewna kein ausgesprochenes Talent nachsagen. Ihre Stimme trug wie die eines siebenjährigen Mädelchens. Auf dem Ball, den der Onkel gab, wurde ich ihrer Mutter vorgestellt und fuhr bereits nach einigen Tagen zum erstenmal zu ihnen hin.

Frau Jelzowa war eine sehr sonderbare Frau, ihr Charakter war hartnäckig und konzentriert. Sie übte auf mich einen starken Einfluß aus! Ich verehrte sie sehr, indes ich fürchtete sie auch. Was immer sie vornahm, mußte nach einem System geregelt sein, und so erzog sie denn auch ihre Tochter nach einem System, obwohl sie dabei ihre Freiheit nicht beeinträchtigte. Die Tochter liebte sie und vertraute ihr blindlings. Wenn Frau Jelzowa ihr ein Buch gab und sagte: »Die Seite hier darfst du aber nicht lesen« — dann ließ sie eher die vorhergehende Seite aus, als in die verbotene auch nur hineinzuschauen. Indes auch Frau Jelzowa besaß ihre idées fixes, ihre Steckenpferde. Sie fürchtete zum Beispiel mehr als Feuer alles, was irgendwie auf die Phantasie wirken könnte; und so kam es, daß ihre Tochter bis zum siebzehnten Lebensjahr weder eine Erzählung noch ein Gedicht gelesen hatte; dafür aber konnte sie in Geographie, Geschichte und sogar Naturgeschichte mich, den Kandidaten, und zwar einen Kandidaten nicht grade von den schlechtesten, wie Du vielleicht noch wissen wirst, häufig in Verlegenheit bringen. Ich versuchte einmal mit Frau Jelzowa über ihr Steckenpferd zu plaudern, obwohl es schwer war, sie in eine Unterhaltung zu ziehen; sie war sehr schweigsam. Sie schüttelte nur den Kopf.

»Sie sagen«, äußerte sie schließlich, »es sei sowohl nützlich als auch angenehm, poetische Werke zu lesen ... Ich meine dagegen, man muß schon frühzeitig im Leben eine Wahl treffen: entweder das Nützliche oder das Angenehme, und zwar muß man sich dann ein für allemal entscheiden. Auch ich wünschte ehemals das eine mit dem andern zu verbinden ... Das ist unmöglich und führt nur zum Verderben oder zur Flachheit.«

Ja, diese Frau war ein erstaunliches Geschöpf, ein ehrliches Geschöpf und stolz, nicht ohne Fanatismus und ohne Aberglauben in seiner Art. »Ich fürchte mich vor dem Leben«, hatte sie mir einmal gesagt. – Und in der Tat, sie fürchtete es, sie fürchtete die geheimen Kräfte, auf denen das Leben aufgebaut ist, und die zwar nur selten, doch dann mit großer Plötzlichkeit nach außen durchbrechen. Wehe dem, über dessen Hause sie zu toben beginnen! Diese Kräfte waren der Jelzowa schrecklich bekannt geworden: gedenke des Todes ihrer Mutter, ihres Gatten, ihres Vaters ... Wen hätte das nicht in Schrecken versetzen können! Ich habe nie gesehen, daß sie jemals gelächelt hätte. Es hatte den Anschein, als habe sie sich selber zugeschlossen und den Schlüssel ins Wasser geworfen. Sie muß offenbar viel Kummer in ihrem Leben ertragen haben und hat über diesen niemals mit jemand gesprochen: sie hielt ihn in sich selber verborgen. Sie hatte sich so sehr geschult, ihren Gefühlen keinen freien Lauf zu lassen, daß sie sich sogar davor schämte, ihre leidenschaftliche Liebe zu ihrer Tochter offen zu bekunden; sie hat diese in meiner Gegenwart niemals geküßt und nannte sie nie mit einem Kosenamen, sondern stets nur: Wera. Ich kann mich noch gut an ein Wort von ihr erinnern. Ich sagte ihr einmal, daß wir alle, wir Menschen der Gegenwart, einen Sprung weghätten ... »Sich einen solchen Sprung zuzuziehen, das taugt nicht«, sagte sie, »man muß sich selbst völlig umbrechen oder überhaupt nicht daran rühren ...«

Nur sehr wenige fuhren zu der Jelzowa; ich jedoch besuchte sie häufig. Ich konnte insgeheim feststellen, daß sie mir geneigt war; und Wera Nikolajewna gefiel mir sehr. Wir gingen gemeinsam spazieren, wir plauderten ... Die Mutter hinderte uns daran nicht; die Tochter selber liebte nicht, ohne die Mutter zu sein, und ich meinerseits sah nicht die Notwendigkeit eines einsamen Gespräches . . . Wera Nikolajewna besaß die sonderbare Angewohnheit, laut zu denken; nachts konnte sie, wenn sie schlief, laut und klar von allem sprechen, was sie tagsüber beschäftigt hatte. — So sagte sie einmal, nachdem sie mich aufmerksam gemustert und sich nach ihrer Gewohnheit auf ihren Arm gestützt hatte: »Mir scheint, B. ist ein guter Mensch; nur kann man sich nicht auf ihn verlassen.« Unsere Beziehungen waren die allerfreundlichsten und waren gleichmäßig; nur ein einziges Mal war mir, daß ich irgendwo weit, ganz in der Tiefe ihrer lichten Augen, etwas Sonderbares bemerkt hätte, eine Zartheit, eine Zärtlichkeit . . . Doch es kann gut sein, daß ich mich dabei täuschte.

Derweilen ging die Zeit, und für mich rückte bald der Augenblick heran, an die Abreise zu denken. Indes ich zögerte immer noch. Wenn ich darüber nachdachte, wenn es mir in den Sinn kam, daß ich schon bald dieses liebe Mädchen nicht mehr sehen sollte, an das ich mich so gewöhnt hatte — dann überlief es mich schwül . . . Berlin begann seine Anziehungskraft zu verlieren. Ich wagte nicht, mir selber einzugestehen, was in mir vorging, und ich konnte es wohl auch nicht verstehen, was in mir vorging — es war, als ob in meiner Seele ein Nebel läge. Eines Morgens wurde mir schließlich alles klar. Was suche ich denn noch, überlegte ich, wonach strebe ich? Die Wahrheit läßt sich ja doch nicht mit Händen greifen. Wäre es daher nicht gescheiter, hierzubleiben und zu heiraten? — Und stell Dir nur vor, der Gedanke an eine solche Heirat vermochte mich damals nicht im geringsten zu erschrecken. Im Gegenteil, ich freute mich seiner. Nicht genug damit: noch am selben Tage enthüllte ich meine Absicht, zwar nicht Wera Nikolajewna, wie man das hätte erwarten mögen, sondern der Jelzowa selber. Die alte Frau schaute mich an.

»Nein«, versetzte sie, »mein Lieber, fahren Sie nur nach Berlin und vergrößern Sie den Sprung in sich. Sie sind gut; doch Wera braucht nicht einen Mann dieser Art.«

Ich senkte den Kopf und errötete, indes, was Dich wahrscheinlich noch mehr wundern wird, ich erklärte mich innerlich sogleich mit der Jelzowa einverstanden. Eine Woche darauf reiste ich ab und habe seit der Zeit weder sie noch Wera Nikolajewna wiedergesehen.

Ich habe Dir meine Abenteuer nur kurz geschildert, weiß ich doch, daß Du alles »Weitläufige« nicht magst. Nach Berlin gekommen, vergaß ich Wera Nikolajewna schon bald . . . Doch ich muß gestehen, daß die unerwartete Kunde von ihr mich doch aufgeregt hat. Der Gedanke überraschte mich sehr, daß sie so nahe wohne, daß sie meine Nachbarin sei und daß ich sie in den nächsten Tagen sehen würde. Die Vergangenheit, die gleichsam unverhofft vor mir aus der Erde hervorschoß, rückte auf mich los. Priimkow sagte mir, er habe mich eigens zu dem Zweck aufgesucht, unsere alte Bekanntschaft zu erneuern, und daß er hoffe, mich in der allerkürzesten Zeit bei sich zu sehen. Er teilte mir mit, daß er bei der Kavallerie gedient habe und als Leutnant den Abschied genommen, worauf er das acht Werst von mir liegende Gut erworben habe, und daß es seine feste Absicht sei, sich mit der Landwirtschaft zu befassen, und daß er drei Kinder habe, von denen zwei gestorben seien, während eine fünfjährige Tochter nachgeblieben wäre.

»Und erinnert sich denn Ihre Gattin meiner?« fragte ich.

»Ja, sie erinnert sich Ihrer«, entgegnete er nach kurzer Unschlüssigkeit. »Sie war damals natürlich, wenn man so sagen darf, noch ein Kind, ihre Mutter jedoch hat Sie immer sehr gerühmt, und Sie wissen ja, wie hoch sie jedes Wort der Verstorbenen schätzte.«

Da gedachte ich der Worte der Jelzowa, daß ich nicht zum Gatten Weras tauge . . . Mithin warst *du* also tauglich, dachte ich, während ich Priimkow mit einem Seitenblick musterte. Er verbrachte mehrere Stunden bei mir. Er ist ein sehr guter und lieber Bursche, er spricht so bescheiden und schaut so gutmütig; man muß ihn gern haben . . . seine geistigen Fähigkeiten freilich haben sich seit der Zeit, da wir ihn kennengelernt, nicht weiter entwickelt. Ich werde unbedingt zu ihnen fahren, vielleicht noch morgen. Es ist mir sehr interessant, zu schauen, was aus Wera Nikolajewna geworden sein mag.

Vermutlich lachst Du, Bösewicht, jetzt hinter Deinem Direktortisch über mich, ich aber werde Dir trotzdem schreiben, was für einen Eindruck sie auf mich gemacht hat. Lebe wohl! Bis zum nächsten Brief.

Dein P. B.

Dritter Brief

Von demselben an denselben

Landgut M . . . skoje, den 16. Juni 1850

Nun, Bruder, ich war also bei ihr und habe sie gesehen. Zunächst muß ich Dir freilich einen erstaunlichen Umstand mitteilen: glaub's, oder glaub's nicht, das kannst Du halten, wie Du willst, indes sie hat sich fast gar nicht, weder im Gesicht noch in ihrer Figur, verändert. Als sie mir entgegentrat, hätte ich fast laut geächzt: Ein siebzehnjähriges Mädchen und damit basta! Nur die Augen sind nicht die eines Mädchens; übrigens waren auch in ihrer Jugend ihre Augen nicht kindlich, dazu waren sie allzu hell. Die gleiche Ruhe jedoch, dieselbe Klarheit, die Stimme genau die frühere, keine noch so kleine Runzel auf der Stirn, als habe sie diese ganzen Jahre hindurch in Schnee gelegen. Und dabei ist sie jetzt achtundzwanzig Jahre alt und hat drei Kinder geboren . . . Unbegreiflich! Bitte nimm nicht an, daß ich aus Vorurteil übertreibe; im Gegenteil, diese ihre »Unveränderlichkeit« hat mir keineswegs gefallen.

Eine Frau von achtundzwanzig, Frau und Mutter, darf nicht wie ein junges Mädchen aussehen; schließlich hat das Leben doch Spuren hinterlassen. Sie empfing mich sehr freundschaftlich; Priimkow aber war über meinen Besuch richtig erfreut: dieser gute Kerl ist immer darauf aus, sich an jemand anzuschließen. Ihr Haus ist sehr gemütlich und sauber. Wera Nikolajewna war sogar wie ein junges Mädchen angezogen: ganz in weiß, mit einem blauen Gürtel und einem feinen goldenen Kettchen um den Hals. Ihr Töchterchen ist sehr lieb und ähnelt ihr nicht im mindesten: sie erinnert an die Großmutter. Im Salon hängt ein überraschend gut getroffenes Porträt dieser sonderbaren Frau über dem Diwan. Es fiel mir gleich in die Augen, kaum daß ich eingetreten war. Es machte mir den Eindruck, als blicke sie mich streng und aufmerksam an. Wir setzten uns, gedachten der alten Zeit und kamen nach und nach ins Gespräch. Unwillkürlich schaute ich immer wieder das düstere Porträt der Jelzowa an. Wera Nikolajewna saß unmittelbar darunter: dies ist ihr Lieblingsplatz. Stell Dir meine Überraschung vor: bis zum heutigen Tage hat Wera Nikolajewna weder einen Roman noch ein einziges Gedicht gelesen – mit einem Wort, kein einziges erdachtes Werk, wie sie sich auszudrücken pflegt! Mich ärgerte diese unfaßbare Gleichgültigkeit vor den erhabensten Genüssen des Geistes. Bei einer so gescheiten und, soviel ich zu sehen vermochte, so fein empfindenden Frau ist das einfach unverzeihlich.

»Je nun«, fragte ich sie, »Sie haben es sich also zur Regel gemacht, niemals solche Bücher zu lesen?«

»Es wollte sich nicht schicken«, erwiderte sie, »ich hatte keine Zeit dazu.«

»Keine Zeit dazu! Da staune ich einfach! Dann hätten Sie wenigstens«, fuhr ich fort und wandte mich an Priimkow, »Ihrer Frau Lust machen sollen.«

»Das hätte ich mit Vergnügen getan . . .«, begann Priimkow; Wera Nikolajewna jedoch fiel ihm ins Wort:

»Stell dich nicht an; du bist selbst kein großer Liebhaber von Gedichten.«

»Von Gedichten, das stimmt«, begann er; »die sind nichts für mich; doch zum Beispiel Romane . . .«

»Ja was machen Sie denn, womit beschäftigen Sie sich an den Abenden?« fragte ich. »Spielen Sie vielleicht Karten?«

»Zuweilen spielen wir«, entgegnete sie, »aber sollte es denn so wenig geben, womit man sich beschäftigen kann? Wir lesen auch: es gibt vortreffliche Werke außer Versen.«

»Und warum fallen Sie so über Verse her?«

»Ich falle nicht über sie her; seit meiner Kindheit bin ich nicht gewohnt, diese erdachten Werke zu lesen; das war Mütterchens Wunsch, und je länger ich lebe, desto mehr überzeuge ich mich davon, daß alles, was Mütterchen getan, alles, was sie gesagt, die reine Wahrheit war, heiligste Wahrheit.«

»Das können Sie halten, wie Sie wollen, ich jedoch kann mich mit Ihnen nicht einverstanden erklären: ich bin davon überzeugt, daß Sie sich ganz vergebens des reinsten und allernatürlichsten Genusses berauben. Sie lehnen doch nicht Musik und Malerei ab: weshalb lehnen Sie dann die Dichtung ab?«

»Ich lehne sie gar nicht ab; ich bin nur bis heute mit ihr nicht bekannt geworden — das ist alles.«

»So werde ich mich dem unterziehen! Ihr Mütterchen hat Ihnen doch nicht für Ihre ganze Lebenszeit die Bekanntschaft mit den Schöpfungen der schönen Literatur verboten?«

»Nein; als ich heiratete, hat Mütterchen ohnehin jedes Verbot aufgehoben; mir selber ist jedoch nie der Gedanke gekommen, diese — wie sagten Sie doch? —, mit einem Wort, Romane zu lesen.«

Staunend lauschte ich Wera Nikolajewna: das hatte ich nicht erwartet.

Sie sah mich mit ihren ruhigen Blicken an. Vögel schauen so, wenn sie keine Angst haben.

»Ich werde Ihnen ein Buch bringen!« rief ich. (Durch meinen Kopf ging der Gedanke an den unlängst von mir gelesenen »Faust«.)

Wera Nikolajewna seufzte leicht.

»Das . . . das wird doch nicht George Sand sein?« fragte sie nicht ohne Ängstlichkeit.

»Ah! Das bedeutet, daß Sie von der gehört haben? Je nun, selbst wenn sie es wäre, wäre das so schlimm? — Nein, ich werde Ihnen einen anderen Verfasser bringen. Sie haben doch die deutsche Sprache nicht vergessen?«

»Nein, die habe ich nicht vergessen.«

»Die spricht wie eine Deutsche«, warf Priimkow ein.

»Wunderschön! So werde ich Ihnen etwas bringen . . . nun, Sie werden sehen, was ich Ihnen für eine erstaunliche Sache bringen werde.«

»Schon recht, ich werde sehen. Und jetzt lassen Sie uns in den Garten gehen, Natascha hat kein Sitzfleisch mehr.«

Sie setzte einen runden Strohhut auf, einen Kinderhut, genau den gleichen, den ihre Tochter aufgesetzt hatte, nur etwas größer, und wir begaben uns in den Garten. Ich schritt neben ihr. In der frischen Luft im Schatten der hohen Linden kam mir ihr Antlitz noch viel lieblicher vor, zumal wenn sie sich leicht mir zuwandte und den Kopf zurückwarf, um mich unter dem Rand des Hutes hervor anschauen zu können. Wenn nicht der hinter uns gehende Priimkow gewesen wäre und nicht das vor uns springende Mädelchen, wahrhaftig, ich hätte denken können, daß ich nicht fünfunddreißig alt sei, sondern erst dreiundzwanzig, und daß ich unmittelbar davor stünde, nach Berlin zu reisen, um so mehr, als der Garten, darin wir uns befanden, durchaus dem Garten auf dem Landgut der Jelzowa glich. Ich konnte es nicht verhehlen, ich teilte diesen Eindruck Wera Nikolajewna mit.

»Mir sagen alle, daß ich mich äußerlich nur wenig verändert hätte«, entgegnete sie, »ich bin übrigens auch innerlich dieselbe geblieben.«

Wir waren hierbei an ein kleines Häuschen im chinesischen Geschmack herangetreten.

»Ein solches Häuschen dagegen gab es bei uns in Ossipowka nicht«, sagte sie, »stoßen Sie sich nicht dran, daß es so verfallen und verblichen ausschaut: im Innern ist es sehr schön und kühl.«

Wir traten in das Häuschen. Ich sah mich um.

»Hören Sie, Wera Nikolajewna«, versetzte ich, »befehlen Sie, wenn ich wieder herkomme, einen Tisch und einige Stühle hierherzubringen. Hier ist es in Wahrheit wunderbar. Ich werde Ihnen hier . . .Goethes ›Faust‹ vorlesen . . . das ist es, was ich Ihnen vorlesen möchte.«

»Freilich, hier sind keine Fliegen«, entgegnete sie in schöner Einfalt, »und wann wollen Sie kommen?«

»Übermorgen.«

»Schon recht«, erwiderte sie, »ich werde es anordnen.«

Natascha, die gemeinsam mit uns in das Häuschen getreten war, schrie plötzlich laut auf und sprang, ganz blaß geworden, zurück.

»Was hast du?« fragte Wera Nikolajewna.

»Ach, Mama«, sagte das Mädchen und wies mit dem Finger in die Ecke, »schau nur, welch eine schreckliche Spinne!«

Wera Nikolajewna schaute nach der Ecke: dort kroch eine große bunte Spinne langsam die Wand hoch.

»Was ist denn da zum Fürchten?« meinte sie. »Sie beißt doch gar nicht, schau mal.«

Und ehe ich sie noch hätte aufhalten können, nahm sie das scheußliche Insekt in die Hand, ließ es über die Handfläche laufen und warf es dann nach draußen.

»Wie tapfer Sie sind!« rief ich.

»Worin sehen Sie da Tapferkeit? Diese Spinne ist doch nicht giftig.«

»Ich sehe, Sie sind immer noch gut in den Naturwissenschaften beschlagen; ich hätte die Spinne nicht anfassen können.«

»Da war nichts zu fürchten«, wiederholte Wera Nikolajewna.

Natascha sah uns schweigend an und lächelte nur.

»Wie sehr die Kleine doch Ihrem Mütterchen ähnelt!« bemerkte ich.

»Ja«, erwiderte Wera Nikolajewna mit einem Lächeln der Genugtuung, »und das freut mich sehr. Gebe Gott, daß sie ihr nicht nur im Gesicht ähneln würde!«

Man rief uns zum Mittagessen, und nach dem Mittagessen fuhr ich ab.

NB: Das Essen war sehr gut und schmackhaft — das bemerke ich in Klammern für Dich, Du Fresser! Morgen werde ich den »Faust« hinbringen. Ich habe Angst, daß der alte Goethe und ich am Ende gar noch durchfallen. Ich werde Dir alles ausführlich beschreiben.

Und nun, was hältst Du von all diesen Ereignissen? Du meinst sicher, sie habe auf mich einen starken Eindruck gemacht und ich sei im Begriff, mich in sie zu verlieben und so weiter? Dummheiten, Bruder! Man muß Zeit und Ordnung einhalten. Ich habe genügend Torheiten begangen; Schluß damit! In meinen Jahren beginnt man das alte Leben nicht mehr von neuem. Außerdem gefielen mir auch schon vormals Frauen dieser Art nicht ... Was waren es übrigens für Frauen, die mir gefielen!

Wie zittre ich — weh tut's dem Herzen —,
Ich schäm mich meiner Götzen jetzt.

Auf jeden Fall bin ich über diese Nachbarschaft froh und über die Möglichkeit, mit einem gescheiten, schlichten und lichten Menschen zusammenkommen zu können; und was weiter geschehen wird, wirst Du zur rechten Zeit erfahren.

Dein P. B.

Vierter Brief

Von demselben an denselben

Landgut M . . . skoje, den 20. Juni 1850

Die Lesung fand gestern statt, mein lieber Freund, und zwar, wie ich es Dir in folgendem schildern werde. Zunächst beeile ich mich, Dir zu sagen: ein unerwarteter Erfolg . . . das heißt, »Erfolg« ist nicht das rechte Wort . . . So vernimm denn. Ich kam zum Mittagessen hin. Wir waren bei Tisch unser sechs: sie, Priimkow, das Töchterchen, die Gouvernante (ein unbedeutendes weißes Figürchen), ich und ein alter Deutscher in einem kurzen bräunlichen Frack, sauber, rasiert, abgeschliffen, mit dem demütigsten und ehrlichsten Antlitz, mit einem völlig zahnlosen Lächeln und mit einem Geruch nach Zichorienkaffee . . . alle alten Deutschen riechen so. Man machte uns bekannt: es war ein gewisser Herr Schimmel, Lehrer der deutschen Sprache bei den Fürsten Ch . . ., Nachbarn der Priimkows. Wera Nikolajewna will ihm anscheinend wohl und hat ihn eingeladen, der Vorlesung beizuwohnen. Wir speisten spät und erhoben uns lange nicht vom Tisch, hierauf gingen wir spazieren. Das Wetter war wunderbar. Morgens hatte es geregnet, und es war windig gewesen, zum Abend aber hatte sich das Wetter ganz beruhigt. Wir schritten über eine offene Waldwiese. Unmittelbar über der Lichtung schwebte leicht und hoch eine große rosenfarbene Wolke; gleich Rauch zogen sich über dieser graue Streifen; an ihrem Rande flimmerte, bald aufblinzelnd, bald wieder verschwindend, ein Sternchen, und etwas weiter gewahrte man die weiße Sichel des Mondes im leicht geröteten Blau. Ich wies Wera Nikolajewna auf die Wolke hin.

»Ja«, sagte sie, »das ist wunderschön; doch schauen Sie mal hierher.«

Ich blickte mich um. Die untergehende Sonne verhüllend, schob sich eine riesige dunkelblaue Wolke nach oben; ihre Gestalt erinnerte an einen feuerspeienden Berg; ihre Spitze stieß wie eine breite Garbe in den Himmel: ein drohendes Purpurlicht umgab sie wie ein greller Saum, an einer Stelle aber, gerade in der Mitte, brach es mitten durch die schwere Masse, als risse es sich aus einem entzündeten Kraterschlund . . .

»Das gibt ein Gewitter«, bemerkte Priimkow.

Aber ich entferne mich so von der Hauptsache. In meinem letzten Brief vergaß ich, Dir zu schreiben, daß ich, von den Priimkows nach Hause zurückgekehrt, bedauerte, daß ich ausgerechnet den »Faust« gewählt hatte: Schiller hätte sich viel besser für das erste Mal geeignet, wenn man schon bei den Deutschen bleiben wollte. Besonders ängstigten mich die ersten Szenen bis zu der Bekanntschaft mit Gretchen; auch hinsichtlich des Mephistopheles war ich nicht ganz sicher. Allein ich stand unter dem Einfluß des »Faust« und hätte nichts anderes mit wahrem Vergnügen vorlesen können. Als es schon ganz dunkel geworden war, begaben wir uns zum chinesischen Häuschen; es war tags zuvor in Ordnung gebracht worden. Der Tür genau gegenüber stand vor einem kleinen Diwan ein runder Tisch, von einem Teppich bedeckt; ringsum waren Sessel und Stühle aufgestellt; auf dem Tisch brannte eine Lampe. Ich setzte mich auf den kleinen Diwan und zog das Buch hervor. Wera Nikolajewna nahm auf einem Sessel Platz, ein wenig abseits von mir und nicht weit von der Tür. Im Dunkel vor der Tür zeigte sich immer wieder, leicht schaukelnd, ein grüner Akazienzweig, den die Lampe beleuchtete; zuweilen strömte ein Schwall nächtlicher Luft ins Zimmer. Priimkow setzte sich in meiner Nähe an den Tisch, der Deutsche saß neben ihm. Die Gouvernante war mit Natascha im Hause geblieben. Ich hielt eine kleine Einleitungsrede: Ich erinnerte an die altertümliche Legende vom Doktor Faustus, ich sprach von der Bedeutung des Mephistopheles und von Goethe selbst und bat, man möge mich unterbrechen, wenn irgend etwas unverständlich wäre. Hierauf räusperte ich mich ... Priimkow fragte mich, ob mir nicht vielleicht Zukkerwasser vonnöten wäre, und machte, was man deutlich bemerken konnte, eine selbstzufriedene Miene, daß er mir eben diese Frage vorgelegt. Ich verneinte. Tiefes Schweigen trat ein. Ich begann zu lesen, ohne die Augen aufzuschlagen; es war mir etwas peinlich, mein Herz schlug, und meine Stimme bebte. Der erste teilnehmende Ruf entrang sich dem Deutschen, und er allein unterbrach während der Vorlesung immerzu die Stille ... »Erstaunlich! Erhaben!« rief er in einem fort und fügte zuweilen noch hinzu: »Und wie tief!« Ich konnte dagegen bemerken, daß Priimkow sich langweilte: das Deutsche beherrschte er ziemlich schlecht und hatte außerdem selber gestanden, daß er Verse nicht möge! Schließlich hatte ihn niemand dazu gezwungen! Bei Tisch hatte ich immer wieder darauf anspielen wollen, daß die Vorlesung auch ohne ihn stattfinden könne, indes es war mir peinlich, und so hatte ich es unterlassen. Wera Nikolajewna rührte sich nicht: zweimal blickte ich flüchtig zu ihr hin; aufmerksam und grad waren ihre Augen auf mich gerichtet; ihr Gesicht schien mir blaß. Nach der ersten Begegnung Fausts mit Gretchen löste sie sich von der Rücklehne des Sessels, legte die Hände zusammen und blieb in dieser Stellung regungslos bis zum Schluß. Ich spürte, daß Priimkow sich nicht wohl fühlte, was mich zunächst recht abkühlte, doch nach und nach vergaß ich ihn, ich geriet in Hitze und las voller Glut und Hingerissenheit... Ich las nur für Wera Nikolajewna: eine innere Stimme sagte mir, daß der »Faust« auf sie wirke. Als ich endete (das Intermezzo hatte ich fortgelassen: dieses Stück gehört seiner ganzen Art nach eher zum zweiten Teil; auch aus der »Walpurgisnacht« hatte ich manches ausgelassen), als ich endete und als das letzte »Heinrich!« verklungen war, versetzte der Deutsche voller Rührung: »Mein Gott, wie schön!« Priimkow (der Ärmste) sprang ordentlich erfreut auf, atmete tief und schickte sich an, mir für den Genuß, den ich bereitet hätte, zu danken... Jedoch ich antwortete ihm nicht: ich blickte nur auf Wera Nikolajewna... Ich wollte nur hören, was sie zu sagen habe. Sie erhob sich, schritt unschlüssig zur Türe, stand etwas auf der Schwelle und ging dann leise in den Garten hinaus. Ich stürzte ihr nach. Sie hatte schon einige Schritte zurückgelegt; im dicken Dunkel schimmerte ihr Kleid kaum mehr.

»Nun, und?« rief ich ihr zu. »Hat es Ihnen nicht gefallen?«

Sie blieb stehen.

»Könnten Sie mir das Buch dalassen?« erklang ihre Stimme.

»Ich will es Ihnen schenken, Wera Nikolajewna, falls Sie es zu besitzen wünschen.«

»Schönsten Dank!« entgegnete sie und verschwand.

Priimkow und der Deutsche traten zu mir.

»Erstaunlich warm!« bemerkte Priimkow. »Sogar schwül. Wohin ist meine Frau gegangen?«

»Anscheinend ins Haus«, erwiderte ich.

»Ich meine, es wird bald Zeit, zu Abend zu essen«, entgegnete er. »Sie lesen großartig«, fügte er nach einer kleinen Pause hinzu.

»Wera Nikolajewna hat der ›Faust‹, wie es scheint, gefallen«, versetzte ich.

»Ohne jeden Zweifel!« rief Priimkow.

»O natürlich!« fiel Schimmel ein.

Wir traten ins Haus.

»Wo ist die gnädige Frau?« fragte Priimkow eine Zofe, die uns entgegenkam.

»Geruhten sich ins Schlafzimmer zu begeben.«

Priimkow begab sich ins Schlafzimmer.

Gemeinsam mit Schimmel trat ich auf die Terrasse hinaus. Der Alte schaute zum Himmel auf.

»Wie viele Sterne!« sagte er langsam, nachdem er Tabak geschnupft. »Und sind alles Welten«, fügte er hinzu und schnupfte zum andern Male.

Ich hielt es nicht für notwendig, ihm zu antworten, und schaute nur schweigend hinauf. Geheimer Zweifel bedrückte meine Seele ... Mir schien, die Sterne blickten uns ganz ernsthaft an. Fünf Minuten darauf erschien Priimkow und bat uns ins Speisezimmer. Bald darauf kam auch Wera Nikolajewna. Wir nahmen Platz.

»Schaun Sie mal Werotschka an«, sagte mir Priimkow.

Ich blickte sie an.

»Nun? Bemerken Sie nichts?«

Ich sah in der Tat eine Veränderung in ihrem Antlitz, doch da ich nicht wußte, worum es ging, entgegnete ich:

»Nein, nichts.«

»Ihre Augen sind gerötet«, fuhr Priimkow fort.

Ich schwieg.

»Stellen Sie sich vor, ich kam zu ihr nach oben und ertappte sie: sie weinte. Das ist ihr lange nicht mehr zugestoßen. Ich kann Ihnen sagen, wann es war, daß sie zum letztenmal geweint hat: als unser Sascha starb. Sehen Sie mal, was Sie mit Ihrem ›Faust‹ angestellt haben!« fügte er lächelnd hinzu.

»Somit sehen Sie jetzt ein, daß ich recht hatte, als ich ...«

»Das habe ich nicht erwarten können«, unterbrach sie mich. »Gott allein freilich weiß, ob Sie recht haben. Es könnte ja sein, daß Mütterchen mir nur deswegen verboten hat, derartige Bücher zu lesen, weil sie wußte ...«

Wera Nikolajewna verstummte.

»Was wußte?« wiederholte ich. »So sprechen Sie doch.«

»Wozu? Ich geniere mich schon jetzt: worüber habe ich eigentlich weinen müssen? Im übrigen werden wir beide noch darüber zu reden haben. Ich habe vieles nicht ganz verstanden.«

»Warum haben Sie mich dann nicht unterbrochen?«

»Die Worte habe ich alle verstanden, auch ihren Sinn; indessen ...«

Sie führte den Satz nicht zu Ende und wurde nachdenklich. In diesem Augenblick drang aus dem Garten das Rauschen von Blättern, in die ein plötzlicher Windstoß gefahren war. Wera Nikolajewna zuckte zusammen und wandte ihr Antlitz zum geöffneten Fenster.

»Ich sagte Ihnen schon, es würde ein Unwetter geben!« rief Priimkow. »Doch was hast du, Werotschka, daß du so zusammenzuckst?«

Sie blickte ihn schweigend an. Ein fern funkelndes Wetterleuchten schimmerte geheimnisvoll auf ihrem regungslosen Antlitz wider.

»Alles von Fausts Gnaden«, fuhr Priimkow fort. »Nach dem Abendessen wird es für uns Zeit, ein Schlummerchen zu machen . . . nicht wahr, Herr Schimmel?«

»Nach einem moralischen Vergnügen ist die physische Rast genauso segensreich wie nützlich«, erwiderte der brave Deutsche und leerte ein Gläschen Wodka.

Nach dem Abendessen trennten wir uns sogleich. Als ich Wera Nikolajewna gute Nacht sagte, drückte ich ihr die Hand; ihre Hand war ganz kalt. In dem mir zugeteilten Zimmer stand ich noch lange vor dem Fenster, ehe ich mich auskleidete und mich zu Bett begab. Priimkows Vorhersage traf ein: ein Gewitter zog auf und entlud sich. Ich lauschte dem Windesrauschen, dem Klatschen und Prasseln des Regens und sah, wie bei jedem Aufflammen eines Blitzes die Kirche, die unweit am Uferhang des Sees erbaut war, bald schwarz auf weißem Hintergrund erschien oder weiß auf schwarzem Grunde, bald wieder wurde sie vom Dunkel verschlungen . . . Meine Gedanken jedoch waren fern. Ich dachte an Wera Nikolajewna, und ich dachte auch daran, was sie mir sagen würde, nachdem sie selber den »Faust« gelesen, ich dachte an ihre Tränen und gedachte dessen, wie sie mir gelauscht.

Das Gewitter war schon längst vorüber, die Sterne funkelten wieder, und alles rings war verstummt. Ein mir unbekannter Vogel sang mit wechselnder Stimmlage, wobei er mehrere Male hintereinander die gleiche Melodienfolge wiederholte. Seine tönende Stimme klang sonderbar in dieser tiefen Stille, und ich mochte mich immer noch nicht hinlegen . . .

Tags darauf begab ich mich früher als die anderen in den Salon und blieb vor dem Porträt der Jelzowa stehen. Wir haben's geschafft – überlegte ich mit dem geheimen Gefühl spöttischen Triumphes –, nun habe ich deiner Tochter doch ein verbotenes Buch vorgelesen! Plötzlich aber war mir – Du wirst wahrscheinlich schon die Beobachtung gemacht haben, daß Augen en face immer den Betrachter direkt anzuschauen scheinen –, diesmal aber war mir wirklich, als wenn die Alte mich vorwurfsvoll anblicke.

Ich wandte mich ab, trat ans Fenster und gewahrte Wera Nikolajewna. Den Sonnenschirm auf der Schulter, mit einem leichten weißen Tuch auf dem Kopf ging sie durch den Garten. Ich eilte sogleich hinaus und begrüßte sie.

»Ich habe die ganze Nacht nicht geschlafen«, sagte sie mir.

»Mir tut der Kopf weh; ich bin an die Luft gegangen – vielleicht vergeht es so.«

»Sollte das gar eine Folge der gestrigen Lesung sein?« fragte ich.

»Natürlich: ich bin an so was nicht gewöhnt. In diesem Ihrem Buch stehen Dinge, von denen ich mich auf keine Weise losmachen kann; mir scheint, die sind es, die so in meinem Kopf brennen«, fügte sie hinzu und preßte die Hand an die Stirn.

»Sehr gut«, meinte ich, »nur eines ist schlimm dabei: ich fürchte, daß diese Schlaflosigkeit und dieses Kopfweh Ihnen am Ende die Lust nehmen könnten, weiter solche Sachen zu lesen.«

»Meinen Sie?« entgegnete sie und riß im Vorbeigehen einen Zweig des wilden Jasmins ab. »Gott weiß! Mir will eher scheinen, daß, wer einmal diesen Weg betreten, nimmermehr zurück kann.«

Sie warf plötzlich den Zweig beiseite.

»Kommen Sie, setzen wir uns in diese Laube«, fuhr sie fort. »Und bitte schön, bis ich nicht selber davon zu sprechen beginnen sollte, erwähnen Sie mir nicht mehr ... dieses Buch.« (Es war, als fürchte sie den Namen »Faust« auszusprechen.)

Wir traten in die Laube und setzten uns.

»Ich werde mit Ihnen nicht mehr vom ›Faust‹ sprechen«, begann ich, »doch erlauben Sie mir, Ihnen Glück zu wünschen und zu sagen, daß ich Sie beneide.«

»Sie beneiden mich?«

»Ja; wieviel stehen Ihnen, wie ich Sie jetzt kenne, und Ihrer reichen Seele nun Entzückungen bevor! Es gibt große Dichter außer Goethe: Shakespeare, Schiller ... nun, und unser Puschkin ... mit denen müssen Sie bekannt werden.«

Sie schwieg und zeichnete mit der Spitze des Schirms in den Sand. O Semjon Nikolajitsch, mein Freund! Wenn Du nur hättest sehen können, wie lieblich sie in diesem Augenblick war: bleich fast bis zur Durchsichtigkeit, saß sie leicht vorgebeugt, erschöpft, innerlich verwirrt – und trotzdem klar wie der Himmel! Ich sprach und sprach lange, hierauf verstummte ich, saß schweigend da und blickte sie an ...

Sie schlug die Augen nicht auf und fuhr fort, mit dem Schirm in den Sand zu zeichnen, immer wieder das Aufgezeichnete verwischend. Plötzlich hörte ich hastige Kinderschritte: Natascha lief in die Laube. Wera Nikolajewna richtete sich grade auf, erhob sich und umarmte zu meinem Erstaunen ihre Tochter mit leidenschaftlicher Zärtlichkeit ... Das lag so gar nicht in ihrer Natur. Hierauf erschien auch Priimkow. Der grauhaarige, doch pünktliche Jüngling Schimmel war schon in aller Frühe abgereist, um keine Unterrichtsstunde zu versäumen. Wir begaben uns zum Morgentee.

Doch weißt Du, ich bin müde; es wird Zeit, diesen Brief zu enden. Er wird Dir wahrscheinlich sinnlos vorkommen und unverständlich. Ich fühle mich selber auch nicht ganz klar. Mir ist nicht ganz wohl. Ich weiß nicht, was mit mir los ist. Immerzu sehe ich das kleine Zimmer mit den nackten Wänden vor mir, die Lampe, die offene Tür und empfinde den Geruch und die Frische der Nacht; neben der Tür aber sehe ich das aufmerksame junge Gesicht und die leichte weiße Gewandung ... Jetzt verstehe ich gut, warum ich sie damals heiraten wollte: offenbar war ich vor meiner Fahrt nach Berlin doch nicht so dumm, wie ich bis jetzt geglaubt. Ja, Semjon Nikolajitsch, Dein Freund befindet sich in einem eigenartigen Geisteszustand. Ich weiß zwar, all das wird vorübergehen ... wie aber, wenn es nicht vorübergehen sollte? — Und wenn schon? Dann geht's eben nicht vorüber. Dennoch und trotz allem bin ich mit mir zufrieden: zum ersten habe ich einen erstaunlichen Abend verbracht; zum andern aber, wer kann mich wohl, wenn ich diese Seele aufgeweckt habe, dessen anklagen? Die alte Jelzowa ist an die Wand geheftet und muß schweigen. Diese Alte! — Die Einzelheiten ihres Lebens sind mir nicht alle bekannt; allein ich weiß, daß sie aus ihrem Vaterhause durchgebrannt ist; offenbar war sie nicht umsonst die Tochter einer Italienerin. Und da wollte sie wohl ihre Tochter gegen alles versichern ... Doch wollen wir sehen.

Ich lege die Feder hin. Bitte denke, Du Spötter, von mir, was Du magst, nur spotte mich nicht schriftlich aus. Wir beide sind doch alte Freunde, und so müssen wir einander schonend behandeln. Leb wohl!

Dein P. B.

Fünfter Brief

Von demselben an denselben

Landgut M... skoje, den 26. Juli 1850

Es ist lange her, lieber Semjon Nikolajitsch, daß ich Dir geschrieben; mir scheint, mehr als einen Monat. Und dabei gab es was zu schreiben, doch Trägheit war stärker als ich. Die Wahrheit zu sagen, ich habe während der ganzen Zeit fast überhaupt nicht an Dich gedacht. Indes ich ersehe aus Deinem letzten Brief an mich, daß Du Dich über meine Person in Voraussetzungen ergehst, die ungerecht sind, das heißt, die nicht absolut gerecht sind. Du glaubst, daß ich in Wera (es ist mir irgendwie unangenehm, sie Wera Nikolajewna zu nennen) verliebt sei; Du irrst. Naturgemäß sehe ich sie häufig, und sie gefällt mir ungewöhnlich gut ... und wem könnte sie wohl nicht gefallen? Ich wollte Dich mal an meiner Stelle sehen! Ein erstaunliches Geschöpf! Eine fast blitzschnelle Einsicht neben der Unerfahrenheit eines Kindes, klarer gesunder Verstand und ein angebornes Gefühl für Schönheit, eine unablässige Bestrebung zum Wahren und zum Hohen und gleichzeitig Verständnis für alles, sogar für das Sündige, sogar für das Lächerliche — und über all diesem, gleichsam wie die weißen Flügel eines Engels, der stille weibliche Zauber ... Ja, was soll ich außer diesem noch sagen! Wir haben im Laufe dieses Monates gemeinsam viel gelesen und viel geschwatzt. Mit ihr lesen ist ein Genuß, den ich noch nie zuvor verspürt — als entdecke man neue Länder. Nichts, das sie in lautes Entzücken versetzen könnte: alles Geräuschvolle ist ihr fremd; doch wenn ihr etwas gefällt, dann ist es, als leuchte sie ganz und gar, und dann nimmt ihr Antlitz eine so edle und gütige Miene an ... ja, das ist das richtige Wort, eine gütige Miene. Seit ihrer frühen Kindheit hat Wera nicht gewußt, was das ist: Lüge; sie ist an die Wahrheit gewöhnt, sie atmet Wahrheit, und darum scheint ihr in der Dichtung einzig und allein die Wahrheit natürlich; ohne jede Mühe und Anstrengung erkennt sie die Wahrheit sogleich, wie wenn diese eine ihr bekannte Person sei ... ein ungeheurer Vorzug und welch ein Glück! Dafür allein schon muß man ihrer Mutter freundlich gedenken. Wie oft dachte ich bereits während ich Wera ansah: Ja, Goethe hat recht! »Ein guter Mensch in seinem dunklen Drange ist sich des rechten Weges wohl bewußt.«* Eins nur ist verdrießlich: ihr Mann ist immer dabei. (Bitte lach mir jetzt ja nicht dumm und beschmutze nicht in Gedanken unsere reine Freundschaft.) Er ist genauso befähigt, Poesie zu verstehen, wie ich geneigt bin, Flöte zu blasen, aber er will die Frau nicht allein lassen, er will sich ebenfalls weiterbilden lassen. Und manchmal läßt sogar sie mich die Geduld verlieren; plötzlich kommt eine verrückte Stimmung über sie: dann will sie nicht lesen, will nicht sprechen, dann sitzt sie am Stickrahmen, oder sie gibt sich mit Natascha und mit der Beschließerin ab, dann kann sie plötzlich in die Küche laufen oder einfach mit gekreuzten Armen dasitzen und durchs Fenster schauen, wenn sie nicht gar mit der Kinderfrau Karten spielt ... Ich merkte schon: wenn die Dinge so liegen, dann muß man sie nicht quälen, dann ist es besser, zu warten, bis sie von sich aus herankommt und zu sprechen beginnt oder selber nach dem Buch greift. Es ist viel Selbständigkeit in ihr,

* »Faust«, I. Teil, Prolog. (Anm. d. Verf.)

und ich bin dessen froh. Du wirst dich erinnern, in den Tagen unserer Jugend kam es gelegentlich vor, daß irgendein Mädchen, so gut sie konnte, deine eigenen Worte wiederholte; dann warst du über ein solches Echo entzückt und konntest dich ihm sogar hingeben, bis du erkannt hattest, wie die Sache in Wahrheit lag; diese jedoch ... nichts dergleichen: sie beruht stets in sich. Auf Treu und Glauben nimmt sie nichts an; mit irgendeiner Autorität kann man sie nicht schrecken; sie beginnt dann zwar nicht dawider zu streiten, indes sie ergibt sich auch nicht. Über den »Faust« haben wir schon mehrfach geredet: indes – wie sonderbar! – von Gretchen spricht sie niemals selber, sondern da hört sie nur zu, was ich ihr zu sagen habe. Mephistopheles schreckt sie nicht als Teufel, sondern als »etwas, das in jedem Menschen sein könnte« ... Das sind ihre eigenen Worte. Ich begann ihr zwar klarzumachen, dieses »Etwas« nennten wir Reflexion; sie jedoch konnte das Wort Reflexion in seinem deutschen Sinne nicht verstehen: sie kennt nur das französische »réflexion« und ist gewohnt, das als nützlich anzusehen. Unsere Beziehungen sind sehr wunderlich! Von einem gewissen Gesichtspunkt aus betrachtet, darf ich schon sagen, daß ich einen großen Einfluß auf sie ausübe und sie gewissermaßen erziehe; sie jedoch macht, ohne es selber zu bemerken, mich in vielem anders und besser. So zum Beispiel habe ich nur dank ihr erst kürzlich feststellen können, welch eine Unmenge von Konventionellem und Rhetorischem in vielen der schönsten, bekanntesten dichterischen Schöpfungen liege. Wozu sie kühl bleibt, das erscheint mir bereits verdächtig. Ja, ich bin besser und klarer geworden. Es ist direkt unmöglich, ihr nahezustehen und sie häufig zu sehen und dabei der frühere Mensch zu bleiben.

Was aus all dem entstehen soll? wirst Du fragen. Nun, wahrhaftig, ich meine – nichts. Ich werde meine Zeit bis zum September sehr angenehm verbringen und dann abreisen. Mein Leben in den darauffolgenden ersten Monaten wird mir zwar dunkel und langweilig vorkommen ... Ich werde mich daran gewöhnen. Ich weiß gut, wie gefährlich jede wie immer geartete Verbindung zwischen einem Mann und einer jungen Frau ist und wie unmerklich das eine Gefühl von einem anderen abgelöst werden kann ... Und ich würde schon verstehen, mich loszureißen, wenn ich nicht klar einsehen würde, daß wir beide, sie und ich, völlig ungerührt bleiben. Es ist wahr, einmal trug sich zwischen uns etwas Sonderbares zu. Ich weiß nicht mehr wie und als Folge von was, ich erinnere mich nur, daß wir den »Onegin« lasen – kurz, ich küßte ihr die Hand. Sie schob den Stuhl leicht zurück, sah mich fest an (außer bei ihr bin ich bei niemand einem solchen Blick je begegnet: Versonnenheit liegt darin und Aufmerksamkeit und eine besondere Strenge) ... und mit eins errötete sie, erhob sich und begab sich fort. An diesem selben Tage gelang es mir nicht mehr, mit ihr allein zu sein. Sie mied mich und spielte geschlagene vier Stunden hintereinander mit ihrem Mann, der Kinderfrau und der Gouvernante ein Kartengesellschaftsspiel: Eigen-Trumpf! Am nächsten Morgen aber schlug sie mir vor, in den Garten zu gehen. Wir durchschritten den ganzen Garten bis zum Seeufer. Plötzlich jedoch raunte sie mir leise zu, ohne sich erst umzudrehen: »Ich bitte Sie, in Zukunft das nicht mehr zu tun!«, und begann mir sofort etwas zu erzählen! – Ich fühlte mich sehr beschämt.

Ich muß gestehen, ihr Bild geht mir nicht mehr aus dem Kopf. Und es könnte gut sein, daß ich lediglich aus dem Grunde Dir diesen Brief schreibe, um die Möglichkeit zu haben, an sie zu denken und von ihr zu sprechen. Allein da höre ich das Schnauben und das Stampfen von Pferden: dies ist mein Wagen, der vorfährt. Ich fahre zu ihnen hin. Mein Kutscher fragt schon nicht mehr, wohin er fahren solle, wenn ich im Wagen Platz nehme, er fährt mich spornstreichs zu Priimkows. Zwei Werst vor ihrem Gut schaut an einer scharfen Wegbiegung ihr Landhaus plötzlich aus einem Birkenhain vor ... Jedesmal wird mir dann so heiter ums Herz, sobald ich ihre Fenster blitzen sehe. Schimmel (dieser ungefährliche Greis sucht sie nur selten auf; die Fürsten Ch ... haben sie Gott sei Dank alles in allem nur einmal gesehen), Schimmel sagt nicht umsonst mit seiner bescheidenen Feierlichkeit, wenn er auf das Haus weist, darin Wera lebt: »Eine Zufluchtsstätte des Friedens!« Ja, in diesem Hause hat sich ein friedlicher Engel angesiedelt!

Mit deinem Flügel hüll mich ein,
Des Herzens Aufruhr stille zart,
Wohltuend wird der Schatten sein
Der Seele, die verzaubert ward ...

Doch ich meine, das könnte genügen; denn sonst wirst Du noch Gott weiß was denken. Also bis zum nächstenmal ... Was werde ich Dir wohl das nächstemal zu schreiben haben? – Leb wohl! – Übrigens sagt sie niemals: Leben Sie wohl, sondern immer: Nun, dann leben Sie wohl. – Das gefällt mir ganz schrecklich.

Dein P. B.

PS: Ich weiß nicht, ob ich Dir schon davon gesprochen habe, daß ihr bekannt ist, daß ich um sie einmal gefreit habe.

Sechster Brief

Von demselben an denselben

Landgut M . . .skoje, den 10. August 1850

Gesteh mir, Du erwartest entweder einen verzweifelten Brief von mir oder einen entzückten . . . Nichts dergleichen. Mein Brief wird wie alle Briefe sein. Neues ist nichts vorgefallen, und mir scheint, es kann auch nichts vorfallen. Vor einigen Tagen ruderten wir im Kahn auf dem See. Ich will Dir die Fahrt beschreiben. Wir waren zu dritt: sie, Schimmel und ich. Ich verstehe nicht ganz, warum es ihr Spaß macht, diesen alten Mann so häufig einzuladen. Die Ch.s sind über ihn verstimmt und sagen, er vernachlässige seit einiger Zeit seinen Unterricht. Diesmal war er allerdings unterhaltend. Priimkow war nicht mit uns: ihm tat der Kopf weh. Das Wetter war wunderbar und lustig: am blauen Himmel die großen, gleichsam zerfetzten weißen Wolken, überall Glanz, das Rauschen in den Bäumen, das Plätschern und Klatschen des Wassers am Ufer und über den Wellchen die flüchtigen goldenen Schlänglein, viel Frische und so viel Sonne! – Zuerst ruderten der Deutsche und ich; hierauf setzten wir das Segel und flogen dahin. Tief tauchte der Bug des Bootes, hinter dem Heck aber zischte das Kielwasser und schäumte. Sie saß am Steuer und lenkte; um das Haupt hatte sie ein Tuch geschlungen: ein Hut wäre fortgerissen worden; ihre Locken lösten sich darunter und flatterten weich in der Luft. Fest hielt sie das Steuer in ihrem sonnenverbrannten Händchen und lächelte den Spritzern zu, die ihr zuweilen ins Antlitz schlugen. Ich kauerte mich am Boden hin, unweit von ihren Füßen, der Deutsche aber zog ein Pfeifchen hervor, rauchte seinen Knaster und – stell dir das nur vor – begann mit ziemlich angenehmem Baß zu singen. Anfangs sang er uns das alte Liedchen: »Freut euch des Lebens«, dann sang er eine Arie aus der »Zauberflöte« und schließlich ein Lied mit dem Titel: »Das Abc der Liebe«. In diesem Lied wird – versteht sich, mit den entsprechenden schicklichen Wortspielen – das ganze Alphabet durchgenommen, beginnend mit: »A-B-C-D – wenn ich dich seh« und endend mit: »U-V-W-X – mach einen Knicks!« Er sang alle Couplets mit gefühlvollem Ausdruck; indes Du hättest sehen sollen, wie listig er das linke Auge beim Wort Knicks zukniff. Wera lachte und drohte ihm mit dem Finger. Ich machte die Bemerkung, soviel mir dünke, müßte Herr Schimmel zu seiner Zeit ein Mann gewesen sein, der gewußt hätte, was er zu tun habe. »O ja, ich wußte schon meinen Mann zu stehen!« erwiderte er mit vieler Würde, klopfte die Asche aus seiner

Pfeife sich auf die Hand und fuhr mit den Fingern in den Tabaksbeutel, wobei er geradezu verwegen fest auf die Pfeife im Mundwinkel biß. »Als ich noch Student war«, fügte er hinzu, »o-ho-ho!« Mehr sagte er nicht. Allein was lag alles in diesem »o-ho-ho!«.

Wera bat ihn, ein Studentenlied zu singen, und da sang er ihr: »Knaster, den gelben«, doch sang er die letzte Note ganz falsch. Er war schon recht ausgelassen. Derweil hatte sich der Wind gekräftigt, es rollten ziemlich hohe Wellen, und das Boot stand schräg; die Schwalben schossen tief um uns herum. Wir holten das Segel über und begannen zu kreuzen. Plötzlich sprang der Wind um, wir wußten nicht damit fertig zu werden — eine Welle schlug über Bord, und das Boot schöpfte stark Wasser. Indes auch hier erwies sich der Deutsche als ein tüchtiger Bursche; er riß die Leine aus meiner Hand und setzte das Segel, wie es sich gehörte, wobei er hinzufügte: »So macht man's in Cuxhaven!« Wera hatte sich wahrscheinlich erschreckt, denn sie war erblaßt, äußerte indes nach ihrer Gewohnheit kein Wort, sie schürzte nur ihr Kleid und stellte die Stiefelspitzen auf die Querbank des Bootes. Mir kam da plötzlich ein Gedicht Goethes in den Kopf (seit einiger Zeit bin ich ganz und gar von ihm angesteckt) ... erinnerst Du dich: »Auf der Welle blinken tausend schwebende Sterne«, und ich deklamierte es laut. Als ich zum Vers kam: »Aug, mein Aug, was sinkst du nieder?«, schlug sie leicht die Augen auf (ich saß tiefer als sie: so fiel ihr Blick von oben auf mich) und blickte lange ins Weite, im Winde blinzelnd ... Kleiner Regen kam für einen Augenblick über uns und sprang in Blasen über das Wasser. Ich bot ihr meinen Überzieher an: sie warf ihn über ihre Schultern. Wir legten am Ufer an — nicht am Landungsplatz — und begaben uns zu Fuß nach Hause. Ich führte sie am Arm. Mir war immer, ich müßte ihr etwas sagen; jedoch ich schwieg. Immerhin erinnere ich mich, daß ich sie fragte, warum sie, wenn sie zu Hause wäre, stets unter dem Porträt der Frau Jelzowa sitze wie ein noch nicht flügger Vogel unter dem Flügel der Mutter? »Ihr Vergleich ist sehr getreu«, entgegnete sie, »ich hätte niemals das Obdach ihrer Flügel verlassen wollen.«

»Dann hätten Sie also nie in die Freiheit hinaus gewollt?« fragte ich Sie erneut. Sie entgegnete nichts.

Ich weiß eigentlich nicht, weshalb ich Dir diese Spazierfahrt geschildert habe — vielleicht nur, weil sie in meiner Erinnerung als eines der lichtesten Ereignisse der vergangenen Tage zurückgeblieben ist, obwohl, in Wahrheit, was war denn das schon für ein Ereignis? Jedoch mir war damals so gut und wortlos heiter zumute gewesen, und Tränen, leichte und glückselige Tränen waren in meinen Augen aufgestiegen.

Noch eines! Stell Dir nur vor: Als ich am nächsten Tage im Garten an der Laube vorüberging, vernahm ich plötzlich eine angenehme klangvolle Frauenstimme, die sang: »Freut euch des Lebens . . .« Ich blickte in die Laube — es war Wera. »Bravo!« rief ich. »Ich wußte nicht einmal, daß Sie eine so schöne Stimme besitzen!« Sie jedoch schämte sich und verstummte. Ohne Spaß, sie hat einen wunderbar kräftigen Sopran. Und dabei, meine ich, hat sie nicht einmal geahnt, daß sie eine so gute Stimme habe. Wie viele unerschlossene Schätze mögen noch in ihr stecken! Sie kennt sich selber nicht. Und nicht wahr, eine solche Frau ist in unserer Zeit etwas Seltenes?

Den 12. August

Gestern fiel zwischen uns ein überaus merkwürdiges Gespräch vor. Die Rede kam anfangs auf Erscheinungen. Denk Dir nur: Sie glaubt daran und sagt, sie habe dazu ihre guten Gründe. Priimkow, der bei uns saß, schlug die Augen nieder und nickte nur mit dem Kopf, als wolle er ihre Worte bestätigen. Ich schickte mich eigentlich an, sie auszufragen, allein ich bemerkte bald, daß dieses Gespräch ihr unangenehm war. So fingen wir an, von der Kraft der Einbildung zu sprechen. Ich erzählte, daß ich in meiner Jugendzeit, als ich noch viel vom Glück träumte (die gewöhnliche Beschäftigung von Menschen, denen es im Leben nicht glückt oder die keinen Erfolg haben), unter anderem davon geträumt hätte, wie selig es doch sein müßte, mit der geliebten Frau einige Wochen gemeinsam in Venedig zuzubringen. Ich hatte so häufig daran gedacht, insbesondere bei Nacht, daß ich in meinem Kopf mir ein ganzes Bild davon zurechtgelegt hatte, das ich nach Laune hervorzurufen vermochte: es kostete mich nur, die Augen zu schließen. Dies war es, was ich mir ausgemalt hatte: Nacht, Mond, weißer und zarter Mondschein und ein Duft . . . Du meinst, der Duft der Zitrone? Nein, Vanilleduft, der Duft des Kaktus, eine breite Wasserfläche, eine flache Insel, mit Oliven bestanden; und auf der Insel, unmittelbar am Ufer, ein kleines Marmorhaus mit weit offenen Fenstern; Musik ertönt, Gott weiß woher; in dem Hause Gewächse mit dunklen Blättern und das Licht einer halbverhangenen Lampe; aus einem der Fenster hängt ein schwerer Samtmantel mit goldenen Fransen hinab und streift mit dem einen Ende das Wasser; auf den Mantel gelehnt, sitzen er und sie nebeneinander und schauen in die Ferne, dorthin, wo Venedig sichtbar wird. All dies sah ich derart klar im Geiste, wie wenn ich es mit eigenen Augen gesehen hätte. Sie lauschte meinen Phantastereien und erwiderte, daß auch sie häufig geträumt hätte, doch daß ihre Träumereien anderer Art wären: entweder stelle sie sich vor, sie befinde sich mit einem Reisenden in den Wüsten Afrikas oder sie folge den Spuren Franklins im Polarmeer; und dann male sie sich lebhaft alle die Entbehrungen aus, denen sie sich unterziehen müsse, und alle Schwierigkeiten, mit denen sie zu kämpfen haben werde . . .

»Du hast eben zu viele Reiseschilderungen gelesen«, bemerkte ihr Gatte.

»Mag sein«, erwiderte sie, »indes wenn man schon träumt, was für einen Sinn hat es, von etwas Unmöglichem zu träumen?«

»Und warum nicht?« warf ich ein. »Wo liegt hier die Schuld des armen Unmöglichen?«

»Ich habe mich nicht richtig ausgedrückt«, versetzte sie. »Ich wollte sagen, was für einen Sinn hat es, von sich selber und von seinem Glück zu träumen? Überflüssig, daran zu denken; es kommt ohnehin nicht zu uns – wozu ihm dann noch nachjagen? Das Glück ist wie die Gesundheit: wenn man es nicht bemerkt, bedeutet das, daß es da ist.«

Diese Worte setzten mich in Erstaunen. In dieser Frau steckt eine mächtige Seele, das kannst Du mir glauben . . . Von Venedig ging unser Gespräch auf Italien über und zu den Italienern. Priimkow entfernte sich, Wera und ich blieben allein.

»Auch in Ihren Adern fließt italienisches Blut«, bemerkte ich.

»Gewiß«, erwiderte sie, »wollen Sie, so zeige ich Ihnen ein Porträt meiner Großmutter?«

»Seien Sie so gut.«

Sie begab sich in ihr Kabinett und brachte von dort ein ziemlich großes goldenes Medaillon. Als ich das Medaillon aufmachte, gewahrte ich vortrefflich gemalte Miniaturporträts des Vaters der Jelzowa und seiner Frau – der Bäuerin aus Albano. Weras Großvater überraschte mich durch seine Ähnlichkeit mit seiner Tochter. Nur daß seine Züge, gesäumt von einer weißen Puderwolke, noch strenger zu sein schienen, noch spitzer und schärfer ausgeprägt, während in seinen kleinen gelben Augen etwas wie düsterer Eigensinn flimmerte. Allein was hatte die Italienerin für ein Gesicht! Wollüstig, aufgeschlossen wie eine erblühte Rose, mit großen feuchten, ein wenig vorstehenden Augen und selbstgefällig lächelnden Purpurlippen! Die feinen sinnlichen Nüstern schienen zu beben und sich zu weiten, wie wenn sie grade Küsse getauscht hätte; und die braunen Wangen atmeten Hitze und Gesundheit, die Üppigkeit der Jugend und der weiblichen Kraft . . . Diese Stirn hatte nie nachgedacht, Gott sei Dank! Sie war in ihrer Tracht aus den Albaner Bergen abgebildet; der Maler (ein Meister!) hatte in ihrem Haar, das pechschwarz war mit hellgrauen Lichtern, eine Weinrebe untergebracht: diese bacchische Zier paßte wie nichts auf der Welt zum Ausdruck ihres Antlitzes. Doch weißt Du auch, an wen mich dieses Gesicht gemahnte? An meine Manon Lescaut im schwarzen Rähmchen. Am allerwunderlichsten jedoch war dies: Derweil ich das Porträt besichtigte, erinnerte ich mich, daß auch bei Wera, ungeachtet der völligen Ungleichheit der Züge, manchmal etwas, das diesem Lächeln ähnlich sieht, aufflimmert, oder diesem Blick . . .

Ja, ich wiederhole: Weder sie selber noch sonstwer auf der Welt kennt bereits alles, was sich in ihr birgt . . .

Übrigens noch was! Die Jelzowa hatte vor der Hochzeit ihrer Tochter dieser ihr ganzes Leben geschildert, den Tod ihrer Mutter und so weiter, wahrscheinlich aus pädagogischen Gründen. Auf Wera hat besonders das Eindruck gemacht, was sie von ihrem Großvater vernahm, von diesem geheimnisvollen Ladanow. Ob sie wohl deswegen an Erscheinungen glaubt? Wie rätselhaft! Sie selber ist so rein und so licht und fürchtet alles Dunkle und Unterirdische, und doch glaubt sie daran . . .

Aber nun Schluß. Wozu all dies beschreiben? Im übrigen, da es bereits aufgeschrieben dasteht, so mag es denn auch den Weg zu Dir machen.

Dein P. B.

Siebter Brief

Von demselben an denselben

Landgut M . . . skoje, den 22. August 1850

Zehn Tage nach meinem letzten Brief greife ich wieder zur Feder . . . O mein Freund, ich kann mich nicht länger verstellen. Es ist mir so schwer! Ich liebe sie so sehr. Du kannst Dir vorstellen, mit welch bitterem Schaudern ich dieses schicksalsvolle Wort hinschreibe. Ich bin kein Knabe mehr, nicht einmal ein Jüngling; ich befinde mich nicht mehr in dem Alter, da es einem fast unmöglich ist, einen anderen zu betrügen, während es einen nichts kostet, sich selber zu betrügen. Ich weiß das alles und sehe alles mit völliger Klarheit. Ich weiß, daß ich an die Vierzig heranrücke, daß sie die Gattin eines anderen ist und daß sie ihren Mann liebt; ich weiß nur zu gut, daß ich von diesem unglücklichen Gefühl, das meiner Herr geworden ist, außer geheimen Qualen und einer endgültigen Verschleuderung meiner Lebenskräfte nichts zu erwarten haben werde — das weiß ich alles; ich vertraue auf nichts mehr und will auch nichts; indes dadurch wird es mir nicht leichter. Schon vor einem Monat begann ich wahrzunehmen, daß meine Neigung zu ihr immer stärker und stärker wurde. Dieser Umstand mußte mich zum Teil verwirren, zum Teil jedoch beglückte er mich ... Konnte ich denn voraussetzen, daß sich mit mir aufs neue all das abspielen würde, was, wie mich deuchte, genausowenig wiederkehren könnte wie meine Jugend? Doch was sage ich da! So habe ich nie zuvor geliebt, nein, nie und nimmer! Meine Idole waren doch Manon Lescaut und die Frétillon. Solche Idole sind leicht zu zerstören; jetzt dagegen ... jetzt erst habe ich erfahren, was es heißt, eine Frau liebgewinnen. Ich schäme mich sogar, darüber zu sprechen; allein es ist so. Ich schäme mich ... Wie man es auch nehmen mag, die Liebe ist Egoismus; und in meinen Jahren ist es unerlaubt, Egoist zu sein: man kann nicht mit siebenunddreißig Jahren nur für sich leben; man muß leben, um Nutzen zu bringen, man muß auf der Welt zielvoll seine Pflicht und sein Geschäft erfüllen. Und so hatte ich mich denn bereits an die Arbeit gemacht ... Doch nun ist alles zerstoben, als wäre es in einen Wirbel geraten! Jetzt verstehe ich erst, worüber ich Dir in meinem ersten Briefe geschrieben habe; jetzt begreife ich, welche Prüfung mir noch gefehlt hat. Und wie unerwartet ist dieser Schlag auf mich gefallen! Ich stehe und schaue ohne rechten Sinn in die Zukunft: unmittelbar vor meinen Augen hängt ein schwarzer Vorhang; schwer und schrecklich ist mir zumute! Zwar vermag ich mich zu beherrschen; wenn andere zugegen sind, vermag ich äußerlich ruhig zu sein, sogar wenn ich allein bin; ich kann mich doch nicht in Wirklichkeit der Raserei hingeben gleich einem Knaben! In mein Herz jedoch ist der Wurm gekrochen und saugt daran des Tags sowohl wie auch zur Nacht. Womit soll das bloß enden? Bis jetzt trauerte ich nur und regte mich auf, wenn sie nicht da war, und kam sogleich zur Ruhe, wenn sie zugegen war ... Jetzt bin ich in ihrer Gegenwart unruhig — das ist es, was mich schreckt. O mein Freund, wie schwer ist es, sich seiner Tränen zu schämen und sie verbergen zu müssen! Nur der Jugend ist es erlaubt, weinen zu dürfen; ihr allein ist es schicklich, zu weinen ...

Ich mag diesen Brief nicht überlesen, er ist wider Willen aus mir gebrochen gleich einer Klage. Ich kann nichts hinzufügen, ich kann nichts erzählen ... Laß mir Zeit: ich werde wieder zu mir kommen und Herr meiner Seele werden; dann werde ich mit Dir als ein Mann sprechen, jetzt dagegen wünschte ich nur, mein Haupt an Deine Brust legen zu können und ...

O Mephistopheles! Auch du kannst mir nicht helfen. Ich hielt mit Absicht ein, mit Absicht reizte ich in mir die ironische Ader und versuchte mir selber vor Augen zu führen, wie lächerlich und abgeschmackt mir nach einem Jahr, mir nach einem halben Jahr diese Klagen und Ergießungen vorkommen würden ... Nein, Mephistopheles ist kraftlos, sein Zahn ist abgewetzt ... Leb wohl.

Dein P. B.

Achter Brief

Von demselben an denselben

Landgut M ... skoje, den 8. September 1850

Mein lieber Freund Semjon Nikolajitsch!

Du hast Dir mein letztes Schreiben allzusehr zu Herzen genommen. Du weißt doch, ich war immer schon sehr geneigt, meine Empfindungen zu übertreiben. So etwas tritt bei mir ganz unwillkürlich ein: die reine Weibernatur! Natürlich wird das mit den Jahren vorübergehen: indes, dies gestehe ich mit einem Seufzen, bis jetzt habe ich mich immer noch nicht gebessert. Und darum kannst Du Dich beruhigen. Den Eindruck, den Wera auf mich gemacht, will ich keineswegs abstreiten, trotzdem aber kann ich ruhig sagen: In all diesem liegt nichts Ungewöhnliches. Und deswegen würde es sich für Dich nicht lohnen, wie Du schreibst, hierherzureisen. Tausend Werst zu sprengen, Gott weiß weshalb — das wäre der reine Wahnsinn! Dagegen bin ich Dir für diesen neuen Beweis Deiner Freundschaft sehr zu Dank verpflichtet und werde ihn, das kannst Du mir ruhig glauben, niemals vergessen. Außerdem wäre eine Reise von Dir hierher schon deswegen unangebracht, weil ich selber bald nach Petersburg zu reisen beabsichtige. Wenn ich erst auf Deinem Diwan sitzen werde, will ich Dir viel erzählen, jetzt aber, wahr und wahrhaftig, bin ich nicht in Stimmung dazu: denn, wer weiß, ich könnte wieder schwatzhaft werden und alles durcheinanderbringen. Vor meiner Abreise will ich Dir noch schreiben. Somit auf baldiges Wiedersehen. Bleibe gesund und heiter und beklage nicht zu sehr das Schicksal Deines Dir ergebenen

P. B.

Neunter Brief

Von demselben an denselben

Dorf P . . . skoje, den 10. März 1853

Ich habe Dir lange auf Deinen Brief nicht geantwortet; doch ich habe alle Tage an ihn gedacht. Ich fühlte, daß nicht müßige Neugier den Brief diktiert habe, sondern wirkliche Freundesteilnahme, trotzdem schwankte ich, ob ich Deinem Rat folgen und Deinen Wunsch erfüllen solle? Schließlich entschloß ich mich dazu; und nun will ich Dir alles erzählen. Ob diese Beichte mir Erleichterung bringen wird, wie Du voraussetzest, weiß ich nicht; mir scheint jedoch, daß ich nicht berechtigt bin, das vor Dir zu verbergen, was mein Leben auf immer verändert hat; mir scheint sogar, daß ich eine Schuld auf mich nehmen würde . . . o weh! Eine noch viel größere Schuld vor jenem unvergessenen, geliebten Schatten, wenn ich unser trauriges Geheimnis nicht dem einzigen Herzen anvertrauen wollte, das mir noch teuer ist. Es mag sein, daß Du allein auf der ganzen Welt noch an Wera denkst, doch Du beurteilst sie leichtfertig und unrichtig; das ist es, was ich nicht zulassen kann. So sollst Du alles erfahren! O weh! Man könnte dies alles mit zwei Worten wiedergeben. Das, was zwischen uns vorging, was in einem Nu wie ein Blitz vorüberfegte und wie ein Blitz Tod und Verderben mit sich brachte . . .

Seit der Zeit, da sie geschieden, seit der Zeit, da ich mich in dieser Einsamkeit niedergelassen, die ich bis zum Ende meiner Tage nicht mehr zu verlassen gedenke, sind mehr denn zwei Jahre vergangen, immer noch jedoch lebt alles völlig klar in meiner Erinnerung, immer noch bluten meine Wunden, und immer noch trage ich das gleiche bittere Leid . . .

Ich will mich nicht beklagen. Klagen vermögen nur, da sie aufreizen, die Trauer zu beschwichtigen, nicht aber die meine. Laß mich erzählen.

Gedenkst Du noch meines letzten Briefes, jenes Briefes, in welchem ich Deine Befürchtungen zu zerstreuen gedachte und Dir abriet, Petersburg zu verlassen? Du glaubtest nicht recht an meinen gespielten Versuch, alles zu bagatellisieren, Du glaubtest nicht an unser baldiges Wiedersehen: Du behieltest recht. Am Vorabend des Tages, an dem ich Dir schrieb, hatte ich erfahren, daß ich geliebt würde.

Da ich diese Worte hingeschrieben, habe ich erst recht erfaßt, wie schwer es mir fallen wird, diese Erzählung zu Ende zu führen. Der unabweisbare Gedanke an ihren Tod wird mich mit verdoppelter Kraft quälen, und diese Erinnerungen werden mich verzehren . . . Jedoch ich werde mir Mühe geben, mich zu bezwingen, und werde entweder zu schreiben aufhören oder kein überflüssiges Wort verlauten lassen.

Daß ich erfuhr, daß Wera mich liebe, geschah so. Zuvor freilich muß ich Dir sagen (und Du wirst mir glauben), daß ich bis zu dem Tage absolut nichts dergleichen auch nur ahnte. Ich bemerkte freilich, daß sie zuweilen nachdenklich wurde, was ich vordem nie bei ihr gesehen; allein ich begriff nicht, aus welchem Anlaß dies geschah. An einem Tage aber, am 7. September — ein Gedenktag für mich —, geschah folgendes: Du weißt, wie sehr ich sie liebte und wie schwer mir zumute war. Ich geisterte wie ein Schatten umher, ich fand nirgends Ruhe. Ich wollte eigentlich zu Hause bleiben, doch das hielt ich nicht aus und begab mich zu ihr. Ich traf sie allein in ihrem Kabinett an. Priimkow war nicht zu Hause: er war zur Jagd gefahren. Als ich bei Wera eintrat, antwortete sie nicht auf meinen Gruß, sondern sah mich nur unverwandt an. Sie saß am Fenster; auf ihren Knien lag ein Buch, das ich alsbald erkannte: es war mein »Faust«. Ihr Antlitz verriet Müdigkeit. Ich setzte mich ihr gegenüber. Sie bat mich, ihr jene Szene zwischen Faust und Gretchen vorzulesen, worin diese ihn fragt, ob er an Gott glaube. Ich ergriff das Buch und hob an zu lesen. Als ich zu Ende gekommen, blickte ich zu ihr auf. Den Kopf an die Sessellehne geschmiegt und die Arme auf der Brust gekreuzt, schaute sie immer noch unverwandt zu mir hin.

Ich weiß nicht, warum mein Herz plötzlich zu schlagen begann.

»Was haben Sie mit mir nur angestellt?« sagte sie langsam.

»Wie?« äußerte ich ganz verwirrt.

»Ja, was haben Sie bloß mit mir angestellt?« wiederholte sie.

»Sie wollen damit sagen«, begann ich, »warum ich Sie dazu gebracht habe, solche Bücher zu lesen?«

Sie erhob sich stumm und ging aus dem Zimmer. Ich schaute ihr nach.

An der Türschwelle jedoch blieb sie stehen und wandte sich zu mir um.

»Ich liebe Sie«, sagte sie, »das ist es, was Sie mit mir angestellt haben.«

Das Blut stieg mir blitzgeschwind zu Kopf . . .

»Ich liebe Sie, ich bin in Sie verliebt«, wiederholte Wera.

Sie ging und schloß die Tür hinter sich. Ich will Dir nicht beschreiben, was da mit mir geschah. Ich erinnere mich, ich ging in den Garten hinaus und drang in sein tiefstes Dickicht, ich lehnte mich an einen Baum und kann Dir nicht mehr sagen, wie lange ich so stand. Es war, wie wenn ich erstarrt wäre; ab und zu flutete gleich einer Welle ein Glücksempfinden durch mein Herz ... Nein, ich kann mit Dir nicht darüber sprechen. Aus dieser Erstarrung riß mich Priimkows Stimme; man hatte nach ihm geschickt, ihm mitzuteilen, daß ich gekommen sei: er war von der Jagd heimgekehrt und hatte mich gesucht. Er war recht überrascht, mich allein und ohne Hut im Garten zu finden, und führte mich ins Haus.

»Meine Frau ist im Salon«, versetzte er, »wollen wir zu ihr gehen.«

Du kannst Dir vielleicht vorstellen, mit welchen Gefühlen ich die Salonschwelle übertrat. Wera saß in einer Ecke am Stickrahmen; ich schaute flüchtig zu ihr hin und wagte dann lange nicht, sie anzusehen. Zu meiner Überraschung schien sie ganz ruhig zu sein; weder lag in ihren Worten noch in dem Klang ihrer Stimme Erregung. Schließlich entschloß ich mich, sie anzusehen. Unsere Blicke begegneten einander ... Sie errötete ganz leicht und beugte sich über ihre Stickarbeit. Ich begann sie zu beobachten. Es war, als wenn sie sich über etwas wundere; zuweilen kräuselte ein unfrohes Lächeln ihre Lippen.

Priimkow begab sich hinaus. Da richtete sie plötzlich den Kopf auf und fragte mich ziemlich laut:

»Und was beabsichtigen Sie nun zu tun?«

Ich wurde verlegen und entgegnete hastig mit gesenkter Stimme, daß ich die Pflicht des anständigen Menschen erfüllen würde – und zwar, mich zu entfernen, »weil ich«, fügte ich hinzu, »weil ich Sie liebe, Wera Nikolajewna, was Sie wahrscheinlich schon lange bemerkten«. Sie beugte sich wieder über ihre Stickarbeit und überlegte.

»Ich muß mit Ihnen sprechen«, sagte sie dann. »Kommen Sie heute abend nach dem Tee in unser Häuschen ... Wissen Sie, wo Sie den ›Faust‹ vorgetragen haben.«

Das sprach sie so vernehmlich, daß ich noch jetzt nicht fassen kann, wieso Priimkow, der im gleichen Augenblick das Zimmer betrat, nichts davon vernahm. Langsam, quälend langsam ging dieser Tag vorüber. Wera schaute sich manchmal mit einer Miene um, als frage sie sich selber, ob nicht alles ein Traum wäre. Und dennoch stand gleichzeitig Entschlossenheit auf ihrem Antlitz. Ich dagegen ... ich vermochte mich nicht zu fassen. Wera liebt mich! Diese Worte kreisten unablässig in meinem Geist; jedoch ich verstand sie nicht – ich konnte weder mich noch diese Worte erfassen. Ich konnte an ein so unerwartetes, an ein derart erschütterndes Glück gar nicht glauben; es gelang mir nur schwer, mich an das Vergangene zu erinnern, und so blickte denn auch ich, so sprach denn auch ich wie im Traum ...

Nach dem Tee, als ich schon überlegte, wie es mir wohl am besten gelingen könnte, unbemerkt aus dem Hause zu schlüpfen, erklärte Wera plötzlich, sie wolle spazierengehen, und schlug mir vor, sie zu begleiten. Ich erhob mich, nahm meinen Hut und ging hinter ihr her. Ich wagte nicht, sie anzureden, ich atmete kaum, ich harrte auf ihr erstes Wort und wartete auf eine Erklärung von ihr; indes sie schwieg. Schweigend legten wir den Weg zum chinesischen Häuschen zurück, schweigend traten wir ein, dort aber – ich weiß bis jetzt nicht, ich kann nicht verstehen, wie das geschehen sein kann –, dort aber lagen wir einander unversehens in den Armen. Eine unsichtbare Kraft stieß mich zu ihr und sie zu mir. Beim schwindenden Tageslicht leuchtete ihr Antlitz mit den zurückgeworfenen Locken in einem Lächeln der Selbstvergessenheit und Zärtlichkeit auf, und da verschmolzen unsere Lippen zu einem Kuß ...

Dieser Kuß war unser erster und unser letzter.

Wera riß sich jäh aus meinen Armen und taumelte mit dem Ausdruck des Entsetzens in den weitaufgerissenen Augen zurück.

»Schauen Sie sich um«, sagte sie mit zitternder Stimme, »können Sie etwas sehen?«

Ich drehte mich schnell um.

»Da ist nichts. Haben Sie denn etwas gesehen?«

»Jetzt sehe ich nichts mehr, aber ich sah etwas.«

Sie atmete tief und verhalten.

»Wen, was?«

»Meine Mutter«, sprach sie langsam, und es durchfuhr sie. Auch ich erbebte, als wenn Frost mich durchschauere. Plötzlich fühlte ich Angst, als sei ich ein Verbrecher. Und war ich denn in diesem Augenblick nicht wirklich ein Verbrecher?

»Aber, aber!« begann ich. »Was soll das nur? Sagen Sie mir lieber ...«

»Nein, um Gottes willen, nein!« unterbrach sie mich und faßte sich an den Kopf. »Das ist der Wahnsinn ... Ich werde verrückt ... Damit darf man nicht spaßen! – Das ist der Tod ... Leben Sie wohl ...«

Ich streckte die Arme nach ihr.

»Bleiben Sie, um Gottes willen, nur einen Moment da«, rief ich, voll eines unwillkürlichen Gefühls. Ich wußte nicht, was ich sagte, und hielt mich kaum auf den Beinen. »Um Gottes willen ... das wäre zu grausam!«

Sie blickte mich an.

»Morgen, morgen abend«, versetzte sie, »nicht heute, ich bitte Sie ... fahren Sie heute weg ... Kommen Sie morgen abend zur Gartenpforte am See. Dort werde ich sein, ich werde kommen ... Ich schwöre dir, daß ich kommen werde«, fügte sie fast ekstatisch hinzu, und ihre Augen blitzten. »Wer immer mich auch aufhalten wollte, ich schwöre es dir! Dort werde ich dir alles sagen, nur laß mich heute gehen.«

Und ehe ich auch nur ein Wort zu äußern vermochte, war sie verschwunden.

Bis in die Tiefe erschüttert, blieb ich dort stehen. Mein Kopf wirbelte. Durch die tolle Freude, die mein ganzes Wesen erfüllte, kroch ein schwermütiges Empfinden ... Ich schaute mich um. Schrecklich war mir der dumpfe feuchte Raum, darin ich stand, mit seiner niederen Decke und den dunklen Wänden.

Ich eilte hinaus und begab mich schweren Schrittes zum Hause. Wera wartete auf der Terrasse auf mich; sie trat ins Haus, kaum daß ich herangekommen war, und begab sich alsbald ins Schlafzimmer.

Ich fuhr fort.

Wie ich die Nacht und den nächsten Tag verbracht, ist unmöglich wiederzugeben. Ich weiß nur, daß ich mit dem Gesicht nach unten dalag, mein Antlitz in meinen Händen versteckt, und daß ich nur noch an ihr Lächeln vor dem Kuß dachte und mir zuraunte: »Da hat sie also endlich ...«

Doch ich erinnerte mich auch an die Worte der Jelzowa, die Wera mir einmal berichtet hatte. Jene hatte ihr einst gesagt: »Du bist wie Eis: solange du nicht schmilzt, bist du hart wie Stein, wenn du aber schmilzt – wird keine Spur mehr von dir zurückbleiben.«

Und noch folgendes fiel mir ein: Wir hatten einmal – Wera und ich – darüber geplaudert, was Können und Talent zu bedeuten habe.

»Ich kann nur das eine«, hatte sie da gesagt, »bis zum letzten Augenblick schweigen.«

Ich hatte das damals nicht verstehen können.

Was jedoch hat ihr Schreck zu bedeuten gehabt? fragte ich mich ... Wäre es wirklich denkbar, daß sie in der Tat die Jelzowa erblickt haben kann? Ein Spiel der Einbildung! dachte ich und gab mich aufs neue den Empfindungen der Erwartung hin.

An jenem Tage hatte ich Dir – es ist schrecklich, sich jetzt zu erinnern, mit welchen Gedanken ich das tat – jenen verschmitzten Brief geschrieben.

Abends – die Sonne war noch nicht untergegangen – stand ich im hohen und dichten Weidicht am Ufer des Sees, fünfzig Schritt vom Gartenpförtchen entfernt. Ich war zu Fuß gekommen. Ich muß zu meiner Schande gestehen: Angst, die allerverzagteste Angst lag in mir, ich schauderte unablässig zusammen ... jedoch ich empfand keinerlei Reue. Zwischen den Zweigen versteckt, blickte ich unentwegt zum Pförtchen hin. Jedoch es öffnete sich nicht. Die Sonne sank, es dämmerte; dann traten die Sterne hervor, und der Himmel dunkelte immer mehr. Es zeigte sich niemand. Fieber schüttelte mich. Die Nacht brach an. Länger konnte ich's nicht ertragen, vorsichtig verließ ich das Weidicht und glitt zum Pförtchen. Im Garten war alles still. Leise raunend rief ich nach Wera, ich rief zum andernmal und zum drittenmal ... Keine Antwort. Eine halbe Stunde verging so, es verging eine Stunde; schließlich wurde es völlig dunkel. Die Erwartung peinigte mich; ich zog das Pförtchen an und stieß es jäh auf und schlich wie ein Dieb auf Zehenspitzen zum Hause. Im Schatten der Linden machte ich halt.

Im Hause waren fast alle Fenster hell erleuchtet: Menschen schritten in den Zimmern auf und ab. Das setzte mich in Erstaunen: soweit ich beim trüben Sternenlicht erkennen konnte, zeigte meine Uhr halb zwölf. Plötzlich wurde es im Hause geräuschvoll, die Wagen fuhren vom Hause fort.

Anscheinend Gäste, überlegte ich. Da ich alle Hoffnung aufgegeben hatte, Wera noch zu sehen, ging ich aus dem Garten und begab mich schnellen Schrittes nach Hause. Es war eine dunkle Septembernacht, warm und windstill. Das Gefühl, weniger Ärger, mehr Trauer, das sich meiner bemächtigt hatte, zerstreute sich langsam, und, ein wenig müde vom schnellen Gehen, doch von der Stille der Nacht beruhigt, glückselig und fast heiter, langte ich zu Hause an. Ich begab mich in mein Schlafzimmer, schickte Timofej fort, warf mich unausgekleidet auf mein Bett und verlor mich in Gedanken.

Zunächst waren meine Träume hochgestimmt, bald jedoch bemerkte ich an mir eine sonderbare Veränderung. Eine geheime nagende Schwermut war in mir, eine tiefe innerliche Unruhe. Ich konnte nicht verstehen, woher diese rührte; doch mir war ängstlich und drückend zumute, wie wenn mir ein nahes Unglück drohe oder wie wenn jemand Liebes in diesem Augenblick leide und mich um Hilfe rufe. Die Wachskerze auf dem Tisch brannte mit kleiner regungsloser Flamme, das Uhrpendel tickte schwer und gemessen. Ich stützte den Kopf auf meine Hand und begann in das leere Halbdunkel meines einsamen Zimmers zu starren. Ich dachte an Wera, und sogleich begann Schmerz in meiner Seele zu wühlen: alles, woran ich mich so gefreut hatte, schien mir, wie es sich auch gehörte, nur ein Unglück zu sein, ein ausweglose Elend. Das schwermütige Gefühl in mir wuchs und wuchs; ich konnte nicht länger liegen; mir war plötzlich, daß jemand mit flehender Stimme riefe ... Ich richtete den Kopf auf und fuhr zusammen, wahrhaftig, ich hatte mich nicht getäuscht: ein jammervoller Schrei drang von fern und blieb mit leisem Zittern an den schwarzen Fensterscheiben kleben. Schrecken überkam mich; ich sprang vom Bett und öffnete das Fenster. Deutlich vernehmbares Stöhnen schwang ins Zimmer, und mir war, als kreise es über mir. Ganz kalt vor Entsetzen, lauschte ich seinen letzten ersterbenden Modulationen. Es war fast, als würde jemand in der Ferne ermordet und als flehe der Unglückliche vergebens um Gnade. Ob dies eine Eule war, die im Hain schrie, oder ob ein anderes Geschöpf fern dieses Stöhnen ausstieß, ich vermochte mir darüber nicht klarzuwerden, doch antwortete ich wie Mazeppa dem Kotschubej auf den unheilvollen Laut mit einem Schrei.*

»Wera, Wera!« rief ich laut. »Bist du es, die nach mir ruft?« Verschlafen und erstaunt trat Timofej vor mich hin.

Da kam ich zu mir, ich trank ein Glas Wasser und begab mich ins Nebenzimmer; der Schlaf freilich wollte nicht mehr kommen. Mein Herz schlug krank, wenn auch nicht eben schnell. Ich vermochte mich keinen Glücksträumen mehr hinzugeben; ich wagte nicht mehr, ihnen zu glauben.

Tags darauf begab ich mich noch vor dem Mittagessen zu Priimkow. Sein Gesicht war sorgenvoll, als er mich begrüßte.

»Meine Frau ist krank«, begann er, »sie liegt zu Bett; ich habe nach dem Arzt gesandt.«

»Was fehlt ihr?«

»Ich kann es nicht feststellen. Gestern abend wollte sie in den Garten gehen und kehrte plötzlich ganz außer sich zurück, völlig erschrocken. Die Zofe lief mich holen. Ich ging zu meiner Frau und fragte sie: ›Was hast du?‹ Sie antwortete nichts und legte sich sogleich zu Bett; nachts fing sie zu phantasieren an. Im Phantasieren sprach sie Gott weiß was, im übrigen auch von Ihnen. Die Zofe berichtete mir etwas ganz Erstaunliches: als ob Werotschka im Garten ihre verstorbene Mutter gesehen habe, es sei ihr vorgekommen, wie wenn diese ihr mit offenen Armen entgegengeschritten wäre.«

Kannst Du Dir vorstellen, was ich bei diesen Worten empfinden mußte?

»Natürlich ist das Unsinn«, fuhr Priimkow fort; »immerhin muß ich gestehen, daß meiner Frau schon gelegentlich ungewöhnliche Dinge dieser Art zugestoßen sind.«

»Und, sagen Sie, ist Wera Nikolajewna sehr krank?«

* Vgl. »Poltawa«, Verserzählung von Puschkin, 2. Gesang.

»Ja, sie ist recht krank: nachts ging es ihr schlecht; jetzt liegt sie ohne Bewußtsein.«

»Und was sagte der Arzt?«

»Der Arzt sagte, die Krankheit ließe sich noch nicht feststellen ...«

Den 12. März

Mein lieber Freund, so wie ich begonnen, kann ich nicht fortfahren: das würde mich zu große Mühe kosten und müßte meine Wunden nur noch mehr vergiften. Die Krankheit, um mit den Worten des Arztes zu reden, kam zum Ausbruch, und Wera starb an dieser Krankheit. Keine zwei Wochen durfte sie nach dem schicksalsvollen Tage unserer jähen Zusammenkunft mehr leben. Ich sah sie noch einmal vor ihrem Hinscheiden. Ein entsetzlicherer Anblick ist mir nie zuteil geworden. Ich wußte bereits durch den Arzt, daß keine Hoffnung mehr wäre. Abends spät, als alle im Hause bereits zu Bett gegangen waren, schlich ich mich an die Schlafzimmertür und blickte hinein. Wera lag im Bett mit geschlossenen Augen, sie war so dünn, so klein, fiebrige Röte auf den Backen. Versteinert blickte ich sie an. Plötzlich schlug sie die Augen auf, heftete sie auf mich, schaute genauer hin und reckte die abgemagerte Hand.

»Was will der an dem heiligen Ort,
Der da ... der dort ...«*

sprach sie mit einer so schrecklichen Stimme, daß ich die Flucht ergriff. Während der ganzen Zeit ihrer Krankheit phantasierte sie fast immer nur vom »Faust« und von ihrer Mutter, die sie bald Marthe nannte, bald die Mutter Gretchens.

Wera starb. Ich wohnte ihrem Begräbnis bei. Seit jener Zeit habe ich alles verlassen und mich hier auf immer angesiedelt.

Nun denke einmal über das nach, was ich Dir berichtet; und denk an sie, an dieses Geschöpf, das so früh zugrunde gehen mußte. Wie das geschehen konnte, wie diese unbegreifliche Einmischung einer Verstorbenen in die Angelegenheiten der Lebenden zu erklären ist, weiß ich nicht und werde es niemals wissen; doch gib zu, daß mich nicht, wie Du meinst, ein Anfall launenhaften Spleens veranlaßt hat, mich von der Welt zurückzuziehen. Ich bin nicht mehr jener, als den Du mich kanntest: ich glaube jetzt an vieles, woran ich vormals nicht geglaubt. Ich habe während dieser ganzen Zeit so viel über diese unglückliche Frau (ich hätte fast gesagt: Mädchen)

* »Faust«, I. Teil, letzte Szene. (Anm. d. Verf.)

nachgedacht, über ihre Herkunft und über das geheime Spiel des Schicksals, das wir, die Blinden, als blinden Zufall preisen. Wer kann je wissen, wieviel ein jeder, der auf Erden lebt, an Samen zurückläßt, dem erst nach seinem Tode aufzugehen beschieden ist? Wer will bestimmt sagen, mit welch geheimnisvoller Kette das Schicksal eines Menschen mit dem Schicksal seiner Kinder und seiner Nachkommenschaft verkettet ist und wie seine Bestrebungen sich in ihnen widerspiegeln und wie seine Fehler an ihnen heimgesucht werden? Wir müssen uns alle demütigen und unser Haupt vor dem Unbekannten beugen.

Ja, Wera ist zugrunde gegangen, und ich bin verschont worden. Ich kann mich erinnern, als ich noch ein Kind war, hatten wir bei uns zu Hause eine wunderschöne Vase aus durchsichtigem Alabaster. Kein Fleckchen schändete ihr jungfräuliches Weiß. Als ich einmal allein geblieben war, begann ich den Sockel zu schaukeln, auf dem sie stand ... da fiel die Vase plötzlich hinunter und zerschlug in kleine Stücke. Ich erstarrte vor Schreck und stand regungslos vor den Splittern. Mein Vater trat ein, er erblickte mich und sagte: »Da schau, was du angerichtet hast; nun haben wir unsere wunderschöne Vase nicht mehr; jetzt ist sie auf keine Weise mehr zu reparieren.« Ich brach in Schluchzen aus. Mir schien, daß ich ein Verbrechen begangen.

Und nun bin ich groß geworden — und habe ebenso leichtsinnig ein Gefäß zertrümmert, das tausendmal kostbarer war ...

Vergeblich nur sagte ich mir, daß ich eine so unverhoffte Lösung nicht hätte voraussehen können, daß diese mich selber mit ihrer Plötzlichkeit getroffen hätte und daß ich ja auch nicht hatte ahnen können, welch ein Wesen Wera war. Ja, wahrlich, sie wußte bis zum letzten Augenblick zu schweigen. Ich hätte sogleich fliehen müssen, als ich zuerst empfunden, daß ich sie liebe, eine verheiratete Frau liebe; ich dagegen blieb — und in Trümmer ging die wunderbare Schöpfung, und nun blicke ich mit stummer Verzweiflung auf das Werk meiner Hände.

Jawohl, die Jelzowa hat eifersüchtig ihre Tochter gehütet. Sie hat sie bis zum Ende behütet und hat sie beim ersten unvorsichtigen Schritt zu sich ins Grab fortgeholt.

Zeit, Schluß zu machen ... Ich habe Dir nicht den hundertsten Teil von dem gesagt, was ich hätte sagen sollen: allein auch das war übergenug für mich. Mag denn aufs neue auf den Grund der Seele hinabsinken, was emporgetaucht war ...

Ich ende und sage Dir nur dies: Aus den Erfahrungen der letzten Jahre habe ich eine Überzeugung davongetragen —

das Leben ist kein Spaß und kein Vergnügen; das Leben ist nicht einmal ein Genuß ... das Leben ist eine schwere Mühe. Entsagung, beständige Entsagung — das ist sein geheimer Sinn und seine Lösung, nicht die Erfüllung der Lieblingsgedanken und Wünsche, wie erhaben die auch immer wären; die Pflichterfüllung — das ist es, worum sich der Mensch zu kümmern hat; wenn er nicht Ketten anlegt, die ehernen Ketten der Pflicht, vermag er nicht, ohne zu stürzen, das Ende seiner Laufbahn zu erreichen; und dabei denken wir doch in der Jugend: Je freier, desto besser, desto weiter werden wir kommen. Der Jugend ist es verzeihlich, so zu denken, allein es ist schmählich, sich an einem Selbstbetrug zu freuen, wenn das strenge Antlitz der Wahrheit dir endlich in die Augen schaut.

Leb wohl! Vormals hätte ich hinzugefügt: Werde glücklich! Jetzt dagegen sage ich Dir nur: Gib Dir Mühe zu leben; das ist nicht ganz so leicht, wie es scheint. Gedenke meiner nicht in den Stunden der Trauer, sondern in den Stunden der Überlegungen, und bewahre in Deiner Seele Weras Bild in seiner ganzen unantastbaren Reinheit ...

Noch einmal, leb wohl!

Dein P. B.

IWAN TURGENJEW

DER HUND

»Wenn man aber die Möglichkeit des Übernatürlichen annimmt, die Möglichkeit seiner Einwirkung aufs reale Leben, so gestatten Sie die Frage, welche Rolle in diesem Fall der klare Verstand zu spielen hat?« sagte Anton Stepanytsch und kreuzte die Hände über dem Magen.

Anton Stepanytsch war Staatsrat und diente in einem ungemein verzwickten Departement; er sprach langsam, schwerfällig und mit tiefer Stimme und erfreute sich allgemeiner Achtung. Man hatte ihm, wie einige seiner Neider sagten, gerade kurz vorher ein »Stanisläuschen«* angehängt.

»Das ist sehr richtig«, bemerkte Skworewitsch.

»Hierüber kann es gar keinen Streit geben«, fügte Kinarewitsch hinzu.

»Auch ich bin damit einverstanden«, bekräftigte aus einer Ecke der Hausherr, Herr Finopljontow, mit einer Fistelstimme.

»Ich jedoch kann, ich muß es eingestehen, mich hierbei nicht beruhigen, denn mir selber geschah vor einiger Zeit etwas Übernatürliches«, sagte ein Mann mittleren Wuchses und mittleren Alters, der ein Bäuchlein und eine Glatze hatte und bis dahin schweigend hinter dem Ofen saß. Die Blicke aller, die sich im Zimmer befanden, richteten sich voll Neugier und Staunen auf ihn – und alsbald herrschte Stille.

Dieser Mann war ein nicht sehr wohlhabender Gutsbesitzer aus dem Kalugaschen, der seit kurzer Zeit in Petersburg weilte. Er war vormals Husar gewesen, hatte alles verspielt, worauf er den Abschied genommen und sich auf dem Lande niedergelassen hatte. Die neuesten Veränderungen auf dem Gebiete der Landwirtschaft hatten jedoch seine Einkünfte noch mehr geschmälert, und somit hatte er sich in die Hauptstadt begeben, um einen Posten zu suchen. Er verfügte über kein einziges Talent und besaß keinerlei Verbindungen; allein er baute fest auf die Freundschaft eines alten Kameraden, der plötzlich, ohne einen ersichtlichen Grund, in den Vordergrund gerückt war, denn er hatte ihm seinerzeit geholfen, einen Falschspieler zu verprügeln. Außerdem vertraute er auf sein Glück – und dieses betrog ihn nicht: wenige Tage darauf er-

* Der Stanislaus-Orden.

hielt er den Posten eines Aufsehers gewisser staatlicher Magazine, einen lohnenden und sogar ehrenvollen Posten, der keinerlei besondere Talente erforderte, denn diese Magazine bestanden zunächst nur im Projekt, ja es war nicht einmal mit Genauigkeit bekannt, womit sie gefüllt werden sollten — projektiert worden waren sie freilich aus Gründen der staatlichen Ökonomie.

Anton Stepanytsch unterbrach als erster die allgemeine Erstarrung.

»Wie, mein bester Herr?« begann er. »Sie behaupten nicht etwa im Scherz, daß Ihnen etwas Übernatürliches zugestoßen ist — ich will damit sagen: etwas, das man nicht mit den Gesetzen der Natur in Übereinstimmung bringen kann?«

»Das behaupte ich«, entgegnete der »beste Herr«, dessen wirklicher Name Porfirij Kapitonytsch war.

»Etwas, das man nicht mit den Gesetzen der Natur in Übereinstimmung bringen kann?« wiederholte Anton Stepanytsch zornig, offenbar hatte ihm diese Phrase gefallen.

»Allerdings ... ja; allerdings eben das, wie Sie es zu nennen belieben.«

»Das ist erstaunlich! Was halten Sie davon, meine Herren?« Anton Stepanytsch bemühte sich, seinen Zügen einen ironischen Ausdruck zu verleihen, jedoch es kam nichts dabei heraus, um es genauer auszudrücken, es kam dabei nur etwas in der Art heraus, als hätte der Herr Staatsrat soeben einen schlechten Geruch verspürt. »Wollen Sie sich nicht vielleicht die Mühe geben, mein bester Herr«, fuhr er fort und wandte sich dabei an den Gutsbesitzer aus dem Kalugaschen, »uns die Details dieses interessanten Vorganges zu vermitteln?«

»Warum nicht? Das geht ganz gut!« entgegnete der Gutsbesitzer, schob sich nachlässig in die Mitte des Zimmers und begann zu sprechen:

»Meine Herren, ich besitze, wie Sie wahrscheinlich wissen werden — vielleicht aber wissen Sie es auch nicht —, ein kleines Gut im Kosjolschen Kreise. Noch vor einiger Zeit war es mir möglich, einen gewissen Nutzen daraus zu ziehen, gegenwärtig aber kann ich, versteht sich, nichts außer Unannehmlichkeiten voraussehen. Allein lassen wir die Politik beiseite! Nun, und auf diesem selben Gut befindet sich ein winziges Höfchen: ein Gemüsegarten, wie es sich gehört, ein kleiner Teich mit kleinen Karauschen, ein paar Schuppen — und schließlich auch ein kleiner Flügel für den eigenen sündhaften Körper ... Eine Junggesellensache. Und nun, es mag etwa sechs Jahre her sein, da kehrte ich eines Abends ziemlich spät heim; bei einem Nachbarn waren Karten gedroschen worden, freilich war dabei, ich bitte das zu bemerken, keineswegs gezecht worden; ich zog mich aus, legte mich hin und löschte das Licht aus. Aber stellen Sie sich vor, meine Herren: Kaum hatte ich das Licht ausgelöscht, da begann ein Geräusch unter meinem Bett! Ich überlegte: Vielleicht eine Ratte? Nein, eine Ratte konnte es nicht sein: es scharrte und bewegte sich und kratzte sich ... Und endlich raschelte was mit den Ohren!

Eine klare Sache: ein Hund. Doch von wo in aller Welt war der Hund gekommen? Selber besaß ich keinen. Es könnte höchstens sein – überlegte ich –, daß irgendein ›Streuner‹ eingedrungen ist. Ich rief den Diener; mein Diener heißt Filka. Der Diener kam mit der Kerze. ›Was soll nun das wieder?‹ sagte ich. ›Bruder Filka, was sind das für Geschichten! Unter meinem Bett ist ein Hund!‹ – ›Was denn für ein Hund?‹ entgegnet er. – ›Woher soll ich das wissen?‹ sagte ich. ›Es ist deine Sache, dafür zu sorgen, daß dein Herr nicht gestört wird.‹ – Mein Filka bückte sich und leuchtete mit dem Licht unters Bett. ›Aber dort liegt doch gar kein Hund‹, meinte er. – So bückte denn auch ich mich: und in der Tat, es war kein Hund da. ›Was für ein tolles Ding!‹ – Ich schaute Filka an: er lächelte nur. ›Dummkopf‹, sagte ich zu ihm, ›was hast du die Zähne zu fletschen? Der Hund ist vermutlich, während du die Tür öffnetest, ins Vorzimmer ausgerissen. Du aber, Faulpelz, hast nichts bemerkt, weil du ewig schläfst. Denkst du vielleicht gar, daß ich besoffen sei?‹ – Er wollte etwas erwidern, allein ich jagte ihn hinaus, rollte mich zusammen und habe in jener Nacht nichts weiter gehört.

In der nächsten Nacht jedoch – stellen Sie sich das nur vor! – wiederholte sich das gleiche. Kaum hatte ich das Licht ausgelöscht, da kratzte es wieder und raschelte mit den Ohren. Und wieder rief ich Filka, und wieder schaute er unterm Bett nach – und wieder war nichts zu sehen! Ich schickte ihn fort und löschte das Licht aus – daß dich doch der Teufel! –, der Hund war da. Und zwar ein richtiggehender Hund: es war ganz genau zu hören, wie er atmete und wie seine Zähne in seinen Pelz fuhren, wenn er auf der Jagd nach Flöhen war ... Klar und deutlich! ›Filka‹, rief ich, ›komm mal ohne Kerze herein!‹ – Er kam. ›Hör mal‹, sagte ich, ›hörst du's?‹ – ›Ich höre es‹, entgegnete er. Ich konnte ihn nicht sehen, doch ich fühlte, daß der Bursche es mit der Angst bekommen hatte. ›Was sagst du dazu?‹ fragte ich. – ›Was befehlen Sie mir, dazu zu sagen, Porfirij Kapitonytsch? Eine Teufelei!‹ – ›Du bist ein dummer Kerl‹, sagte ich, ›schweig mir von deiner Teufelei ...‹ Und dabei waren jedoch unsere beiden Stimmen dünn wie Vogelstimmen, und wir zitterten in der Dunkelheit wie im Fieber.

Ich steckte die Kerze an; kein Hund mehr und kein Geräusch — nur wir beide da, Filka und ich, und beide weiß wie Kalk. Meine Kerze brannte bis in den hellen Tag hinein. Und was soll ich Ihnen sagen, meine Herren, ob Sie mir nun glauben oder nicht, seit jener Nacht wiederholte sich die gleiche Geschichte mit mir sechs Wochen lang. Schließlich hatte ich mich sogar daran gewöhnt und löschte das Licht aus, denn ich kann bei Licht nicht schlafen. Mochte er doch sein Wesen treiben! Er tat mir ja nichts Böses.«

»Ich ersehe daraus, daß Sie nicht zur verzagten Kompanie gehören«, unterbrach ihn Anton Stepanytsch mit einem halb verächtlichen, halb herablassenden Lachen. »Man erkennt den Husaren!«

»Vor Ihnen hätte ich unter allen Umständen keine Angst gehabt«, warf Porfirij Kapitonytsch ein und sah einen Augenblick hindurch in der Tat wie ein Husar aus. »Aber hören Sie weiter: Es kam zu mir ein Nachbar, jener selbe, mit dem ich damals Karten gedroschen hatte. Er speiste mit mir, was Gott mir beschert hatte, und verlor bei Gelegenheit dieses Besuches fünfzig Rubelchen an mich; draußen war es Nacht — Zeit, schlafen zu gehen. Ich verfolgte eine gewisse Absicht. ›Bleib doch‹, sagte ich, ›und übernachte bei mir, Wassilij Wassiljitsch; morgen, so Gott will, nimmst du Revanche.‹ Mein Wassilij Wassiljitsch überlegte hin und überlegte her und blieb schließlich da. Ich befahl, ihm das Bett in meinem Schlafzimmer herzurichten ... Schön, wir legten uns nieder, rauchten und schwatzten — hauptsächlich über das weibliche Geschlecht, wie es sich für Junggesellen schickt — und lachten natürlich; auf einmal sah ich: Wassilij Wassiljitsch löschte sein Licht aus und drehte mir den Rücken zu; mit einem Wort: ›Schlafen Sie wohl!‹ Ich wartete noch ein wenig und löschte ebenfalls das Licht aus. Und stellen Sie sich nur vor: Ich hatte noch kaum Zeit gefunden, mir auszumalen, was das jetzt für ein Hallo geben würde, da fing mein Täubchen schon an. Doch nicht genug damit, daß er anfing: nein, er kroch unterm Bett hervor, ging durchs Zimmer, klapperte mit den Klauen am Fußboden, raschelte mit den Ohren und stieß plötzlich an den Stuhl, der neben Wassilij Wassiljitschs Bett stand! ›Porfirij Kapitonytsch‹, sagte der, und zwar, wissen Sie, mit einer völlig gleichgültigen Stimme, ›ich wußte gar nicht, daß du dir einen Hund zugelegt hast. Was ist es denn für einer? Ein Jagdhund, was?‹ — ›Ich habe keinen Hund‹, entgegnete ich, ›hab auch niemals einen gehabt!‹ — ›Wieso denn nicht? Und was ist denn das?‹ — ›Was das ist?‹ sagte ich. ›Steck mal die Kerze an, dann wirst du es selber sehen.‹ — ›Das soll kein Hund sein?‹ — ›Nein.‹ —

Wassilij Wassiljitsch wälzte sich auf seinem Bett. – ›Zum Teufel, das soll wohl ein Spaß sein?‹ – ›Nein, ich spaße nicht.‹ – Ich hörte, wie er ein Streichholz anrieb; jener aber, jener gab keine Ruhe, er kratzte sich weiter. Die Kerze flammte auf ... und Schluß! Keine Spur! Wassilij Wassiljitsch sah mich an – und ich sah ihn an. ›Was ist denn das für ein Hokuspokus?‹ fragte er. ›Tja‹, meinte ich, ›das ist dir so ein Hokuspokus, daß selbst, wenn du auf der einen Seite Sokrates in eigener Person hernimmst und auf der andern Friedrich den Großen, diese es nicht herausbekommen werden!‹ und erzählte ihm bei der Gelegenheit alles haargenau. Wie da mein Wassilij Wassiljitsch aufsprang! Als hätte er sich verbrüht! Und konnte nicht in die Stiefel kommen! – ›Pferde!‹ schrie er. ›Meine Pferde!‹ – Ich redete ihm gut zu, es half nichts! Er kam aus dem Ächzen gar nicht mehr heraus. ›Ich bleibe nicht!‹ schrie er. ›Keine Minute länger bleib ich! Du bist ein verhexter Mensch! Meine Pferde!‹ – Trotzdem gelang es mir, ihn schließlich zu beschwichtigen. Freilich mußten wir sein Bett ins Nebenzimmer tragen und die Nachtlichter im ganzen Hause anstecken. Am Morgen beim Frühstück war er schon zur Räson gekommen; er erteilte mir Ratschläge. ›Weißt du‹, sagte er, ›Porfirij Kapitonytsch, du solltest mal versuchen, auf einige Tage von zu Hause fortzufahren, vielleicht wird dann diese Schweinerei vergehen.‹ Und dabei muß ich Ihnen sagen, mein Nachbar war ein Mann von großem Verstande! Wie hat er zum Beispiel verstanden, seine Schwiegermutter prachtvoll zu bearbeiten! Er hatte ihr sogar einmal ein Wechselchen vorlegen dürfen; offenbar hatte er eine gefühlvolle Stunde erwischt! Weich wie Seide war sie geworden: sie stellte ihm eine Vollmacht über die Verwaltung des ganzen Gutes aus; was will man mehr? Und dabei ist es doch keine kleine Sache, eine Schwiegermutter so weit zu bekommen, wie? Das müssen Sie doch selber sagen. Trotzdem fuhr er von mir mit einer gewissen Unzufriedenheit fort; ich hatte ihn wiederum mit etwa hundert Rubelchen abgestraft. Er zankte sogar mit mir: er sagte, daß ich undankbar und gefühllos sei; jedoch wieso war ich denn schuld daran? Allein das ist eine Sache für sich – seinen Rat freilich nahm ich zur Kenntnis: noch am selben Tage rollte ich in die Stadt und setzte mich ins Gasthaus, das ein alter Sektierer hielt, mit dem ich bekannt war. Es war ein ehrwürdiger Alter, obwohl von rauhen Sitten, die in seinem Alleinsein ihren Grund haben konnten: seine ganze Familie war ihm ausgestorben. Tabak konnte er nicht leiden, und vor Hunden spürte er einen gewaltigen Widerwillen: ich glaube, ehe er sich darauf eingelassen hätte, einen Hund ins Zimmer zu lassen, eher hätte er sich selber in zwei Stücke zerrissen! ›Das ist ganz und gar ausgeschlossen!‹ pflegte er zu sagen. ›In meinem Zimmer an der Wand geruht die Muttergottes sich aufzuhalten, wie darf an einer solchen Stelle ein verdammter Köter seine Schnauze zeigen!‹ Es ist ja bekannt – Folgen der Unbildung! Im übrigen bin ich freilich der Ansicht: Was immer wem gegeben ist, an das soll er sich halten!«

»Schau mir einer an, ich sehe, daß Sie ein gewaltiger Philosoph sind«, unterbrach ihn Anton Stepanytsch zum zweiten Male, immer mit dem gleichen Spott.

Porfirij Kapitonytsch runzelte dieses Mal nicht einmal die Stirn.

»Es ist noch die Frage, was ich für ein Philosoph bin«, warf er hin und zuckte ärgerlich mit dem Schnurrbart. »Sie aber würde ich trotzdem gern in die Schule nehmen.«

Unser aller Augen hingen an Anton Stepanytsch: ein jeder von uns erwartete von ihm eine hochmütige Antwort oder zum mindesten einen gewitterschwangeren Blick ... Allein der Staatsrat gab seinem verächtlichen Lächeln einen gleichmütigen Ausdruck, gähnte ein wenig, schaukelte mit dem Fuß – und nichts weiter!

»Und bei diesem alten Mann ließ ich mich nun nieder«, fuhr Porfirij Kapitonytsch fort. »Da wir gut bekannt waren, gab er mir eine Kammer, die nicht eben zu den besten gehörte; er selber wohnte auch dort, nur durch eine spanische Wand von mir getrennt – aber gerade das wollte ich haben. War das eine beschwerliche Zeit für mich! Die Kammer war klein, Hitze herrschte darin und eine stickige Luft, und zudem gab es dort Fliegen von einer Klebrigkeit, die ganz unwahrscheinlich war; in der Ecke stand ein ganz ungewöhnliches Heiligenschreinchen, angefüllt mit uralten Heiligenbildern, die Gewänder darauf waren nachgedunkelt und aus getriebenem Metall; es roch unerträglich nach Öl und irgendeiner Spezerei; auf dem Bett lagen zwei Pfühle; wenn man das Kopfkissen bewegte, eilten sogleich Schaben darunter hervor ... Vor Langerweile trank ich ganz unglaublich viel Tee – es war nicht zum Aushalten! Ich legte mich nieder; schlafen jedoch konnte ich nicht, denn hinter der spanischen Wand seufzte und krächzte der Hausherr und murmelte seine Gebete. Doch schließlich kam auch er zur Ruhe. Ich hörte, wie er zu schnarchen begann, allerdings nur ganz leise, auf die altmodische Art, wissen Sie, sehr höflich. Das Licht hatte ich schon längst ausgelöscht, es brannte nur das Lämpchen vor dem Heiligenbild ... Das war offenbar ein Hindernis! Da stand ich denn in aller Stille auf, ging barfuß zum Lämpchen und blies es aus ... Nichts zu merken.

– Aha! dachte ich. In fremder Umgebung wirkt es nicht ... Kaum jedoch hatte ich mich wieder in mein Bett gelegt, da ging die Geschichte von neuem los. Rascheln tat er und kratzen und mit den Ohren wackeln – ganz wie es in der Ordnung war! Schon gut. So lag ich denn und wartete, was geschehen würde. Plötzlich hörte ich, der Alte erwachte. ›Herr‹, sagte er, ›gnädiger Herr?‹ – ›Was gibt's‹ – ›Hast du das Lämpchen ausgelöscht?‹ – Doch er wartete nicht erst auf meine Antwort, sondern schoß plötzlich los: ›Wie ist denn das? Wie ist denn das? Ein Hund gar? Es ist ein Hund! Ach, du verdammter Nikonianer!‹ – ›Halt ein, Alter‹, entgegnete ich, ›und schrei nicht – komm lieber mal herüber. Hier gehen‹, sprach ich, ›Dinge vor, die wert sind, daß man darüber staunt.‹ – Der Alte machte sich hinter der spanischen Wand zu schaffen und kam dann mit einer dünnen, dünnen Kerze aus Wachs zu mir. Ich sah ihn an und mußte mich wundern: er war ganz und gar struppig, die Ohren waren haarig, die Augen blickten böse wie bei einem Iltis, auf seinem Kopf war ein weißes Filzmützchen, der Bart, der bis zum Gürtel reichte, war ebenfalls weiß, überm Hemd trug er eine Weste mit Kupferknöpfen, seine Füße aber staken in Pelzstiefeln – er roch irgendwie nach Wacholder. Er näherte sich dem Heiligenbild, bekreuzigte sich dreimal, zündete das Lämpchen an, bekreuzigte sich aufs neue, wandte sich darauf zu mir und schnauzte mich an: ›Erkläre!‹ – Und da teilte ich, ohne zu zaudern, den ganzen Umstand mit. Das Altertum hörte meine Erklärung an, ohne ein Wörtchen zu verlieren; er schüttelte nur immer den Kopf. Darauf setzte er sich zu mir aufs Bett – freilich schwieg er noch immer. Er kratzte sich nur die Brust, den Nacken und so weiter – und schwieg. – ›Nun‹, sagte ich endlich, ›Fedul Iwanytsch, was denn‹, sagte ich, ›Fedul Iwanytsch, was meinst du nun? Ist das eine Hexerei oder wie?‹ Der Alte sah mich an. ›Was du dir ausdenkst! Behexung! Noch recht, wenn es bei dir zu Hause geschähe, du Tabakraucher – wie aber kann das hier sein! So überlege doch nur, was es hier an Heiligtümern gibt! Behexung!‹ – ›Jedoch wenn es keine Behexung ist, was ist es dann?‹ – Der Alte schwieg aufs neue, kratzte sich wiederum und sagte schließlich, und zwar mit dumpfer Stimme, die davon herrührte, daß ihm sein Schnurrbart in den Mund gekommen war: ›Zieh du deines Weges zur Stadt Bjelew. Dir kann keiner helfen mit Ausnahme eines Menschen, und zwar wohnt dieser Mensch in Bjelew; er gehört zu uns. Wenn er dir helfen will, so ist es dein Glück; sollte er es nicht wollen, kann man es nicht ändern.‹ – ›Doch wie soll ich ihn finden, diesen Menschen?‹ warf ich ein. – ›Wir können dich schon hinbringen‹, entgegnete er; ›nur freilich, was soll das für eine Behexung sein? Es ist entweder eine Erscheinung oder ein Zeichen; du kannst das nicht verstehen: es ist für dich zu hoch. Leg dich jetzt schlafen, der Herr Christus sei mit dir; ich werde mal mit Weihrauch räuchern; am Morgen können wir weiter sprechen. Morgenstunde hat Gold im Munde, weißt du?‹

Je nun, und als der Morgen gekommen war, plauderten wir darüber – freilich hätte dieser selbe Weihrauch um ein Haar bewirkt, daß ich erstickt wäre. Der Alte gab mir einen Rat folgender Art: In Bjelew angekommen, sollte ich auf den Marktplatz gehen und im zweiten Laden rechter Hand mich nach einem gewissen Prochorytsch erkundigen; wenn ich dann aber diesen Prochorytsch aufgefunden, sollte ich ihm ein Brieflein überreichen. Das ganze Brieflein jedoch bestand aus einem Fetzen Papier, auf dem folgendes zu lesen war: ›Im Namen des Vaters und des Sohnes und des Heiligen Geistes. Amen. An Sergej Prochorowitsch Perwuschin. Vertraue diesem. Feodulij Iwanowitsch.‹ Weiter unten aber stand: ›Die Kohlköpfchen sind mit Gottes Hilfe angekommen.‹

Ich dankte dem Alten und befahl ohne weitere Überlegung, augenblicks den Wagen anzuspannen, und begab mich auf den Weg nach Bjelew. Denn ich hatte mir folgendes im Kopf zurechtgelegt. Obwohl ich zugestandenerweise von meinem nächtlichen Besucher nichts Besonderes auszustehen hatte, so war es doch immerhin nicht ganz geheuer und schließlich und endlich für einen Edelmann und Offizier nicht einmal ganz anständig – meinen Sie nicht auch?«

»Und sind Sie wirklich nach Bjelew gefahren?« murmelte Herr Finopljontow.

»Direkt nach Bjelew. Ich kam auf den Markt und fragte im zweiten Laden rechts nach Prochorytsch. ›Gibt es hier‹, sagte ich, ›diesen Mann?‹ – ›Den gibt es‹, wurde geantwortet. ›Und wo wohnt er?‹ – ›Am Ufer der Oka hinter den Gemüsefeldern.‹ – ›In welchem Hause?‹ – ›In seinem eigenen.‹ – So begab ich mich denn zur Oka und suchte das Haus auf, das heißt: in Wahrheit war es gar kein Haus, sondern eine einfache Hütte. Dort bemerkte ich einen Mann in einem an vielen Stellen geflickten blauen Bauernkittel, er trug außerdem eine abgerissene Mütze und sah . . . wie ein kleiner Bürger sah er aus, stand mit dem Rücken zu mir und grub in seinem Kohlbeet. Ich näherte mich ihm. ›Sind Sie der und der?‹ – Er drehte sich um – doch wenn ich die Wahrheit gestehen soll: so durchdringende Augen hatte ich noch niemals gesehen. Im übrigen: das Gesicht zusammengeballt, das Bärtchen spitz und keilförmig, die Lippen eingefallen, kurz, ein alter Mann. ›Ich bin es‹, sagte er. ›Was haben Sie?‹ – ›Das ist es, was ich habe‹, und ich drückte ihm das Briefchen in die Hand. Er sah mich fest an und entgegnete: ›Belieben Sie ins Zimmer zu kommen; ich kann ohne Brille nicht lesen.‹ – Je nun, wir gingen in die Hütte – es war wahrhaftig ein bescheidenes Loch: ärmlich, kahl und schief; es hielt sich kaum noch. An der Wand hing ein Heiligenbild nach alter Art, schwarz wie Kohle; einzig das Weiße der Augen brannte hervor. Aus einer Tischschublade nahm er eine runde Eisenbrille, tat sie auf die Nase, las das Brieflein durch und schaute mich darauf durch die Brille aufs neue an. – ›Sie haben eine Bitte an mich?‹ – ›Die habe ich‹, entgegnete ich, ›das stimmt.‹ – ›Schön‹, entgegnete er. ›Wenn Sie eine solche haben, so berichten Sie, wir wollen hören.‹ – Und stellen Sie sich nur vor: Selber nahm er Platz, zog ein kariertes Tuch aus der Tasche, breitete es auf seinen Knien aus – hatte das Tuch Löcher! – und sah mich dabei so würdevoll an, als sei er ein Senator oder ein Minister, mich aber bat er nicht, Platz zu nehmen. Und was noch erstaunlicher war: ich fühlte plötzlich, daß ich verlegen wurde, ganz eingeschüchtert war ich; mit einem Wort, mir fiel das Herz in die Hosen. Er durchbohrte mich mit seinen Augen durch und durch. Immerhin gelang es mir, mich wieder in die Hand zu bekommen, und so erzählte ich ihm denn meine ganze Geschichte. Er schwieg, er krümmte sich ein wenig zusammen, schmatzte mit den Lippen und fragte mich darauf, und wiederum ganz wie ein Senator, majestätisch und ohne Hast: ›Wie war doch gleich Ihr Name? Wie alt? Wer waren Ihre Eltern? Junggeselle oder verheiratet?‹ Darauf schmatzte er noch einmal mit den Lippen, runzelte die Stirn, hob den Finger und sagte: ›Verrichten Sie vor dem heiligen Bilde ein Gebet, vor den würdigen, gerechten Bischöfen Sossima und Sawwatij aus Solowezk.‹ – Ich machte einen Kniefall und kam gar nicht mehr in die Höhe; ich hatte so eine Furcht vor dem Mann und so viel Respekt vor ihm, daß, was immer er auch befohlen hätte, ich hätte es sogleich erfüllt! – Ich sehe, daß Sie, meine Herren, darüber lächeln, ich aber hatte damals nichts zu lachen, wahr und wahrhaftig. – ›Erheben Sie sich, Herr‹, sagte er schließlich, ›ich kann Ihnen helfen. Dies Gesicht ist Ihnen nicht als Strafe geschickt worden, sondern zur Warnung: Gehen Sie von hier auf den Marktplatz und kaufen Sie sich einen jungen Hund, den Sie von nun ab ständig bei sich haben sollen – tags sowohl als auch nachts. Ihre Erscheinungen werden aufhören, und außerdem wird der Hund Ihnen von großem Nutzen sein.‹ Es war, als sei mir plötzlich die Erleuchtung gekommen: diese Worte machten einen ungemein angenehmen Eindruck auf mich!

Ich verneigte mich vor Prochorytsch und wollte gehen, entsann mich aber, daß ich mich doch eigentlich bei ihm bedanken müßte, und nahm aus dem Beutel einen Dreirubelschein. Er aber schob meine Hand beiseite und sagte zu mir: ›Geben Sie das‹, sagte er, ›unserer Kapelle oder den Armen, dieser Dienst wird nicht bezahlt.‹ Ich verneigte mich aufs neue vor ihm und diesmal fast bis zur Erde und marschierte darauf zum Marktplatz. Und stellen Sie sich nur vor: Kaum näherte ich mich den Verkaufsbuden, da kroch mir bereits einer im Friesmantel entgegen und trug unterm Arm einen zwei Monate alten Jagdhund von brauner Farbe mit weißer Schnauze und weißen Vorderpfoten. ›Halt!‹ sprach ich zu dem Mantel. ›Um wieviel verkaufst du ihn?‹ – ›Um zwei Rubel.‹ – ›Da, nimm drei!‹ – Jener erstaunte und dachte, der Herr sei toll geworden, ich aber ihm derweil die Scheine in die Zähne, den Welpen untern Arm und flugs in den Wagen! Der Kutscher peitschte die Pferde an, und noch am selben Abend war ich zu Hause. Der Welpe saß während des ganzen Weges unter meinem Arm im Mantel – nicht gerührt hat er sich; ich aber sprach ihm in einem fort zu: ›Tresorchen, Tresorchen!‹ Zu Hause fütterte ich ihn und gab ihm zu saufen. Ich befahl, Stroh herbeizubringen, machte ihm sein Lager und kroch selber ins Bett! Ich löschte das Licht aus: es wurde dunkel. ›Nun‹, sagte ich, ›fang doch an!‹ Schweigen. ›So fang doch an‹, sagte ich, ›du dieser und jener!‹ Kein Laut, als wollte er meiner spotten. Da wurde ich mutiger. ›So fang doch endlich an, los, wer immer du auch seist!‹ Jedoch es rührte sich nichts und damit basta! Nichts außer dem Schnarchen des Welpen war hörbar. – ›Filka!‹ schrie ich da. ›Filka! So komm doch her, dummer Kerl!‹ Jener trat ein. ›Hörst du den Hund?‹ – ›Nein‹, erwiderte er, ›Herr, ich höre nichts!‹ und lachte dabei. – ›Und wirst ihn auch nicht hören‹, sagte ich, ›niemals wieder! Da hast du einen halben Rubel zu Schnaps!‹ – ›Darf ich das Händchen küssen‹, meinte der Schafskopf und kroch trotz der Dunkelheit auf mich zu ... Also, ich sage Ihnen, war das eine Freude!«

»Und damit war alles zu Ende?« fragte Anton Stepanytsch, und diesmal ohne Ironie.

»Die Erscheinungen hörten auf, das stimmt freilich, und es gab keinerlei Beunruhigungen mehr – aber warten Sie nur, das ganze Ding ist damit noch nicht aus. Mein Tresorchen wuchs heran – war das ein großpfotiger Gänserich! Mit breitem Schwanz, schwer, mit Hängeohren und einer großen Schnauze – der wahre ›Putzweg‹. Außerdem war er mir ungewöhnlich zugetan. In unserer Gegend gibt es keine rechte Gelegenheit zur Jagd, doch da ich mir schon den Hund zugelegt hatte, mußte ich mir auch ein Gewehrchen anschaffen. So zog ich denn mit meinem Tresor durch die Gegend; zuweilen gelang es mir, einen Hasen abzuknallen (mein Gott, wie er immer hinter den Hasen her war!), zuweilen aber auch eine Wachtel oder ein Entchen. Die Hauptsache freilich war: Tresor durfte keinen Schritt von mir. Wohin ich ging, dorthin mußte auch er; ich nahm ihn sogar in die Badestube mit – wahrhaftig! Eine Dame aus unserer Gegend befahl einmal, mich wegen dieses Tresor aus ihrem Salon zu führen, aber da hab ich einen Krach gemacht: was ich ihr bei der Gelegenheit allein an Gläsern zerschlagen habe! Tja, im Sommer war das ... Ich sage Ihnen, es herrschte damals eine Dürre, die keiner noch erlebt hatte; etwas wie Rauch oder wie Nebel hing in der Luft, es roch brandig, dunstig war es, die Sonne sah wie ein glühender Ball aus, und Staub gab es, man wußte gar nicht, wohin vor Niesen! Mit offenen Mäulern schleppten sich die Menschen hin, ganz wie Krähen. Es war mir zu langweilig, ständig im vollsten Deshabillé hinter geschlossenen Läden zu Hause zu sitzen; außerdem ließ die Hitze bereits ein wenig nach ... Und so ging ich denn, meine Herrschaften, zu einer Nachbarin. Und zwar wohnte diese Nachbarin knapp eine Werst weit von mir, eine wohltätige Dame war es. Noch jung war sie und im allerblühendsten Alter und von ungemein einnehmendem Äußeren; sie war freilich nicht besonders beständig. Allerdings muß man sagen, daß das beim weiblichen Geschlecht nicht eben viel ausmacht; es bereitet sogar gewissermaßen Vergnügen ... Je nun, so kam ich denn endlich vor ihre Tür – sauer war mir die Reise angekommen! Jetzt – dachte ich – wird Nymfodora Semjonowna mich mit Preiselbeerwasser erquicken oder mit anderen Erfrischungen – und wollte bereits die Türklinke ergreifen, da hörte ich plötzlich ein Pfeifen, Kreischen und Schreien von Buben ... Ich schaute mich um. Herr, mein Gott – ein riesiges rotes Tier, das ich im ersten Augenblick gar nicht als Hund erkannt, schoß direkt auf mich los: mit offenem Maul, blutunterlaufenen Augen und gesträubtem Fell ... Ich hatte meine Fassung noch nicht wiedererlangt, da war das Ungetüm bereits vor mir, stieg auf den Hinterbeinen hoch und mir an die Kehle – eine Lage, was? Ich wurde richtig starr vor Entsetzen, die Arme versagten mir den Dienst, ich war ganz hin ... ich sah nur die furchtbaren großen Hauer direkt vor meiner Nase, die rote Zunge, und alles voller Schaum. Im gleichen Augenblick aber flog ein anderer dunkler Körper wie ein Gummiball vor mir in die Höhe – es war mein Täubchen Tresor, der für mich eintrat; wie ein Blutegel hängte er sich jenem Ungetüm an die Gurgel!

Der andere schnaufte nur, fletschte die Zähne und wich zurück ... Mit einem Ruck riß ich die Tür auf und war im Vorzimmer. Ganz aus dem Häuschen, drückte ich mit meinem vollen Gewicht gegen das Schloß, derweilen aber ging draußen eine verzweifelte Bataille vor sich. Ich schrie und rief um Hilfe; das ganze Haus jagte herbei. Nymfodora Semjonowna flog mit offenen Haaren ins Zimmer; draußen lärmten Stimmen, und plötzlich hörte man: ›Haltet ihn auf, haltet ihn auf, das Tor zu!‹ Ich öffnete die Tür — allerdings nur eine Spalte — und sah: das Ungetüm war verschwunden, die Menschen liefen wild über den Hof, schwangen die Arme, hoben Stöcke vom Boden auf und benahmen sich wie Verrückte. ›Zum Dorf, er ist zum Dorf gelaufen!‹ kreischte eine Weib zum Schiebefenster hinaus, die ein Kopftuch von ungewöhnlichem Ausmaß trug. Ich verließ das Haus. ›Wo ist mein Tresor?‹ Allein im gleichen Augenblick sah ich ihn, meinen Retter. Er kam vom Tor, er lahmte und war ganz zerbissen und voller Blut ... ›Was war das nur?‹ fragte ich die Leute, die noch immer auf dem Hof wie irrsinnig hin und her liefen. ›Ein toller Hund!‹ entgegneten sie. ›Einer von des Grafen Hunden; seit gestern treibt er sich hier herum.‹

Wir hatten einen Nachbarn, einen Grafen; der hatte ausländische Hunde eingeführt, die sehr schrecklich waren. Die Knie zitterten mir; ich lief zum Spiegel, um nachzuschauen, ob ich nicht gebissen worden sei. Nein, Gott sei Dank, es war nichts zu sehen, nur meine Visage, die war natürlich ganz grün; Nymfodora Semjonowna aber lag auf dem Diwan und gakkerte wie ein Huhn. Das war ja auch ganz begreiflich: erstens die Nerven und zweitens die allgemeine Empfindsamkeit. Allein schließlich kam sie wieder zu sich und fragte mich, völlig erschöpft: Ob ich wohl noch am Leben sei? Ich erwiderte, daß ich allerdings noch am Leben sei, und Tresor wäre mein Retter. ›Ach‹, meinte sie, ›welch ein Edelmut! Dann hat der tolle Hund ihn wohl abgewürgt?‹ — ›Nein‹, sagte ich, ›er hat ihn nicht abgewürgt, sondern nur heftig zerbissen.‹ — ›Ach‹, entgegnete sie, ›in dem Falle muß man ihn augenblicks erschießen!‹ — ›Nein, nein‹, ich zu ihr, ›damit bin ich nicht einverstanden; ich will versuchen, ihn zu kurieren.‹ In dem Augenblick begann Tresorchen an der Tür zu kratzen; ich erhob mich, um ihm zu öffnen. ›Ach‹, rief sie, ›was wollen Sie da tun? Er wird uns alle beißen!‹ — ›Aber ich bitte Sie!‹ ich zu ihr. ›Das Gift wirkt ja gar nicht so schnell.‹ — ›Ach‹, sie darauf, ›das ist unmöglich! Sie sind wohl von Sinnen!‹ — ›Nymfchen‹, sagte ich, ›so beruhige dich doch, nimm doch nur Vernunft an ...‹ Sie aber begann plötzlich zu schreien: ›Gehen Sie, gehen Sie sogleich mit Ihrem widerwärtigen Hund fort!‹ – ›Ich werde gehen‹, sagte ich. – ›Sogleich!‹ rief sie. ›Augenblicks! Entferne dich‹, fügte sie hinzu, ›du Räuber, und erdreiste dich nicht, mir wieder vor Augen zu treten, denn du selber könntest ja toll werden!‹ – ›Vortrefflich‹, entgegnete ich, ›aber geben Sie mir einen Wagen, denn es scheint mir zu gefährlich, jetzt zu Fuß nach Hause zu gehen.‹ Sie starrte mich an. ›Man gebe ihm einen Wagen, eine Equipage, eine Droschke, was immer er will, nur daß er schneller fortkommt. Ach, was für Augen, ach, was er für Augen macht!‹ Und mit diesen Worten war sie aus dem Zimmer und klatschte dem Mädchen, das ihr begegnete, eins um die Ohren, und, horch, da war ein neuer Anfall über sie gekommen! – Ob Sie mir nun Glauben schenken oder nicht, meine Herren, seit jenem Tag hat jegliche Bekanntschaft mit Nymfodora Semjonowna aufgehört; freilich kann ich bei reiflicher Überlegung aller Umstände nicht umhin, hinzuzufügen, daß ich auch wegen dieses Umstandes meinem Freunde Tresor ewigen Dank bis zum Sargdeckel schulde.

Je nun, ich befahl, den Wagen anzuspannen, setzte mein Tresorchen hinein und fuhr mit ihm nach Hause. Zu Hause untersuchte ich ihn, wusch ihm seine Wunden und überlegte: Ich will ihn morgen mit dem frühesten zu der Hebamme im Jefremowoschen Kreise bringen. Die Hebamme dort ist ein erstaunlicher alter Bauer, der das Wasser bespricht – andere wieder sagen, daß er Schlangenspeichel hineintut – und einen das austrinken läßt; wie mit der Hand nimmt das alles fort. Bei der Gelegenheit – überlegte ich weiter – kann ich mir in Jefremowo auch gleich das Blut abzapfen lassen: das tut gut, wenn man sich erschreckt hat; freilich, versteht sich, nicht etwa aus dem Arm, sondern aus der Daumader.«

»Und wo ist das, die Daumader?« fragte mit verlegener Neugier Herr Finopljontow.

»Wissen Sie das nicht? Hier, diese Stelle auf der Hand neben dem Daumen, wohin man den Tabak aus dem Beutel tut – eben hier! Fürs Aderlassen der hervorragendste Platz; überlegen Sie doch selber: Aus dem Arm kommt nichts als Aderblut, hier aber fließt ein richtiges eingespieltes Blut. Die Ärzte wissen das nicht und verstehen es nicht; wie sollten sie auch, diese deutschen Freischlucker! Die Schmiede verstehen viel mehr davon. Und was es für geschickte gibt! So einer setzt einem den Stichel an, schlägt mit dem Hammer drauf – und basta! – Je nun, derweil ich mich Erwägungen dieser Art hingab, war es draußen dunkel geworden und Zeit, sich auf die Seite zu legen. Ich legte mich ins Bett, und Tresorchen folgte mir natürlich. Aber war es nun der Schrecken oder nur die Schwüle, waren es Wanzen oder zu viele Gedanken – ich konnte nicht einschlafen, nichts zu machen! Ich plagte mich so sehr, daß ich es gar nicht mehr sagen kann; ich trank Wasser, ich öffnete das Fenster, und schließlich spielte ich auf der Gitarre den ›Kamarinskij‹ mit italienischen Variationen ... es half nichts. Es preßte mich geradezu aus dem Zimmer hinaus – was sollte ich da tun! Endlich faßte ich einen Entschluß: Ich nahm Kissen, Decke und Laken und begab mich durch den Garten zum Heuschober; dort legte ich mich zur Ruhe. Ich kann Ihnen gar nicht sagen, meine Herren, wie angenehm das war: die Nacht war still, überaus still war sie, nur zuweilen glitt ein Windhauch über die Wange, als fahre ein Frauenhändchen darüber hin, und erfrischte mich ungemein; das Heu roch wie Tee; auf den Apfelbäumen wisperten die Grillen; ab und zu schwirrte eine Wachtel auf, und dann konnte man fühlen, wie wohl es ihm, dem Kanarienvögelchen, war, im kühlen Tau mit dem Herzensfreund zu sitzen ... Am Himmel aber war es geradezu prachtvoll: die Sternchen flimmerten auf, und manchmal schwebte ein Wölkchen darüber hin, weiß wie Watte, und bewegte sich kaum merkbar ...«

An dieser Stelle der Erzählung mußte Skworewitsch plötzlich niesen; somit nieste denn auch Kinarewitsch, der niemals hinter seinem Kameraden zurückblieb. Anton Stepanytsch warf einen wohlwollenden Blick auf die beiden.

»Tja«, fuhr Porfirij Kapitonytsch fort, »so lag ich denn, konnte aber auch hier nicht einschlafen. Allerhand Betrachtungen kamen über mich; am meisten freilich Betrachtungen über die göttliche Weisheit. Wie richtig es gewesen sei, was mir jener Prochorytsch bezüglich der Warnung mitgeteilt, und warum eben mir solche Wunder zustoßen mußten. – Ich staunte darüber – hauptsächlich freilich deswegen, weil ich nichts verstehen konnte –, derweilen aber winselte Tresorchen, der sich ins Heu verkrochen hatte: ihn schmerzten wohl seine Wunden. Ich will Ihnen noch sagen, was mich außerdem daran hinderte, einzuschlafen – Sie werden es mir vielleicht nicht glauben: es war der Mond! Er stand direkt vor mir, so ein runder, großer gelber und frecher Mond, und mir wollte scheinen, weiß Gott, als starre er mich ganz fest an, und zwar so frech und zudringlich ... Wahrhaftig, ich habe ihm sogar die Zunge herausgestreckt. Was hast du eigentlich – dachte ich –, was dich so neugierig macht? – Wenn ich mich von ihm abwandte, so kroch er mir ins Ohr, er beschien mir den Nacken, er bedeckte mich so ganz, als wäre er ein Regen; sobald ich aber dann die Augen öffnete – was sah ich vor mir? Jedes

Stäubchen, jedes mistige Hälmchen im Heu, das nichtswürdigste Spinnwebchen, er machte es sichtbar, er machte es deutlich! Da schau es dir nur an! Nichts zu machen: Sie werden es mir nicht glauben, meine Augen gingen wie die eines Hasen auf und öffneten sich immer weiter. Es wollte mir scheinen, daß ich alles ringsum mit diesen meinen Augen hätte auffressen können. Das Scheunentor stand weit offen; fünf Werst weit konnte ich alles im Felde sehen, so deutlich und gleichzeitig so undeutlich, wie man es immer in Mondnächten sieht. So lag ich denn da und schaute und schaute und zwinkerte nicht einmal mit den Augen ... Und plötzlich war mir, als hätte sich etwas bewegt – in großer Ferne ... fast so, als hätte ich es nur geträumt. Es verging einige Zeit, und wiederum glitt ein Schatten vorbei – allerdings schon etwas näher und dann aufs neue und immer näher. Was kann es nur sein? dachte ich. Ist es vielleicht ein Hase? Nein – überlegte ich –, es ist größer als ein Hase, und es läuft auch anders. Und wiederum zeigte sich der Schatten, und diesmal bereits auf der Viehweide (ganz weiß lag die Viehweide im Mondlicht da) wie ein großer Fleck; na ja: ein Raubzeug, Fuchs oder Wolf. Mein Herz klopfte auf einmal ... Weswegen war ich nur so erschrocken? Gibt es denn wenig Raubzeug, das nächtens durch die Felder irrt? Meine Neugier war freilich noch größer als meine Furcht; ich erhob mich, die Augen quollen mir hervor, und plötzlich überlief es mich ganz kalt; ich erstarrte, als hätte man mich bis an die Ohren in Eis gesteckt – warum nur? Weiß der liebe Himmel! Derweilen aber sah ich, daß der Schatten wuchs und zunahm und mithin direkt auf den Heuschober zuschoß ... Und da wurde mir auch schon klar, was es war – es war freilich ein Tier, ein großes mit einer großen Schnauze ... Wie ein Wirbelwind flog es dahin, wie eine Kugel ... Und da, meine Herren, was war das? Es blieb mit einemmal stehen, als hätte es was gewittert ... Ja, war denn das nicht ... das ist doch der heutige tolle Hund! Er ... er ist es ... Mein Gott! Und ich kann mich nicht bewegen, kann nicht schreien ... Er sprang an das Tor heran, seine Augen funkelten, er heulte auf – und geradeswegs über das Heu auf mich los!

Aus dem Heu aber sprang mein Tresorchen wie ein Löwe und jenem entgegen. Schnauze biß in Schnauze – wie ein Knäuel stürzten sie zu Boden! Was dort weiter geschah – ich weiß es nicht; ich weiß nur das eine, das ich, so wie ich war, mit einem Purzelbaum über die beiden hinwegschoß in den Garten hinein, zum Hause raste und in mein Schlafzimmer flog ... und, dort angelangt, fast unters Bett – wozu soll ich es verhehlen. Und was ich für Pas machte, während ich durch den Garten lief! Ich glaube, die hervorragendste Tänzerin, die dem Kaiser Napoleon an seinem Namenstage vorzutanzen hat — selbst die wäre mir nicht nachgekommen. Allein kaum war ich dort ein wenig zu mir gekommen, da stellte ich sogleich das ganze Haus auf die Beine; ich befahl allen, sich zu bewaffnen, selber aber nahm ich Säbel und Revolver. (Ich muß gestehen, ich habe diesen Revolver sehr bald nach der Bauernbefreiung gekauft, für alle Fälle, wissen Sie — allerdings konnte man mit der Bestie kaum schießen; von drei Schüssen waren unbedingt mindestens zwei Versager.) Tja, das nahm ich denn alles, und auf diese Weise begaben wir uns in dichter Kette, mit Keulen und Leitern ausgerüstet, zum Heuschober. Wir gingen heran, wir riefen — es war nichts zu hören; endlich betraten wir den Schober . . . Und was sahen wir? Mein armer Tresor lag da mit durchgebissener Gurgel und war schon tot — von jenem aber, dem Verdammten, keine Spur mehr! Mein Herren, bei diesem Anblick heulte ich wie ein Kalb auf und schäme mich nicht, hinzuzufügen, daß ich auf meinen sozusagen doppelten Lebensretter hinstürzte und lange seinen Kopf liebkoste. In dieser Lage lag ich längere Zeit, bis mich meine alte Beschließerin, Praskowja, die auf das Geschrei hin herbeigeeilt war, ins Bewußtsein zurückrief. ›Was tun Sie nur, Porfirij Kapitonytsch?‹ sagte sie. ›Wie können Sie wegen eines Hundes so unglücklich sein? Außerdem werden Sie sich erkälten, Gott bewahr Sie davor!‹ (Ich war wirklich nur sehr leicht angezogen.) ›Und daß der Hund, Sie rettend, sein Leben eingebüßt hat, das kann man für eine große Gnade, die ihm zuteil geworden ist, ansehen!‹

Obwohl ich mit Praskowja nicht einverstanden war, begab ich mich trotzdem ins Haus. Der tolle Hund wurde am folgenden Tage von einem Garnisonsoldaten erschossen. Das muß ihm, dem Hunde, wohl so vorherbestimmt gewesen sein: es war nämlich der erste Schuß, den jener Soldat überhaupt abgab, obwohl er eine Medaille für den zwölfer Feldzug trug. Ja, dies war also die übernatürliche Sache, die mir zugestoßen ist.«

Der Erzähler schwieg und begann seine Pfeife zu stopfen. Wir andern blickten einander erstaunt an. »Ja, es könnte sein, daß Sie ein sehr gerechtes Leben geführt haben«, begann Finopljontow, »also, mithin vielleicht zur Vergeltung . . .«

Allein bei diesen Worten stockte er, denn er sah, daß Porfirij Kapitonytschs Backen schwollen und sich röteten und daß seine Augen immer kleiner wurden — es sah ganz so aus, als würde der Mann gleich herausplatzen . . .

»Wenn man aber die Möglichkeit des Übernatürlichen zugibt, die Möglichkeit seines Eindringens in das sozusagen alltägliche Leben«, begann Anton Stepanytsch von neuem, »welche Rolle hat dann der gesunde Verstand zu spielen?«

Niemand von uns wußte die Frage zu beantworten, und so verharrten wir denn nach wie vor im Zustande der Verwunderung.

NICOLAI LESSKOW

DER WEISSE ADLER

Vom Brote träumt der Hund,
Der Fischer träumt vom Fische.
Aus Theokrits Idyllen

I

Es gibt mehr Dinge auf der Welt. Mit diesen Worten läßt man bei uns gewöhnlich Geschichten dieser Art beginnen, um sich mit Shakespeare vor den Pfeilen des Scharfsinns, für den es auf Erden nichts Unbekanntes mehr gibt, zu decken. Ich allerdings, ich glaube immer noch, daß es »Dinge gibt«, und zwar sehr sonderbare und unverständliche, die man manchmal als übernatürlich bezeichnet, und höre darum gerne solche Erzählungen an. Und so habe ich mich denn vor zwei, drei Jahren, als wir, in die Kindheit zurückfallend, grade Geisterseherei zu spielen begannen, gerne einem jener Kreise angeschlossen, deren Regeln sich ausbedangen, daß an keinem der Abende weder von der Obrigkeit noch vom Ursprung der irdischen Welt gesprochen werden dürfte, sondern einzig von den körperlosen Geistern — von ihrem Auftreten und Mitwirken in den Schicksalen der lebenden Menschen. Sogar »Rußland zu erhalten und zu retten« war untersagt, denn auch in diesem Falle gab es viele, die, »von der Gesundheit ausgehend, alles auf die gottselige Ruhe zurückführen«.

Aus diesem Grunde wurde auch jede Erwähnung irgendwelcher »großer Namen« auf das strengste verfolgt, mit einziger Ausnahme des Namens Gottes, den man ja, wie sattsam bekannt, am häufigsten in der Form einer schönen Redewendung anwendet. Freilich gab es auch gelegentlich Verstöße, aber man befleißigte sich im allgemeinen der größten Vorsicht. Und nur hie und da konnte man zwei der ungeduldigsten Politiker wahrnehmen, die sich etwa zum Fenster schlugen oder zum Kamin und dort flüsterten, wobei immer einer den anderen warnte: »Pas si haut!« Und der Wirt äugte schon hin und drohte, freilich mehr zum Spaß, mit der Strafe.

Der Reihenfolge nach mußte ein jeder irgendeine phantastische Begebenheit aus seinem Leben erzählen; da jedoch bei weitem nicht einem jeden die Fähigkeit zu erzählen gegeben ist, so wurde die künstlerische Seite der Erzählungen nicht beanstandet. Es wurde auch kein Beweismaterial verlangt; denn teilte der Erzählende zuvor mit, daß er die von ihm zu erzählende Begebenheit tatsächlich erlebt hätte, so glaubte man ihm, oder man gab sich zum mindesten den Anschein, ihm zu glauben. Das schrieb die Etikette vor.

Hauptsächlich interessierte mich am Ganzen die rein subjektive Seite. Daran, daß es »mehr Dinge auf der Welt gibt, von denen auch die Weisen nichts wissen« — daran zweifelte ich nicht, aber wie diese Dinge sich dem andern darstellten, das interessierte mich höchlichst. Und in der Tat, das Subjektive, das Persönliche war hier der größten Aufmerksamkeit wert. Wie große Mühe sich ein Erzähler auch gäbe, in die höhere Sphäre der körperlosen Welt zu dringen, immer doch wird unwillkürlich bemerkbar, daß der fremde Saft von jenseits des Grabes ein wenig gefärbt in diese Welt tritt, so wie ein Lichtstrahl gefärbt wird, der durch ein farbiges Glas dringt. Und da kennt sich keiner mehr aus, was Lüge ist, was Wahrheit, aber es ist immer von Interesse, das zu verfolgen, und einen solchen Vorfall will ich hier erzählen.

II

Märtyrer du jour oder Erzähler in der festgesetzten Reihenfolge war diesmal eine ziemlich hochgestellte und zudem sehr originelle Persönlichkeit, Galaktjon Iljitsch, scherzhaft auch der »mißgeborene Würdenträger« genannt. Hinter diesem Scherznamen verbarg sich eine Art von Kalauer: denn war er auch in der Tat so was wie ein Würdenträger, so war er doch andrerseits fast mißgestalt hager und zudem von keiner nennenswerten Herkunft. Galaktjon Iljitschs Vater war noch Leibeigener gewesen und Speisemeister in einem hochherrschaftlichen Hause; späterhin wurde er Branntweinpächter und endlich Wohltäter und Kirchenstifter, und das sicherte ihm in diesem vergänglichen Leben einen Orden und in jenem zukünftigen — den Platz im Himmelreiche. Den Sohn schickte er auf die Universität und brachte ihn unter Menschen, aber das »ewige Angedenken«, das man über seinem Grabe im Newskij-Kloster ihm nachsang, das erhielt sich leider und hing bedrückend über seinem Erben. Der Sohn des »Leibeigenen« erkletterte zwar gewisse Würden und wurde auch in der Gesellschaft geduldet, aber dennoch blieb der Titel des »Mißgeborenen« an ihm haften.

Es gab wohl niemand, der über Galaktjon Iljitschs Verstand oder über seine Talente ein klares Urteil hätte fällen können. Wozu er fähig war und wozu nicht — das wußte niemand genau zu sagen. Seine Dienstliste war kurz und einfach: dank der Umsicht seines Vaters war er gleich zu Beginn seiner Dienstzeit in das Ressort des Grafen Viktor Nikititsch Panin geraten, der dem alten Herrn auf Grund gewisser ihm bekannter Eigenschaften sehr gewogen war und nun den Sohn unter seine Fittiche nahm und ihn ziemlich schnell avancieren ließ, und zwar über jenen Rang hinaus, von wo es dann von selber »vorwärts« geht.

Es ist jedenfalls anzunehmen, daß er gewisse Vorzüge besaß, die den Grafen veranlaßten, ihn so schnell zu befördern. In der Gesellschaft aber, in der großen Welt hatte Galaktjon Iljitsch keinerlei Erfolg, und was gar die Freuden des Lebens betraf, so konnte man von ihm nicht behaupten, daß er hierin verwöhnt war. Seine Gesundheit war durchaus schwankend und mäßig, und sein Äußeres war geradezu fatal. Er war genauso lang wie sein verstorbener Patron, der Graf Viktor Nikititsch — doch ihm fehlte vollkommen das Imponierende der gräflichen Größe. Im Gegenteil, Galaktjon Iljitsch konnte man nur mit einem gewissen Schaudern betrachten, gemischt mit einem eigenartigen Abscheu. Denn sah er einerseits wie ein typischer Dorflakai aus, so glich er andererseits wiederum dem typischen lebenden Leichnam. Eine dünne graue Haut spannte sich über seinen langen und dürren Körper, seine unverhältnismäßig hohe Stirn war schmal und gelb, auf seinen Schläfen aber lag die grünliche Blässe eines Sterbenden, und seine breite und kurze Nase glich der eines Totenschädels; auch nicht die leiseste Andeutung von Augenbrauen war zu bemerken, der Mund mit den blitzenden, viel zu langen Zähnen stand immer ein wenig geöffnet, die dunklen und trüben Augen blickten farblos und lagen in völlig schwarzen und tiefen Höhlen.

Man mußte erschrecken, wenn man ihm begegnete.

Eine besondere Eigentümlichkeit seines Äußeren war auch die, daß er in seiner Jugend noch viel schauderhafter war und gegen das Alter hin nach und nach besser auszusehen begann, so daß man ihn späterhin ohne Furcht anschauen konnte.

Und dennoch war sein Charakter weich, und er hatte ein gutes, gefühlvolles und, wie wir sogleich sehen werden, sogar sentimentales Herz. Er träumte gern, aber wie die meisten Menschen mit häßlichen Gesichtern verbarg auch er seine Träume zutiefst. In seiner Seele war er viel mehr Poet als Beamter, und leidenschaftlich liebte er das Leben, obwohl es ihm nie vergönnt war, es in vollem Maße zu genießen.

Sein Unglück trug er still und wußte nur zu gut, daß es unvermeidbar war und ihn bis zum Grabe verfolgen würde. Ja sogar in seiner Dienstbeförderung wurde ihm eine reichliche Schale der Bitternis zuteil, denn schon bald schwante ihm, daß Graf Viktor Nikititsch ihn als Referenten nur deswegen bei sich behielt, weil er auf die Bittsteller einen qualvollen Eindruck machte. Galaktjon Iljitsch sah nur zu deutlich, daß noch einem jeden, der ihm, bevor er vom Grafen empfangen wurde, den Zweck seines Kommens zu schildern hatte, der Blick sich trübte und die Knie schlotterten ... Und schon hierdurch wurde die Wirkung erzielt, daß hernach im persönlichen Gespräch mit dem Grafen selber ein jeder Besucher einen leichten und freudigen Eindruck gewann.

Aber mit den Jahren wurde Galaktjon Iljitsch aus einem Referenten selber zu einer Persönlichkeit, der man referierte, und man übertrug ihm sogar eine sehr ernste und verzwickte Untersuchung in einer entfernten Ortschaft, wo ihm eben jenes übernatürliche Ereignis zustieß, von dem wir nunmehr seine eigene Erzählung folgen lassen wollen.

III

»Vor etwas mehr als fünfundzwanzig Jahren«, begann der mißgeborene Würdenträger, »verbreiteten sich in Petersburg Gerüchte über den Gouverneur P ... w und in wie hohem Maße er seine Macht mißbrauche. Die Mißbräuche waren zahllos, und fast alle Verwaltungszweige schienen in Mitleidenschaft gezogen zu sein. Man schrieb uns, daß der Gouverneur eigenhändig Menschen schlage und sogar prügle, daß er gemeinsam mit dem Adelsmarschall für seine Betriebe die ganze örtliche Schnapslieferung eingezogen, daß er eigenmächtig Anleihen aus der Kasse nähme, daß er sich von der Post die gesamten Briefschaften kommen ließe und daß nur das ihm Zusagende befördert würde, während er alles, was ihm nicht paßte, zerriß und ins Feuer warf und sich nachher an den Schreibern rächte, und endlich, daß er Menschen ihrer Freiheit willkürlich beraube und sie schmachten ließe. Und dabei war er ein Kunstliebhaber, unterhielt ein reich besetztes und ausgezeichnetes Orchester, liebte klassische Musik und spielte selber vortrefflich Cello.

Geraume Zeit hindurch blieb es bei Gerüchten über die Unzuträglichkeiten, aber dann fand sich dort ein kleiner Beamter, der nach Petersburg rollte, die ganze Epopöe mit allen Details auf das genaueste schilderte und alles in die richtigen Hände legte.

Die Sache war derart, daß man eigentlich sofort einen Senator hätte hinschicken müssen, um eine Untersuchung einzuleiten. Und das wäre wohl auch geschehen, wenn nicht der Gouverneur und der Adelsmarschall sich der Gunst des verstorbenen Kaisers erfreut hätten; unter diesen Umständen jedoch war es nicht ganz so einfach, sie zu packen. Darum zog Graf Viktor Nikititsch es vor, sich vorher auf das genaueste durch einen seiner eigenen Leute informieren zu lassen, und seine Wahl fiel auf mich.

Er läßt mich rufen und sagt:

»So und so, die und die traurigen Nachrichten sind zu uns gedrungen, und sie scheinen bedauerlicherweise zutreffend zu sein; bevor jedoch die Angelegenheit ins Rollen gebracht wird, wünsche ich mich noch mehr zu vergewissern und habe hierzu Sie ausersehen.«

Ich verneige mich und antworte: »Wenn es in meinen Kräften steht, so werde ich mich sehr glücklich schätzen.«

»Ich bin davon überzeugt«, entgegnet der Graf, »daß Sie es können, und ich verlasse mich ganz auf Sie. Sie haben eben diese Begabung: Ihnen wird man kein dummes Zeug vorschwatzen, sondern Ihnen gegenüber wird man mit der Wahrheit herausrücken.«

»Mit dieser Gabe«, erklärte der Erzähler mit einem leisen Lächeln, »meinte er meine traurige Erscheinung, die freilich geeignet ist, eine ganze Front zu bedrücken; aber was wem gegeben ist, damit soll er sich auch durchschlagen.

»Ihre Papiere liegen bereit«, fährt der Graf fort, »und Geld für Sie ist angewiesen. Jedoch geschieht Ihre Reise ausschließlich im Auftrage unseres Ressorts .. . Sie verstehen mich, ausschließlich!«

»Ich verstehe«, entgegnete ich.

»Um die Mißbräuche in den anderen Ressorts kümmern Sie sich scheinbar überhaupt nicht. Doch es ist selbstverständlich, daß Sie sich nur scheinbar um nichts kümmern, in der Tat müssen Sie alles in Erfahrung bringen. Zwei geschickte Beamte reisen mit Ihnen. Wenn Sie ankommen, machen Sie sich sofort an die Arbeit und kümmern sich am offensichtlichsten um die Büroordnung und um die Art der Gerichtspflege und schauen sich insgeheim nach allem anderen um . . . Beordern Sie die dortigen Beamten zu sich, damit sie Ihnen Aufklärung geben, und . . . seien Sie streng. Beeilen Sie sich nicht, zurückzukommen. Ich lasse Sie wissen, wann wir Sie zurückerwarten. Welches war doch gleich Ihre letzte Auszeichnung?«

Ich entgegne: »Wladimir der zweiten Klasse mit der Krone.«

Mit seiner riesigen Hand hob der Graf den bekannten schweren bronzenen Briefbeschwerer »Das erschlagene Vöglein« auf und zog darunter sein ständiges Notizheft hervor, darauf ergriff er mit den fünf Fingern der rechten Hand den dicken und geradezu gigantischen Bleistift aus Ebenholz und schrieb, ohne es vor mir zu verbergen, meinen Namen auf und dazu: »Weißer Adler«.

Mithin kannte ich nun die Auszeichnung, die mich für die Durchführung des mir erteilten Auftrages erwartete, und fuhr befriedigt am nächsten Tage aus Petersburg fort.

Mein Diener Jegor fuhr mit mir und die zwei Senatsbeamten – beides geschickte und gesellschaftlich gewandte Leute.

IV

Unsere Reise ging, wie es sich von selber versteht, gut vonstatten; angekommen, war es unser erstes, eine Wohnung zu mieten und uns in ihr einzurichten: ich, meine zwei Beamten und der Diener.

Die Räume waren so bequem, daß ich eine noch angenehmere Wohnung, die mir der Gouverneur auf das zuvorkommendste anbot, ruhig ablehnen konnte; denn ich wollte wohlweislich vermeiden, ihm auch nur für das Geringste Dank schulden zu müssen, obwohl wir einander freilich unseren Besuch abstatteten und ich ferner ein- oder zweimal zu seinen Haydnschen Quartetten eingeladen war. Aber weder bin ich ein Kenner noch bin ich ein Liebhaber von Musik, und begreiflicherweise konnte es auch nicht in meinen Absichten liegen, mich ihm mehr, als unbedingt notwendig war, zu nähern, denn ich war ja nicht da, um seine Liebenswürdigkeit kennenzulernen, sondern seine dunklen Taten.

Der Gouverneur war übrigens ein kluger und gewandter Mann, der mir mit übertriebenen Aufmerksamkeiten nicht lästig fiel. Es machte sogar den Eindruck, als sähe er seelenruhig zu, wie ich mich mit den ein- und auslaufenden Registern und Protokollen beschäftigte; trotz alledem jedoch fühlte ich, wie es unablässig rings um mich herum wühlte, und ich merkte, wie gewisse Leute ihre Fühler ausstreckten, um herauszubekommen, von welcher Seite man mich packen könnte, um mich späterhin unschädlich zu machen.

Zur Beschämung des menschlichen Geschlechtes muß ich erwähnen, daß auch die Vertreterinnen des schönen Geschlechts hieran nicht unbeteiligt waren. Bald mit Klagen, bald mit Bitten erschienen allerhand Damen bei mir, aber immer hatten sie noch Hintergedanken, über die ich geradezu staunen mußte.

Eingedenk jedoch des Rates des Grafen Viktor Nikititsch war ich »streng«, und so verschwanden denn die graziösen

Erscheinungen nach und nach von meinem nicht für sie geeigneten Horizonte. Meine Beamten hatten freilich in dieser Hinsicht Erfolge aufzuweisen. Ich wußte das und hinderte sie nicht, den Weibern nachzustellen und sich für die einflußreichen Männer auszugeben, für die man sie überall hielt. Es war mir sogar von Nutzen, daß sie dort irgendwo in der Gesellschaft verkehrten und in der Eroberung von Herzen Fortschritte machten. Ich verlangte einzig, daß es zu keinem Skandal kommen dürfte und daß mir alles mitgeteilt würde, besonders aber, welche Seiten ihrer Umgänglichkeit am heftigsten von der Provinzpolitik bearbeitet würden.

Beide waren pflichtbewußt und erzählten mir, was sie wußten. Alle wollten meine Schwächen von ihnen erfahren und wollten erkunden, was ich besonders liebe.

Letzteres hätte niemand herausbekommen können, denn Gott sei Dank kann ich mich rühmen, keine besonderen Schwächen zu haben, und auch mein Geschmack war, seit ich mich erinnern kann, immer schon leicht zu befriedigen. Mein Leben lang habe ich mich stets an einen einfachen Tisch gehalten, ich trinke meistens nie mehr als ein Glas gewöhnlichen Sherrys, und sogar was Leckerbissen anbetrifft, die ich als Kind sehr liebte, so ziehe ich dem feinsten Gelee und der köstlichsten Ananas eine Wassermelone aus Astrachan, eine Birne aus Kursk oder gar nach Art der Kinder einen Honigkuchen vor. Ich beneidete keinen seines Reichtums wegen oder weil er berühmt war, schön oder besonders glücklich — beneidenswert schien mir einzig und allein die *Gesundheit* zu sein. Aber dies Gefühl wird durch den Ausdruck »Neid« in eine schiefe Beleuchtung gerückt. Wenn ich einen Menschen sah, dessen Gesundheit blühend war, so entstand nicht etwa verärgert der Gedanke in mir: Warum ist er so, und warum bist du nicht so? Im Gegenteil, ich sah ihn an und freute mich für ihn, welch ein Meer von Glückseligkeiten und schönen Dingen ihm erreichbar wäre, und manchmal träumte ich auch bald so, bald anders von dem für mich unerreichbaren Glück, jene Gesundheit, die mir nicht gegeben war, zu erlangen.

Der Genuß, den mir der Anblick eines gesunden Menschen bereitet, hat auch in meinem ästhetischen Geschmack einige sonderbare Neigungen gezeitigt: weder die Taglioni noch Bosio zogen mich an, und überhaupt sagten mir sowohl die Oper als auch das Ballett nicht viel, denn dort war alles künstlich, ich zog ihnen die Zigeuner auf dem Krestowskij bei weitem vor. Ihr Feuer, ihr Eifer, die leidenschaftliche Kraft ihrer Bewegungen, das war es, was mir mehr als alles gefiel. Und ist auch manch einer von ihnen gar nicht schön, pockennarbig gar, indes wenn er tanzt, so ist es, als ob ihn der Satan reite: die Beine hüpfen, die Arme schlüpfen, der Kopf biegt sich, die Taille wiegt sich – der ganze Körper ein Stampfen und Hämmern. Und wenn man an sich selber nichts als Siechtum kennt, da kommt man unwillkürlich ins Schauen und aus dem Schauen ins Träumen. Was könnte man alles auf dem Fest des Lebens ausrichten, wenn man dieses hätte!

Und so sagte ich denn zu meinen Beamten:

»Wenn man Sie, mein Lieber, noch weiter ausfragen sollte, was mir am besten gefiele, so antworten Sie, es sei Gesundheit, und ich liebe frische, glückliche und muntere Leute am meisten.«

Nicht wahr, darin kann doch niemand eine zu große Unvorsichtigkeit erblicken?« fragte der Erzähler, indem er seine Geschichte unterbrach.

Die Zuhörer dachten nach, und einige Stimmen entgegneten:

»Selbstverständlich, niemand!«

»Ja, freilich, das dachte auch ich, aber nun hören Sie einmal weiter.

V

Ein Beamter war mir zugeteilt worden, der nun bei mir Dienst tat und mir tagsüber zur Verfügung stand. Er meldete mir, wer mich zu sprechen wünschte, machte sich Notizen und teilte im Notfall Adressen mit, wenn jemand geholt oder etwas in Erfahrung gebracht werden mußte. Dieser Beamte paßte gut zu mir – er war nicht mehr jung, er war dürr und verdrossen. Er machte keinen angenehmen Eindruck, und ich beachtete ihn wenig, er hieß, wenn ich mich recht erinnere, Ornatskij. Der Name war prächtig, er hätte zu einem Helden aus einem altertümlichen Roman gepaßt. Da hieß es eines Tages, Ornatskij sei krank und man habe mir einen neuen Beamten zukommandiert.

»Warum einen neuen?« fragte ich. »Wäre es nicht vielleicht besser gewesen, zu warten, bis Ornatskij wieder gesund wird?«

»O nein«, entgegnete der Exekutor, »das wird nicht so bald erfolgen – es ist die Trunksucht, und die dauert bei ihm so lange, bis Iwan Petrowitschs Mutter ihn davon kuriert; und bezüglich des neuen Beamten brauchen Sie sich nicht zu beunruhigen: an Stelle von Ornatskij hat man Ihnen Iwan Petrowitsch selber zugeteilt.«

Ich schaue ihn an und verstehe ihn nicht ganz: Wer ist das, dieser Iwan Petrowitsch selber, von dem er mir erzählt und dessen Namen er in einer Minute zweimal nennt?

»Was ist das«, frage ich, »für ein Iwan Petrowitsch?«

»Iwan Petrowitsch . . . Das ist doch der, der in der Registratur arbeitet, der Gehilfe. Ich dachte, er wäre Ihnen aufgefallen: er ist der hübscheste Beamte, man bemerkt ihn allgemein.«

»Nein«, entgegne ich, »ich habe ihn nicht gesehn; und wie heißt er?«

»Iwan Petrowitsch.«

»Und sein Familienname?«

»Sein Familienname . . .«

Der Exekutor wurde verlegen, er legte drei Finger an die Stirne und dachte tief nach und fügte schließlich mit einem respektvollen Lächeln hinzu:

»Verzeihen, Exzellenz, man ist manchmal ganz konfus, und mir wollte sein Name nicht einfallen. Er heißt Aquilalbow, aber wir nennen ihn allgemein Iwan Petrowitsch und manchmal aus Scherz den ›weißen Adler‹, weil er eben so hübsch ist. Ein vortrefflicher Mensch, den die Obrigkeit sehr schätzt, sein Gehalt als Gehilfe beträgt vierzehn Rubel und fünfzehn Kopeken, und er lebt bei seinem Mütterchen, die manchmal die Karten schlägt und hie und da auch jemand kuriert. Darf ich ihn Ihnen vorstellen? Iwan Petrowitsch wartet draußen.«

»Wenn es also notwendig ist, dann bitten Sie ihn hereinzukommen, diesen Iwan Petrowitsch.«

Der weiße Adler . . . ! denke ich unterdessen. Ist das nicht sonderbar? Ich sollte doch den Orden »Weißer Adler« erhalten und nicht diesen Iwan Petrowitsch.

Der Exekutor öffnete inzwischen die Tür und rief:

»Iwan Petrowitsch, darf ich bitten!«

Wenn ich ihn Ihnen beschreiben wollte, Sie würden lachen, denn welche Vergleiche ich auch wählte, Sie müßten sie für Übertreibungen halten, aber ich versichere Ihnen, daß, wie sehr ich mir auch Mühe gäbe, Iwan Petrowitsch zu schildern, meine Malerei doch nur imstande wäre, höchstens die Hälfte der Schönheiten des Originals wiederzugeben.

Vor mir stand ein wahrhafter »weißer Adler«, ein leibhaftiger Aquila alba, wie man ihn auf den Galaempfängen im Olymp gezeichnet sieht. Es war ein großer, kräftiger, aber außerordentlich wohlproportionierter Mann, der so gesund aussah, als hätte ihn nie Leidenschaft versehrt, als wäre er nie krank gewesen und als ob niemals weder Langeweile noch Müdigkeit ihn überkommen hätten. Er atmete Gesundheit, doch nichts Prahlerisches war daran, harmonisch war alles und anziehend. Iwan Petrowitschs Gesichtsfarbe war rosig, die Backen lebhaft rot und umrahmt von hellblondem Flaum, der freilich hier und da schon ein gehöriges Wachstum aufwies. Er war genau fünfundzwanzig Jahre alt, seine Haare waren blond und leicht gewellt, sein Bärtchen ebenso, und blau schauten die Augen unter dunklen Brauen, beschattet von dunklen Wimpern. Der sagenhafte Held Tschurila konnte nicht besser aussehn. Und fügen Sie dann noch den kühnen, verständigen und heiter offenen Blick dazu, und Sie haben das Bild eines vollkommen schönen Menschen. Er trug die kleine Uniform, die ihm wie angegosssen saß, und ein breites dunkelgranatrotes Halstuch.

Damals trug man nämlich noch Halstücher.

Ich konnte mich an Iwan Petrowitsch nicht satt sehen und redete ihn, da es mir bekannt war, daß ich auf Menschen, die mich zum erstenmal sahen, einen niederdrückenden Eindruck mache, möglichst herzlich an: »Guten Tag, Iwan Petrowitsch!«

»Guten Morgen zu wünschen, Exzellenz!« entgegnete er mit einem seelenvollen Klang in der Stimme, die mir ebenfalls außerordentlich sympathisch war.

Obwohl seine Antwort eine solche war, wie sie Soldaten ihren Vorgesetzten zu geben pflegen, so verstand er es doch meisterhaft, dem Ton eine natürliche und durchaus erlaubte Schalkhaftigkeit zu geben, und durch diese Antwort wurde das ganze fernere Gespräch bestimmt, indem es den Charakter einer ungezwungenen Plauderei im Familienkreise annahm.

Und mir wurde verständlich, wieso es kam, daß alle diesen Menschen liebten. Ich sah keinen Anlaß, Iwan Petrowitsch diesen Ton zu untersagen, und teilte ihm kurzerhand mit, ich freute mich, mit ihm bekannt zu werden.

»Ich darf wohl sagen, daß ich es meinerseits sowohl für eine Ehre als auch für ein Vergnügen halte«, entgegnete er und trat dabei einen Schritt vor.

Wir verneigten uns, der Exekutor verließ mich, Iwan Petrowitsch aber blieb in meinem Vorzimmer.

Nach einer Stunde rief ich ihn herein und fragte:

»Schreiben Sie eine gute Hand?«

»Der Charakter meiner Handschrift ist sehr ausgesprochen«, entgegnete er und fügte sogleich hinzu: »Ist es Ihnen gefällig, daß ich etwas aufschreibe?«

»Ich bitte darum.«

Er nahm an meinem Schreibtisch Platz und überreichte mir nach einem Augenblick ein Blatt Papier, auf das er schnell mit seiner »ausgesprochenen Charakterschrift« hingeschrieben hatte: »Das Leben ist uns zur Freude gegeben. Iwan Petrowitsch Aquilalbow.«

Dies lesen und auflachen war für mich eines: besser konnte ja nichts zu ihm passen als das, was dort geschrieben stand.

»Das Leben ist uns zur Freude gegeben« – sein ganzes Leben war eine fortgesetzte Freude!

Ein Mensch ganz nach meinem Geschmack!

Darauf bat ich ihn, eine Abschrift von einem unwichtigen Papier zu machen, und er verrichtete diese Arbeit schnell und ohne den geringsten Fehler.

Dann trennten wir uns. Iwan Petrowitsch ging; ich war allein zu Hause und gab mich meinem krankhaften Trübsinn hin, und ich gestehe, daß ich, weiß der Teufel warum, einige Male unwillkürlich an ihn denken mußte, das heißt an Iwan Petrowitsch. Der ächzte nicht, und für ihn gab es keinen Trübsinn. Ihm war das Leben zur Freude gegeben. Aber woher nimmt er sie, diese Freude, mit seinen vierzehn Rubeln? – Hat er am Ende Glück in den Karten, oder nimmt er Schmiergelderchen? – Oder gar die Kaufmannsfrauen? – Und freilich, er trug so ein frisches granatrotes Halstuch ...

Und so sitze ich vor den aufgeschlagenen Akten und Protokollen und denke an sinnloses und mich gar nichts angehendes dummes Zeug, doch da tritt mein Bedienter ein und meldet, der Gouverneur warte draußen.

VI

Der Gouverneur sagt: »Übermorgen wird ein Quintett bei mir gespielt, und ich hoffe, daß die Musik gut sein wird; es kommen auch Damen, und da Sie, wie ich höre, in unserer Wildnis ganz melancholisch geworden sind, so kam ich Sie besuchen und Sie auffordern, eine Tasse Tee bei mir zu trinken – die kleine Zerstreuung wird Ihnen gewiß nicht schlecht bekommen.«

»Ergebenen Dank, und warum glauben Sie denn, daß ich melancholisch geworden sei?«

»Eine Bemerkung von Iwan Petrowitsch.«

»Ach, Iwan Petrowitsch! Der Beamte, der jetzt bei mir du jour ist? Kennen Sie ihn denn?«

»Freilich, freilich. Unser Student, unser Artist und Chorist, wenn auch nicht Affairist.«

»Er ist also kein Affairist?«

»Nein, er ist glücklich wie Polykrates und braucht keine Affairen. Er ist der Liebling der Stadt und ständiges Mitglied im Departement unserer Lustigkeit.«

»Ist er musikalisch?«

»Er kann alles: singen, spielen, tanzen, Pfänderspiele arrangieren – alles kann Iwan Petrowitsch. Wo es ein Fest gibt, ist auch Iwan Petrowitsch dabei; eine Lotteria-allegra oder ein Theater zu wohltätigem Zweck – man braucht Iwan Petrowitsch dazu. Er verteilt die Gewinne, und er stellt die Sächelchen viel hübscher als jeder andere auf; er malt die Kulissen und wird eins-zwei-drei- aus dem Anstreicher zum Schauspieler, der jede beliebige Rolle spielt. Und wie er spielt! Könige, komische Onkels, feurige Liebhaber – man kann sich nicht satt schauen, aber ganz besonders gut macht er alte Weiber.«

»Was Sie sagen! Alte Weiber!«

»Erstaunlich! Für übermorgen bereite ich nämlich mit Iwan Petrowitschs Hilfe eine kleine Überraschung vor. Es sollen lebende Bilder gestellt werden. Iwan Petrowitsch hat das übernommen. Selbstverständlich sind einige Bilder darunter, die nur für die Damen sind, die sich zeigen wollen, aber drei der Bilder werden auch dem wirklichen Kunstkenner etwas zu sagen haben.«

»Und Iwan Petrowitsch macht das?«

»Iwan Petrowitsch. Die Bilder stellen ›Saul bei der Hexe von Endor‹ dar. Das Sujet ist, wie bekannt, biblisch, und die Stellung der Figuren ist ein wenig geschwollen, was man ja im allgemeinen ›akademisch‹ nennt, doch Iwan Petrowitsch reißt alles heraus. Ihn allein werden alle anschaun – und besonders im zweiten Bild, wenn unsere Überraschung deutlich wird. Ich kann es Ihnen im Vertrauen verraten. Im ersten Bild sehen Sie Saul als König, und zwar als König vom Kopf bis zum Fuß! Angezogen ist er wie alle. Nicht der geringste Unterschied, denn es heißt ja, daß Saul verkleidet zur Hexe kam, damit sie ihn nicht erkenne, und doch ist es unmöglich, ihn nicht zu erkennen. Er ist König, und zwar der echte biblische Hirtenkönig. Dann fällt der Vorhang, und die Figuren verändern schnell ihre Stellungen: Saul liegt auf dem Boden vor dem Geist Samuels. Saul ist jetzt so gut wie nicht mehr da, aber welch einen Samuel werden Sie, umhüllt von seinem Leichentuch, erblicken! – Ein begeisterter Prophet, auf seinen Schultern ruhen Macht, Größe und Weisheit. Wahrhaftig, dieser konnte *dem König befehlen*, nach Bethel zu gehn und nach Galgala!«

»Und das ist wieder Iwan Petrowitsch?«

»Iwan Petrowitsch! Aber es ist noch nicht zu Ende. Wenn nun das Dakapo kommen wird – wovon ich überzeugt bin und wozu ich selber beitragen werde –, dann lassen wir uns nicht etwa auf eine ermüdende Wiederholung ein, sondern wir zeigen, wie die Geschichte weitergeht. Das neue Bild aus Sauls Leben wird jedoch diesmal ohne Saul sein. Das Gespenst ist verschwunden, der König und sein Gefolge haben das Gemach verlassen, in der Tür sieht man noch einen Mantelzipfel der letzten fortschreitenden Person, und auf der Bühne ist nur noch die Zauberin ...«

»Wieder Iwan Petrowitsch?«

»Versteht sich! Aber Sie werden keine Hexe zu sehen bekommen, wie sie im ›Macbeth‹ dargestellt wird ... kein höllisches Entsetzen, keine Affektiertheit, keine Mätzchen, ein Gesicht werden Sie zu sehen bekommen, das all das weiß, wovon die Weisen sich nicht träumen lassen. Sehen sollen Sie, wie grauenvoll es ist, mit einem zu sprechen, der der Gruft entstiegen ist.«

»Ich kann es mir vorstellen«, entgegnete ich, und dabei lag mir der Gedanke völlig fern, daß keine drei Tage vergehen und ich nicht mehr nötig haben würde, sie mir vorzustellen, nein, daß ich diese Folter am eigenen Leibe erfahren würde.

Doch all das kam erst nachher, zunächst war ich noch ganz von Iwan Petrowitsch erfüllt — von diesem lustigen und lebhaften Menschen, der plötzlich da war, so wie ein Steinpilz nach einem warmen Regen aus dem frischen Grase aufschießt, und ist er auch noch nicht groß, der Steinpilz, man sieht ihn überall, und alle schauen auf ihn und lächeln dabei: »Wie saftig er ist und wie hübsch er ist.«

VII

Ich sagte Ihnen bereits, wie der Exekutor über ihn sprach und was der Gouverneur von ihm erzählte; als ich mich aber erkundigte, ob nicht auch einer meiner Beamten weltlicher Richtung von ihm gehört hätte, da fingen beide mit einem Male an, sie seien ihm begegnet und er sei in der Tat sehr nett und er sänge famos zur Gitarre und auch mit Klavierbegleitung. Den beiden gefiel er ebenfalls.

Am nächsten Tage erschien der Oberpriester bei mir. Nachdem ich einmal in seiner Kirche gewesen, kam er an jedem Feiertag zu mir und brachte mir die Hostie und klatschte, wie es seine Kirchengewohnheit war, über alle. Er sprach einfach über alle schlecht und machte in dieser Hinsicht auch bei Iwan Petrowitsch keine Ausnahme; dafür aber wußte diese Kirchenklatschbase nicht nur die Natur einer jeden Sache, sondern auch ihre Herkunft. Von Iwan Petrowitsch fing er selber zu sprechen an:

»Man hat Ihnen einen neuen Beamten gegeben. Das wird seine Ursachen haben ...«

»Ja«, entgegnete ich, »ein gewisser Iwan Petrowitsch.«

»Kennen wir, freilich, kennen wir zur Genüge. Mein Schwager, an dessen Stelle ich hierher versetzt wurde, mit der Verpflichtung, die Waisen zu erziehen, der hat ihn getauft ... Sein Vater war nicht weit her, kleiner Beamtenadel ... später Verwalter ... und die Mutter ... Kira Ippolitowna ... auch eine Name – erst den Vater gepflegt und dann ihn geheiratet –, hat aber bald schon die Bitterkeit des Liebeskrautes zu kosten bekommen und wurde darauf Witwe.«

»Und hat sie selber den Sohn aufgezogen?«

»Hat sich was, aufgezogen: fünf Klassen Gymnasium und wurde Schreiber im Kriminalgericht ... später hat man ihn zum Gehilfen gemacht ... Aber Glück hat er: im vorigen Jahr gewann er bei einer Lotterie ein Pferd mitsamt dem Sattel und war heuer beim Gouverneur zur Hasenjagd eingeladen ... Das Pianino – als damals die Regimentslotterie war –, das fiel ihm auch zu. Ich hatte fünf Lose genommen und bekam's nicht, und er hatte nur eines, und auf das eine hin gewann er es. Jetzt spielt er darauf und gibt auch Tatjana Stunden.«

»Tatjana, wer ist das?«

»Ein Waisenkind, das sie zu sich genommen haben – ganz niedlich ... ein braunes Gesichtchen. Der gibt er Stunden.«

Und so verging der Tag in Gesprächen über Iwan Petrowitsch, abends aber höre ich ein Summen im Zimmer meines Dieners Jegor. Ich rufe ihn und frage: »Was ist das da bei dir?«

»Laubsägen tu ich«, antwortet er.

»Laubsägen, wie das?«

Und nun stellte sich heraus, Iwan Petrowitsch hatte bemerkt, daß Jegor sich ohne Beschäftigung immer langweilte, und ihm eine Laubsäge und Zigarrendeckel mit daraufgeklebtem Muster gebracht und hatte ihm sogar gezeigt, wie man Untersetzer daraus sägt, und auch gleich einige für die nächste Lotterie bestellt.

VIII

Am Morgen des Tages, an dem Iwan Petrowitsch abends im Hause des Gouverneurs zu spielen und mit seinen lebenden Bildern uns in Erstaunen zu versetzen hatte, wollte ich ihn eigentlich nicht lange aufhalten, aber er blieb bis zum Mittagessen da und brachte mich sogar oftmals zum Lachen. Ich neckte ihn, es wäre Zeit für ihn, zu heiraten, doch er entgegnete, er zöge es vor, »ein Mädchen« zu bleiben. Ich versuchte ihn für Petersburg zu gewinnen.

»Nein, Exzellenz«, erwiderte er, »hier lieben mich alle, und hier ist meine Mutter, und auch das Waisenkind Tanja ist da, und ich liebe die beiden, und die sind nichts für Petersburg.«

Erstaunlich, wie harmonisch dieser junge Mann war! Seine Liebe zur Mutter und zu dem Waisenkinde rührte mich so, daß ich ihn umarmte; wir trennten uns erst drei Stunden vor dem Beginn der lebenden Bilder.

Zum Abschied sagte ich ihm:

»Ich bin ganz ungeduldig, Sie in den verschiedenen Bildern zu sehn.«

»Sie werden mich bald satt haben«, entgegnete Iwan Petrowitsch.

Er ging, ich speiste allein zu Mittag und machte nachher in meinem Sessel ein kleines Schläfchen, um abends frischer zu sein; aber Iwan Petrowitsch ließ mich nicht einschlafen, denn schon bald darauf störte er mich ein wenig sonderbar aus meiner Ruhe. Mit schnellen Schritten trat er ins Zimmer, stieß geräuschvoll die in der Mitte des Zimmers stehenden Stühle mit dem Fuß beiseite und sagte:

»Nun können Sie mich sehen; doch ich danke gehorsamst — mit Ihrem bösen Blick haben Sie mich verhext. Dafür werde ich mich rächen.«

Ich fuhr aus dem Schlaf, rief den Diener und befahl ihm, mir meinen Anzug zu bringen, und mußte doch die ganze Zeit über staunen: so deutlich war mir Iwan Petrowitsch im Traum erschienen!

Beim Gouverneur war alles hell erleuchtet, und es waren auch bereits viele Gäste da, der Gouverneur aber eilte mir entgegen und flüsterte mir zu:

»Der beste Teil unseres Programms ist hin, aus den Bildern kann nichts werden.«

»Was ist denn geschehn?«

»Ssst ... ich will nicht laut sprechen, um die allgemeine Stimmung nicht zu verderben. Iwan Petrowitsch ist tot.«

»Wie? — Iwan Petrowitsch? — Tot?!«

»Ja, ja ja — er ist gestorben.«

»Aber ich bitte Sie, noch vor drei Stunden war er bei mir und pudelgesund.«

»Gewiß, und kam von Ihnen und streckte sich auf den Diwan aus und starb ... Und wissen Sie ... ich muß es Ihnen sagen, für den Fall, daß seine Mutter ... sie ist in einem Zustande, es wäre denkbar, daß sie zu Ihnen käme ... Die Unglückliche ist nämlich davon überzeugt, daß an dem Tod ihres Sohnes Sie schuld sind.«

»Aber wie denn? Hat man ihn vielleicht in meinem Hause vergiftet, was?«

»Davon war nicht die Rede.«

»Aber wovon denn?«

»Daß Sie Iwan Petrowitsch mit Ihrem *bösen Blick getötet* hätten!«

»Aber erlauben Sie mal«, entgegnete ich, »was sind das für Narrheiten!«

»Ja, ja, ja«, meinte der Gouverneur, »alles Dummheiten, versteht sich; doch vergessen Sie nicht, wir leben in der Provinz, und hier glaubt man viel eher an Torheiten als an Gescheitheiten. Im übrigen brauchen Sie es natürlich nicht weiter zu beachten.«

In diesem Augenblick rief mich die Frau des Gouverneurs zum Kartentisch.

Ich nahm Platz, indes was alles ich während dieses qualvollen Spieles auszustehen hatte – ich kann es Ihnen gar nicht sagen. Erstens peinigte mich das Bewußtsein, daß dieser liebe junge Mensch, der mir so gut gefallen hatte, jetzt aufgebahrt liege, und zweitens war es mir, als tuschelten alle Anwesenden unablässig von ihm und als zeigten sie auf mich: »Durch seinen bösen Blick getötet!« Und es kam mir sogar vor, als hörte ich dieses Wort: »Böser Blick, böser Blick!« – Nun, und drittens – und ich bitte Sie, mir Glauben zu schenken –, ich sah ihn überall, ihn selber, ich sah Iwan Petrowitsch! – War etwa mein Auge daran schuld oder was – doch wohin ich auch blickte, überall war Iwan Petrowitsch ... Bald sah ich ihn im leeren Salon, dessen Türen geöffnet waren, auf und ab gehen, dann wieder sah ich ihn neben zwei anderen, die sich unterhielten, stehen und zuhören. Und plötzlich war er bei mir und schaute mir in die Karten ... Und natürlich konnte ich in dem Augenblick nicht anders als töricht ausspielen – und mein Partner vis-à-vis ärgerte sich darüber. Und endlich bemerkten es auch die anderen, und der Gouverneur flüsterte mir ins Ohr:

»Iwan Petrowitsch läßt Sie nicht spielen: er rächt sich.«

»Ja«, erwiderte ich, »in der Tat, ich bin zerstreut und fühle mich nicht wohl. Ich bitte um Erlaubnis, abrechnen und mich entfernen zu dürfen.«

Man erlaubte es mir, und ich fuhr sogleich heim. Allein selbst im Schlitten verließ mich Iwan Petrowitsch nicht – bald war er neben mir, bald saß er, das Gesicht mir zugekehrt, neben dem Kutscher auf dem Bock.

Und es schoß mir durch den Kopf: ob das wohl am Ende ein hitziges Fieber sei, das sich anmelde?

Zu Hause war es noch schlimmer. Kaum lag ich im Bett und hatte das Licht ausgelöscht – da saß Iwan Petrowitsch auf dem Bettrand, und diesmal sprach er sogar:

»Sie«, sagte er, »Sie haben mich in der Tat mit dem bösen Blick verhext, und nun bin ich tot, aber es lag für mich gar keine Notwendigkeit vor, so jung zu sterben. So steht die Sache! – Alle liebten mich und meine Mutter ebenfalls und auch Tanjuscha, die ihre Schule noch nicht beendet hat. Wie groß ist jetzt ihr Kummer!«

Ich rief meinen Diener und bat ihn, so sonderbar es ihm auch erscheinen mochte, auf dem Teppich in meinem Zimmer zu schlafen, Iwan Petrowitsch jedoch war das gleichgültig, denn wohin ich mich auch wendete – immer war er da, und damit basta.

Ich ersehnte ordentlich den Morgen, und mein erstes war es, einen meiner Beamten zur Mutter des Verstorbenen zu schikken, und zwar mit dem Auftrage, ihr möglichst taktvoll dreihundert Rubel für die Beerdigung zu übermitteln.

Aber er kehrte zurück und brachte das Geld zurück. »Sie hat es nicht angenommen«, meldete er.

»Und hat sie was gesagt?« fragte ich.

»Sie sagte: es sei nicht nötig, *gute* Menschen würden ihn beerdigen.«

Also war ich auf der Liste der *Bösen.*

Kaum gedachte ich seiner, da war Iwan Petrowitsch augenblicks da.

Als es dämmerte, kam die Unruhe über mich; ich setzte mich in einen Schlitten und fuhr, um Iwan Petrowitsch im Sarge zu sehen und von ihm Abschied zu nehmen. Das ist ja so hergebracht, und ich dachte, ich würde niemand lästig fallen. Und bei mir hatte ich alles, was ich damals entbehren konnte – siebenhundert Rubel; die wollte ich sie bitten anzunehmen, und sei es auch nur Tanjas wegen.

IX

Ich sah Iwan Petrowitsch: der »weiße Adler« lag da, als wäre er abgeschossen worden.

Tanja war da. Sie hatte tatsächlich ein bräunliches Gesichtchen und mochte fünfzehn Jahre alt sein, sie trug ein billiges Trauerkleidchen aus Kaliko und hatte immer etwas am Verstorbenen zu richten. Sie rückte ihm den Kopf zurecht und küßte ihn.

Eine Qual, das mit ansehen zu müssen!

Ich fragte sie, ob es mir nicht möglich sei, die Mutter Iwan Petrowitschs zu sprechen.

Das Mädchen entgegnete: »Schon recht!« und ging ins Nebenzimmer; gleich darauf öffnete sie die Tür und forderte mich auf hereinzukommen, aber kaum hatte ich das Zimmer betreten, in welchem die alte Frau saß, da stand diese auf und entschuldigte sich:

»Nein, verzeihen Sie schon, ich habe mich vergebens auf meine Kraft verlassen – ich kann Sie nicht sehen!« Und mit diesen Worten verließ sie das Zimmer.

Es beleidigte mich nicht, und es brachte mich auch nicht in Verwirrung, jedoch es bedrückte mich, und darum wendete ich mich zu Tanja:

»Vielleicht sind Sie, junges Kind, eher imstande, ein wenig freundlich zu mir zu sein. Glauben Sie mir doch: weder wünschte ich noch hatte ich irgendwelche Ursache, Iwan Petrowitsch ein Unglück zu wünschen, geschweige denn den Tod.«

»Ich glaube es«, meinte sie, »denn keiner konnte ihm etwas Übles wünschen, alle liebten ihn ja.«

»Und wollen Sie mir glauben, daß auch ich in den zwei, drei Tagen, da er um mich war, ihn sehr liebgewann?«

»Ja, ja«, entgegnete sie, »oh, diese schrecklichen ›zwei, drei Tage‹ – warum nur? Aber Tante ist in ihrem Kummer zu hart gegen Sie gewesen, und mir tun Sie leid.« Und mit diesen Worten streckte sie mir ihre beiden Händchen hin.

Ich nahm sie und sagte:

»Ich danke Ihnen, liebes Kind, dafür; dies Gefühl macht sowohl Ihrem Herzen als auch Ihrem Verstand Ehre. Es ist doch völlig töricht, einen solchen Unsinn zu glauben, ich hätte ihn mit dem bösen Blick verhext!«

»Ich weiß es«, erwiderte sie.

»Nun, dann seien Sie auch lieb ... und erweisen Sie mir einen Gefallen aus Liebe zu ihm!«

»Was für einen Gefallen?«

»Nehmen Sie diesen Umschlag hier ... es ist ein wenig Geld darin ... zur Bestreitung der Kosten ... für die Tante.«

»Sie wird es nicht annehmen.«

»Oder für Sie selber ... für Ihren Unterricht, um den sich Iwan Petrowitsch so kümmerte. Ich bin fest davon überzeugt, daß er es gutheißen würde.«

»Nein, vielen Dank, ich kann es nicht annehmen. Er hat niemals und von keinem Menschen Geld genommen. Er war sehr, sehr anständig.«

»Aber Sie kränken mich durch die Ablehnung ... Sie sind also auf mich böse?«

»Nein, keineswegs. Ich kann es beweisen.«

Sie öffnete ein auf dem Tisch liegendes französisches Lehrbuch von Ollendorf und nahm hastig eine dort zwischen den Blättern liegende Fotografie von Iwan Petrowitsch heraus, gab sie mir und sagte:

»Die hat er hier hineingelegt. Bis zu der Seite kamen wir gestern. Nehmen Sie sie zum Andenken.«

Hiermit endete unsere Zusammenkunft. Am Tage darauf wurde Iwan Petrowitsch beerdigt, ich jedoch mußte noch weitere acht Tage in der Stadt verbringen, und wie quälend war meine Lage. Nachts konnte ich nicht schlafen, jedes Geräusch zwang mich aufzuhorchen, und ich öffnete das Fenster, damit wenigstens hie und da eine frische menschliche Stimme von der Straße hereindränge. Doch es half nicht viel: alle sprachen – wenn ich genau hinhörte – von Iwan Petrowitsch und von mir.

»Hier«, pflegten sie zu sagen, »hier wohnt dieser Teufel, der Iwan Petrowitsch mit dem bösen Blick verhext hat.«

Oder es singt jemand, durch die Stille der Nacht heimkehrend, und ich höre, wie der Schnee unter seinen Füßen knirscht, und vernehme sogar die Worte: »Gestern doch lebt ich noch« – und wenn ich achtgebe, ob der Sänger an meinem Hause vorübergeht, dann ist es Iwan Petrowitsch.

Und immer wieder der Oberpriester, jammernd und flüsternd:

»Bösen Blick, behext und basta, aber das kann man vielleicht mit Küken machen, Iwan Petrowitsch jedoch, den hat man vergiftet ...«

Einfach qualvoll!

»Aber wer und warum vergiftet?«

»Aus Angst, damit er Ihnen nicht am Ende alles erzählt ... Man hätte seine Eingeweide untersuchen müssen. Schade, daß man nicht an die Eingeweide gedacht hat. Da hätte man Gift drin gefunden.«

Herr! Verschone mich wenigstens vor diesem Verdacht!

Plötzlich traf völlig unverhofft ein vertraulicher Brief des Kanzleidirektors ein, in welchem er mir den Befehl des Grafen übermittelte, mich auf das zu beschränken, was ich bisher erreicht, und unverzüglich nach Petersburg zurückzukehren.

Ich freute mich darüber, traf sogleich alle Vorbereitungen und reiste nach zwei Tagen ab.

Iwan Petrowitsch ließ auch während der Fahrt nicht ab, mich zu verfolgen: kaum dachte ich, er sei fort – da war er da; aber sei es nun durch die Ortsveränderung oder nur dadurch hervorgerufen, daß der Mensch sich bekanntlich an alles gewöhnt, ich wurde nach und nach dreister, und ich gewöhnte mich sogar an ihn. Er schwirrte vor meinen Augen, doch es berührte mich nicht mehr so wie zuvor, als hätten wir unseren Spaß miteinander.

Er droht: »Dir hab ich's gezeigt!«

Und ich antworte:

»Aber deine französischen Stunden hast du dennoch nicht zu Ende geführt!«

Und er:

»Macht nichts, ich schlage mich mit Selbstbüffeln ausgezeichnet durch.«

X

In Petersburg eingetroffen, fühlte ich sofort, daß man mit mir nicht eigentlich unzufrieden war, sondern schlimmer, ich wurde mit einem gewissen Mitleid betrachtet, sonderbar genug.

Den Grafen sah ich alles in allem nur eine Minute, und er sprach in dieser kein Wort; dem Direktor aber, der eine Verwandte von mir zur Frau hatte, sagte er nachher, ihm käme vor, ich sei nicht ganz gesund . . .

Es erfolgte keine weitere Erklärung. Eine Woche darauf war Weihnachten, und dann kam das neue Jahr und wie immer, versteht sich, der Festtagstrubel und die Erwartung der Auszeichnungen. Mich regte es diesmal wenig auf, um so weniger, als ich ja meine Auszeichnung kannte — den »Weißen Adler«. Meine Verwandte, die Frau des Direktors, hatte schon einige Tage vorher den Orden und das Ordensband besorgt und mir geschenkt, und nun lag der Orden in meiner Schreibtischlade und daneben ein Kuvert mit hundert Rubel für die Kuriere, die das amtliche Schreiben zu überbringen hatten.

Aber in der Nacht erhalte ich plötzlich einen Rippenstoß: Iwan Petrowitsch ist das und schlägt mir dicht vor meinem Gesicht mit den Fingern ein Schnippchen. Als er noch lebte, war er bedeutend taktvoller, so was hätte gar nicht zu seinem ausgeglichenen Charakter gepaßt, jetzt aber schlug er mir wie ein echter Taugenichts ein Schnippchen und sagte:

»Dir genügt zunächst einmal das. Ich muß jetzt zur armen Tanja.« Und er verschwand.

Am nächsten Morgen — kein Kurier mit dem Amtsschreiben. Ich eile zu meinen Verwandten, um zu erfahren, was los ist.

»Ich kann es nicht fassen«, sagt der Direktor. »Dein Name stand groß und breit da, und plötzlich war er weg. Der Graf strich ihn aus und sagte, er würde persönlich vorstellig werden ... Weißt du, da ist irgendeine Geschichte, die dir schadet ... Ein Beamter soll, nachdem er dich verlassen, unter verdächtigen Begleiterscheinungen gestorben sein ... Weißt du etwas darüber?«

»Ach geh«, entgegne ich, »was für Dummheiten!«

»Nein, nein, es ist tatsächlich so ... der Graf hat schon mehrere Male nach deinem Befinden gefragt ... Verschiedene Persönlichkeiten von dort haben hierher geschrieben, darunter auch der beiderseitige Seelsorger, der Oberpriester ... Wie konntest du es zulassen, daß man dich in eine so seltsame Geschichte verwickelte?«

Und ich höre zu und fühle dabei nur den einen Wunsch, ihm — genauso wie Iwan Petrowitsch es aus dem Jenseits tat — die Zunge herauszustrecken oder ein Schnippchen zu schlagen.

Iwan Petrowitsch aber verschwand, nachdem ich als Auszeichnung an Stelle des »Weißen Adlers« ein Schnippchen erhalten hatte, und blieb drei Jahre lang fort; dann jedoch machte er mir seine letzte und diesmal die allergreifbarste Visite.

XI

Und wieder Weihnachten und Neujahr, und wieder wurden die Auszeichnungen erwartet. Ich wurde schon seit Jahren übergangen und machte mir nicht viel daraus. Gibt man mir keine, brauch ich auch keine. Silvesterabend feierte ich bei meinen Verwandten, viele Gäste waren da, und es war sehr lustig. Die gesunden Leute blieben zum Essen da, ich aber paßte einen geeigneten Augenblick ab, um zu verschwinden, und näherte mich bereits der Türe, da drangen plötzlich durch das Gespräch folgende Worte an mein Ohr:

»Meine Wanderungen sind zu Ende, Mama ist bei mir. Tanjuscha hat eine gute Partie gemacht, und nun kommt mein letzter Spaß und — schö mang weh!

Und es begann plötzlich gedehnt zu singen:

»Leb wohl, du meine traute,
Leb wohl, du liebe Welt.«

Aha — fuhr es mir durch den Kopf —, da haben wir ihn wieder, und Französisch kann er jetzt auch schon ... Ich will warten, ob nicht noch jemand fortgeht, allein mag ich nicht über die Treppe.

Und immer noch in derselben kleinen Uniform mit dem prunkvollen granatroten Halstuch steigt er an mir vorüber, und kaum ist er verschwunden, da fällt krachend die Haustür ins Schloß, so daß das ganze Haus erzittert.

Der Hausherr und die Diener eilten ins Vorzimmer, zu schauen, ob nicht jemand über die Pelzmäntel der Gäste geraten sei, doch alles hing an seinem Platz, und die Tür war verschlossen ... Ich hütete mich, das Geringste zu sagen, damit nicht am Ende wieder von mir gesprochen würde, daß ich an Halluzinationen leide, oder gar Erkundigungen eingezogen würden, ob ich gesund sei. Die Haustür krachte – schon gut – warum sollte sie nicht krachen?

Ich wartete, bis noch einer ging, und kam wohlbehalten nach Hause. Den Diener, der damals mit mir gefahren war und dem Iwan Petrowitsch das Laubsägen beigebracht, hatte ich schon lange nicht mehr, an seine Stelle war ein neuer getreten; ein wenig verschlafen machte er Licht. Wir gingen an meinem Schreibtisch vorüber, und ich sah, dort lag etwas, bedeckt von weißem Papier ... Mein Weißer-Adler-Orden, den mir seinerzeit – Sie erinnern sich wohl noch? – meine Verwandte schenkte ... Er lag immer in einer abgesperrten Lade. Wie kam es, daß er nun plötzlich auf dem Tisch lag? Man wird natürlich sagen, ich selber hätte ihn in der Zerstreutheit hervorgeholt. Gut, darüber will ich nicht streiten, aber wer kann mir folgendes erklären: Auf dem Nachttisch an meinem Bett lag ein kleines Kuvert, auf dem mein Name zu lesen war, und auch die Handschrift kam mir bekannt vor ... Es war die gleiche Hand, die vormals »Das Leben ist uns zur Freude gegeben« geschrieben hatte.

»Wer hat das gebracht?« fragte ich.

Und da zeigt mein Diener auf die Fotografie Iwan Petrowitschs, die mir Tanjuscha geschenkt hatte und die ich noch immer aufbewahre, und sagt:

»Der Herr hier.«

»Du irrst dich.«

»Bestimmt nicht«, entgegnet er. »Ich habe ihn auf den ersten Blick erkannt.«

Im Kuvert lag ein gedrucktes Exemplar des amtlichen Erlasses: mir war der »Weiße Adler« verliehen worden. Und was noch besser war: ich konnte nachts schlafen, obwohl mir die ganze Zeit war, ich hörte irgendwen irgendwo diese ganz dummen Worte singen: »O rewuar, rewerans – schö alleh o kontratans.«

Da ich durch Iwan Petrowitschs Unterricht eine gewisse Erfahrung im Leben der Geister gewonnen hatte, erkannte ich, daß das Iwan Petrowitsch war, der sich »mit Selbstbüffeln« im Französischen durchschlug und der nun fortflog, und ich begriff, daß er mich nun nie wieder quälen würde. Und so war es auch: er hatte sich an mir gerächt und mir jetzt verziehen. Begreiflich. Aber warum dort in der Geisterwelt alles so durcheinander und kreuz und quer geht, warum ein Menschenleben, das doch mehr wert ist als alles, durch törichten Spuk und einen Orden gerächt wird und warum endlich ein Herniedersteigen aus den höchsten Sphären mit dem dummen Gesang: »O rewuar, rewerans — schö alleh o kontratans« verbunden ist — das kann ich einfach nicht begreifen.«

VALERIJ BRJUSSOW

VERTEIDIGUNG

Die folgende Geschichte wurde mir von Oberst R. erzählt. Wir waren damals beide auf dem Gute der M.s, unserer gemeinsamen Verwandten, zu Gast. Es war um die Weihnachtszeit, und wie das so hergebracht ist, kam man abends im Salon auch auf Gespenster zu sprechen. Der Oberst nahm an diesem Gespräch nicht teil, als wir jedoch später allein waren (wir schliefen im selben Zimmer), steckte er sich seine Zigarre an und begann zu erzählen:

Es war vor fünfundzwanzig Jahren, es kann freilich auch länger her sein, jedenfalls geschah es um die Mitte der siebziger Jahre. Ich war gerade Offizier geworden. Unser Regiment lag damals in X, einem kleinen Städtchen des ***schen Gouvernements. Wir vertrieben uns die Zeit, wie Offiziere es immer tun: wir betranken uns, wir spielten und stellten den Frauen nach.

Frau S., sie hieß Jelena Grigorjewna, stach fast alle anderen Damen der Gesellschaft aus. Das heißt, sie gehörte eigentlich gar nicht zu der dortigen Gesellschaft, denn vorher war sie ständig in Petersburg gewesen. Vor einem Jahre jedoch Witwe geworden, hatte sie sich für ganz auf ihr Gut, das einige zehn Werst vom Städtchen entfernt lag, zurückgezogen. Sie mochte so um die Dreißig sein, doch lag in ihren übernatürlich großen Augen immer noch etwas Kindliches, das ihr einen unbeschreiblichen Zauber verlieh. Keiner von unseren Offizieren war gleichgültig zu ihr, ich aber verliebte mich in sie, wie man sich eben nur mit zwanzig Jahren verlieben kann.

Unser Kompanieführer war mit Jelena Grigorjewna verwandt, und so kam es, daß uns alsbald ihr Haus offenstand. Sie spielte keineswegs die Rolle der Einsiedlerin und empfing, lebte sie auch fast allein, junge Leute gerne bei sich. Wir waren zuweilen zum Mittagessen eingeladen und verbrachten manchmal auch ganze Abende bei ihr. Aber mit wieviel Takt und Würde wußte sie immer ihre Haltung zu wahren, und niemand vermochte sich zu rühmen, ihr nähergekommen zu sein. Sogar die spitzesten Zungen des Provinznestes fanden keinerlei Gelegenheit, sie durch irgendeinen Klatsch zu verleumden.

Meine Liebe nahm überhand. Doch am quälendsten war

mir, daß es unmöglich war, sie ihr offen zu gestehen. Ich war zu allem auf der Welt bereit, um nur vor Jelena Grigorjewna einmal knien zu dürfen und ihr dies eine sagen zu können: Ich liebe Sie! Jugend ist immer ein wenig wie Trunkenheit. Und um mit ihr, die ich liebte, eine halbe Stunde allein sein zu können, griff ich zu einem verzweifelten Mittel. In jenem Winter fiel besonders viel Schnee. Als die Weihnachtszeit herankam, gab es jeden Tag die tollsten Schneestürme. Und an einem Abend, als der Sturm wilder als sonst wütete, befahl ich, mein Pferd zu satteln, und ritt ins Feld.

Ich verstehe immer noch nicht, wieso eigentlich ich damals nicht umkam. Zwei Schritte vor mir stand es wie eine dicke graue Wand. Auf dem Wege lag der Schnee kniehoch. Zwanzigmal irrte ich von der Straße ab. Zwanzigmal sträubte sich mein Pferd weiterzutraben. Ich hatte eine Flasche Kognak mit mir, und das ist wohl der einzige Grund, warum ich nicht erfroren bin. Für die zehn Werst brauchte ich gegen drei Stunden.

Wahrhaftig, es war ein Wunder, daß ich überhaupt das Gut der Frau S. erreichte. Da es schon spät war, hatte ich große Mühe, das Haus wachzuklopfen. Der Wächter war starr, als er mich erkannte. In meiner Schnee-und-Eis-Kruste glich ich fast einer Maske. Ich hatte mir natürlich eine Geschichte ausgedacht, die mein unerwartetes Auftauchen erklären sollte. Meine Absicht gelang. Es ging nicht anders, Jelena Grigorjewna mußte mich wohl oder übel empfangen und ließ mir ein Zimmer für die Nacht richten.

Und kaum war eine halbe Stunde vergangen, da saß ich bereits im Speisezimmer, und Jelena Grigorjewna leistete mir Gesellschaft. Sie setzte mir ein Abendessen vor und Wein und Tee. Im Kamin knisterte das Holz, und das Licht der Hängelampe schloß uns in seinen Kreis, der mir wie ein Zauberkreis vorkam. Alle Müdigkeit war fort, und ich war verliebt wie nie zuvor.

Jung war ich damals und hübsch, und ich war wahrhaftig nicht dumm. Ich glaubte ein Anrecht darauf zu haben, von den Frauen bemerkt zu werden. Jelena Grigorjewna jedoch wußte mit einer geradezu ungewöhnlichen Geschicklichkeit alle Gespräche über die Liebe zu vermeiden. Sie veranlaßte mich, genauso mit ihr zu sprechen, als wären wir in der größten Gesellschaft. Und obwohl sie herzlich über meine Bosheiten lachte, gab sie sich den Anschein, keine einzige meiner Anspielungen zu verstehen.

Und dennoch stieg in uns beiden nach und nach eine besondere Art von Zusammengehörigkeit auf, die es uns erlaubte, immer offener miteinander zu sprechen. Und da ich gewahr wurde, daß die Stunde der Trennung immer näher rückte, faßte ich mir endlich ein Herz. Das Bewußtsein, daß diese Gelegenheit sich nie wiederholen würde, trieb mich geradezu vorwärts. Wenn du den heutigen Tag ungenützt vorübergehen läßt — sagte ich mir —, dann bist du selber an allem schuld. Und endlich nahm ich mich zusammen und unterbrach unser Gespräch mitten in einem Satz und sprudelte aufs Geratewohl all das, was ich so lange verborgen gehalten hatte, zusammenhanglos und ziemlich töricht heraus:

»Wozu die Verstellung, Jelena Grigorjewna! Sie wissen genau, warum ich hier bin. Ich kam, um Ihnen zu sagen, daß ich Sie liebe. Und nun ist es ausgesprochen. Ich kann nicht anders, ich muß Sie lieben, und auch Sie sollen mich lieben. Jagen Sie mich fort, und ich werde gehen. Aber wenn Sie mich nicht fortjagen, so soll mir das ein Zeichen sein, daß Sie mich lieben. Etwas Halbes ist nichts für mich. Entweder Ihr Zorn oder Ihre Liebe.«

Jelena Grigorjewnas Kinderaugen blickten kalt wie Kristall. Ihr Gesicht sprach eine so deutliche Antwort, daß ich mich stumm erhob und mich anschickte aufzubrechen. Sie hielt mich davon ab.

»Was soll das! Wohin? Seien Sie kein Kind. Setzen Sie sich.«

Und sie zwang mich, an ihrer Seite Platz zu nehmen, und sprach mit mir, wie nur eine erwachsene Schwester mit einem verzogenen Kind spricht.

»Sie sind so jung, und die Liebe ist Ihnen noch neu. Wäre hier an meiner Stelle eine andere Frau, Sie würden sich in die verlieben. Und nach einem Monat werden Sie eine dritte lieben. Aber es gibt noch eine andere Liebe, eine Liebe, die die Seele bis auf den Grund ausschöpft. Und mit dieser Liebe liebte ich Sergej, meinen verstorbenen Mann. Ihm opferte ich restlos alle meine Gefühle. Möge man mir auch von Liebe sprechen, ich höre es an und bin wie ein Leichnam. Begreifen Sie doch, daß ich gar nicht mehr fähig bin, solche Worte zu verstehen. Es ist, als sprächen Sie zu einer Tauben. Geben Sie sich damit zufrieden. Es kann ja für Sie nicht kränkend sein, daß Ihre Liebe eine Erstorbene nicht mitzureißen vermochte.«

Jelena Grigorjewna sprach es mit einem leichten Lächeln. Ich sah etwas Beleidigendes darin. Es kam mir vor, als sei es ein blanker Hohn, daß sie sich mir gegenüber auf ihre Liebe zu ihrem verstorbenen Gatten berief. Ich erblaßte. Und in meine Augen traten Tränen, ich kann mich noch gut daran erinnern.

Meine Erregung konnte Jelena Grigorjewna nicht entgehen. Ich sah, daß ein neuer Ausdruck in ihre Augen trat. Sie erfaßte, daß ich jetzt litt. Und da ich wiederum schweigend aufstehen wollte, ergriff sie meine Hand und rückte sogar ihren Sessel näher heran. Ihr Atem lag auf meinem Gesicht. Und mit aufrichtiger Offenheit und einer zärtlichen Nachdenklichkeit sprach sie, und ihre Stimme wurde, obwohl nur wir beide im Zimmer waren, immer leiser dabei:

»Wenn ich Ihnen weh tat, so verzeihen Sie mir. Möglich, daß ich mich in Ihrem Gefühle täuschte und daß es ernstlicher ist, als ich anfangs annahm. Und nun will ich Ihnen die ganze Wahrheit sagen. Hören Sie. In meiner Liebe zu Sergej ist nichts Totes, sie ist lebendig, diese Liebe. Und ich liebe Sergej nicht in der Vergangenheit, nein, in der Gegenwart liebe ich ihn. Denn wir sind nicht voneinander getrennt. Ich habe nicht über Ihr Geständnis gelacht, darum lachen auch Sie nicht über das meine. Seit dem Tage seines Todes ist Sergej mir erschienen, und war er auch unsichtbar, er war doch da. Ich fühle seine Nähe, sein Atem umgibt mich, und ich höre sein zärtliches Flüstern. Und ich gebe ihm Antwort, und so führen wir lautlose Zwiegespräche. Und manchmal küßt er mich so zart, daß ich es kaum spüren kann, auf meine Haare, auf meine Wangen und auf meine Lippen. Und manchmal kann ich sogar verschwommen im Halbschatten oder im Spiegel seine Umrisse wahrnehmen. Sobald ich allein bin, ist er sogleich in meiner Nähe. Ich habe mich schon so sehr an dieses Leben mit einem Schatten gewöhnt. Ich fahre fort, Sergej zu lieben, und ward auch seine Gestalt eine andere, ich liebe ihn ebenso zärtlich, ebenso leidenschaftlich wie vordem. Was soll mir eine andere Liebe? Ich werde ihm, der mich selbst jenseits der Grenzen dieses Leben nicht im Stiche gelassen hat, niemals die Treue brechen. Und mögen Sie auch sagen, daß ich irre rede, daß das alles nur Halluzinationen seien, ich will nichts entgegnen als nur dies eine: Es ist mir gleich! Diese Liebe macht mich glücklich, warum sollte ich meinem Glück entsagen! Lassen Sie mich auf meine Art glücklich sein!«

Dies alles sagte Jelena Grigorjewna sehr sanft und ohne die Stimme zu erheben, aber wieviel tiefste Überzeugung lag in ihren Worten. Die Ernsthaftigkeit ihres Tones überraschte mich so sehr, daß ich nichts zu entgegnen wußte. Ich beschränkte mich darauf, sie ein wenig besorgt und voll Mitleid anzublicken, als wäre sie von Sinnen. Sie jedoch fiel in ihre Hausfrauenrolle zurück und sagte, wobei ihre Stimme eine Klangfarbe annahm, als wollte sie alles Vorhergegangene in einem Scherz enden lassen:

»Höchste Zeit, schlafen zu gehen. Matwej wird Ihnen das Zimmer zeigen, in welchem Sie übernachten werden.«

Matwej war im Dienst grau geworden. Ganz mechanisch küßte ich die Hand, die sie mir hinstreckte. Und nach einem Augenblick war auch Matwej bereits da und lud mich mit mürrischer Stimme ein, ihm zu folgen. Er führte mich durchs ganze Haus, zeigte mir das Bett, das man für mich hergerichtet hatte, wünschte mir eine gute Nacht und ließ mich allein.

Und erst da gelang es mir, ein wenig Fassung zu gewinnen. Und, ist das nicht sonderbar, mein erstes Gefühl war das der Beschämung. Ich schämte mich ordentlich, eine so jämmerliche Rolle gespielt zu haben. Ich schämte mich, daß ich, zwei Stunden mit einer jungen Frau in einem fast leeren Hause mutterseelenallein, nicht einmal einen Kuß von ihr erhalten hatte. In jenen Minuten war es nicht Liebe, es war eher ein Gefühl des Zornes, das ich für Jelena Grigorjewna empfand, und jedenfalls der Wunsch, mich zu rächen. Ich dachte nicht mehr daran, daß sie vielleicht von Sinnen sei, es schien mir, daß sie sich über mich lustig gemacht hatte.

Ich setzte mich aufs Bett und sah mich im Zimmer um. Die Räumlichkeiten des Hauses waren mir bekannt. Ich befand mich im Arbeitszimmer des verstorbenen Sergej Dmitrijewitsch. Nebenan war sein Schlafzimmer, in dem alles noch genauso war, wie es sich zu seinen Lebzeiten befunden hatte.

An der Wand vor mir hing sein Porträt, ein Bild in Ölfarben. Es stellte ihn in einem schwarzen Gehrock dar, im Knopfloch das Bändchen der französischen Ehrenlegion, das ihm irgendwie und für irgendwas zur Zeit des Zweiten Kaiserreichs verliehen worden war. Und eben dieses Bändchen brachte durch eine sonderbare Ideenassoziation meine Gedanken auf den seltsamsten und tollsten Plan.

Mein Gesicht hatte eine gewisse entfernte Ähnlichkeit mit dem Gesicht des verstorbenen Sergej Dmitrijewitsch. Er war freilich viel älter als ich. Aber wir beide trugen den gleichen Schnurrbart und die gleiche Frisur. Allerdings waren seine Haare stellenweise bereits grau geworden. Ich betrat sein Schlafzimmer. Der Kleiderschrank war nicht abgesperrt. Und schon hatte ich den Gehrock, den er auf dem Porträt trug, gefunden und angezogen. Ich suchte und fand das Ordensbändchen. Ich puderte meine Haare und meinen Schnurrbart. Mit einem Wort, ich bemühte mich, den Verstorbenen darzustellen.

Vielleicht würde es mir, wenn mir meine Absicht gelungen wäre, peinlich sein, Ihnen dies alles zu erzählen. Denn, ich gestehe es offen, was ich tat, war kein Scherz mehr, es war viel, viel schlimmer. Man könnte es unverzeihlich nennen, diente mir nicht meine damalige Jugend einigermaßen zur Entschuldigung. Aber freilich wurde ich für mein Vergehen auch gebührend gestraft.

Nachdem ich mich, wie geschildert, hergerichtet hatte, begab ich mich zu Jelena Grigorjewnas Zimmer. Sind Sie einmal in der Lage gewesen, nachts durch ein schlafendes Haus schleichen zu müssen? Wie durchdringend jedes Geräusch, wie laut knarrt der Fußboden! Einige Male war mir, die ganze Dienerschaft müßte aufwachen.

Endlich stand ich vor ihrer Tür. Mein Herz pochte laut. Meine Hand lag auf der Türklinke. Lautlos öffnete sich die Tür. Ich trat ein. Das Zimmer war von einem Lämpchen, das sehr hell brannte, notdürftig erleuchtet. Jelena Grigorjewna war noch auf. Ganz in Erinnerungen vertieft, saß sie in ihrem Nachtgewande in einem tiefen Lehnstuhl vor ihrem Tisch. Mein Kommen hatte sie überhört.

Ich blieb in meinem Halbdunkel und rührte mich nicht. Und plötzlich drehte sich Jelena Grigorjewna um, als hätte sie meine Anwesenheit gefühlt oder irgendein Geräusch gehört. Sie erblickte mich und erzitterte. Der Streich war besser gelungen, als ich zu hoffen gewagt hatte. Sie hielt mich für ihren verstorbenen Mann. Ein leiser Schrei, sie flog vom Sessel auf und streckte mir ihre Hände hin. Und wie froh klang ihre Stimme:

»Sergej, bist du endlich gekommen!«

Doch die Erregung war zu erschütternd, sie fiel wieder in den Sessel zurück und verlor offenbar das Bewußtsein.

Ohne recht zu wissen, was ich wollte, eilte ich zu ihr. Doch im gleichen Augenblick, als ich mich über ihren Sessel beugte, sah ich die Gestalt eines anderen Mannes vor mir. Es kam so überraschend, daß ich auf der Stelle erstarrte. Mir war, es befinde sich ein ungeheurer Spiegel vor mir. Jener andere Mann war nämlich eine genaue Wiederholung von mir selber. Er trug ebenfalls einen schwarzen Gehrock, und auf seiner Brust war gleichfalls das Bändchen der Ehrenlegion. Aber gleich darauf wußte ich bereits, daß er es war, dessen Erscheinung ich gestohlen hatte und der nun von jenseits des Grabes gekommen war, seine Frau zu verteidigen. Stechendes Entsetzen zuckte durch meine Glieder.

Durch den Sessel getrennt, in dem die von uns umstrittene Frau bewußtlos lag, standen wir einige Sekunden einander gegenüber. Ich konnte mich nicht rühren. Und da hob er, das Gespenst, lautlos die Hand und drohte mir.

Ich habe späterhin an der Türkenkampagne teilgenommen. Ich sah dem Tod in die Augen und erlebte all das, was man gemeinhin für unerträglich hält. Aber das Grauen, das mich hier packte, habe ich nie wieder gefühlt. Die Drohung jenes Bewohners einer anderen Welt ließ meinen Herzschlag stillstehen und das Blut in meinen Adern stocken. Und einen Augenblick lang war ich fast selber wie ein Leichnam. Dann aber stürzte ich Hals über Kopf zur Türe hinaus.

Ich tastete mich an den Wänden entlang, ich taumelte, es war mir gleichgültig, wie laut meine Schritte schallten – und endlich erreichte ich mein Zimmer. Ich wagte nicht, das Porträt an der Wand anzuschauen. Ich warf mich auf mein Bett, und eine schwarze Erstarrung nagelte mich daran.

Ums Morgengrauen fuhr ich auf. Ich hatte noch immer die fremden Kleider an. Von nagender Scham bedrückt, zog ich sie aus und hängte sie an ihren früheren Platz. Dann warf ich mich in meine Uniform, rief Matwej und teilte ihm mit, ich müßte unverzüglich fort. Er schien darüber nicht im mindesten erstaunt zu sein. Die Zofe Glascha fragte ich, ob die gnädige Frau noch schlafe. Sie entgegnete mir, daß sie allerdings noch »zu schlafen geruhe«. Diese Antwort gab mir wiederum einigen Mut. Ich bat, meine Entschuldigung auszurichten, da ich fort müsse, ohne Abschied zu nehmen, und ritt davon.

Einige Tage darauf kam ich mit mehreren Kameraden in Jelena Grigorjewnas Haus. Sie empfing uns freundlich wie immer. Sie ließ mir gegenüber auch nicht die geringste Anspielung auf jene Nacht fallen. Und es ist mir bis auf den heutigen Tag ein Rätsel, ob sie überhaupt begriffen hat, was damals vorfiel.

Fischer
Taschenbuch
Verlag

Ein Welterfolg.

Joseph Heller

CATCH-22

Krieg.
Mittendrin Captain Yossarian, der neben dem großen – dem Weltkrieg – seinen kleinen Privatkrieg zu führen hat. Alles scheint sich gegen ihn verschworen zu haben: drüben die feindliche Kriegsmaschinerie – hüben schikanierende Vorgesetzte und sinnloses Reglement. Aber Yossarian gedenkt zu überleben. Dem unsinnigen Wirrwarr des Krieges setzt er seine eigenen Tollheiten entgegen, mit List sich die allgegenwärtigen Greuel vom Leibe haltend.

Band 1112

Fischer
Taschenbuch
Verlag

Deutsches Lesebuch.

Ein Lesebuch in fünf Bänden.
Herausgegeben von Walther Killy.

Band 1/1	(Nr. 990)	Das Zeitalter des Barock Herausgegeben von Johannes Anderegg
Band 1/2	(Nr. 991)	Auf dem Wege zur Klassik
Band 2	(Nr. 992)	Klassik und Romantik
Band 3	(Nr. 993)	Das 19. Jahrhundert
Band 4	(Nr. 994)	Von 1880 bis zum 2. Weltkrieg